重生後，我建立了一間末日避難所 02

沙士被壓 作品

設計 RICKYLEUNG
@RICKYLEUNGDESIGN

AFTER REBIRTH, I BUILT A DOOMSDAY SHELTER

校對 白告

印刷 美雅印刷製本有限公司
香港九龍觀塘 榮業街6號 海濱工業大廈 4樓A室

Printed & Published In Hong Kong
香港出版

ISBN 978-988-76443-1-6

HKD $138

前情提要：

喪屍病毒席捲全球，文明徹底崩塌。許淵源在煉獄般的末日掙扎求生，最終仍逃不過淪為行屍走肉的命運——直到他再度睜眼，時間竟回到病毒爆發前！

這一世，他下定決心誓要逆轉命運。

憑藉前世記憶，許淵源精準投資股市，財富一夜暴增了三億。接著，他斥巨資買下一座半山豪宅，將其改造成銅牆鐵壁的末日堡壘，還準備了足夠使用二十年的物資。當喪屍吞噬城市時，他的避難所已成最後的伊甸園，與親友一起過著物資豐盛的愜意日子。

但命運似乎不打算放過他。

某日，避難所附近出現了一隻會召來屍潮的特殊感染者。為了保護家人，許淵源孤身想要消滅對方，卻在期間不慎被打落崖下。

僥倖生還的他成功穿越被屍群佔領的城方，靠著執念歷盡艱辛爬回山上。

然而，等待著許淵源的不是父母親切而熟悉的面孔，而是避難所敞開的大門……

沙土被壓 作品

重生後，我建立了一間末日避難所 02

血巢之戰

CONTENTS

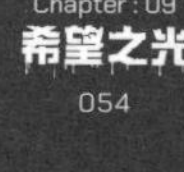

CHAPTER 01 人去樓凶

許淵源一臉愕然站在宛如廢墟般的避難所中，過了良久才用沙啞的聲線喊道：「阿爸？阿媽？」

屋內沒有傳來父母的聲音，有的就只有一片死寂。

久久得不到回應的許淵源像是瘋了一般，情緒激動地在避難所內尋找父母的蹤影。

客廳、廚房、客房甚至地下倉庫，整個避難所都翻了一遍，父母還是沒找到，只找到一頂不屬於他們的戰術頭盔，上方印有一個光明的標誌：一輪初升的太陽，底下則寫著三個字母——LOH。

在確認父母以及所有物資都不見了以後，回到客廳的許淵源暴躁地用拳頭敲打著水泥牆，不甘心地叫道：「可惡啊！！！！到底發生咗咩事！！！！阿爸阿媽到底去咗邊啊！！！」

憤怒使他的痛覺麻木，拳頭硬生生在牆上砸到出血也沒有要停下來的打算。

「阿源……」小詩看到許淵源自暴自棄的樣子，不由得擔憂道。

就在她想要上前阻止並為其包紮傷口時，旁邊的阿龍忽然伸手把她攔住。

小詩想要把手推開，但對方卻怎麼也不讓，焦急的她不解道：「你攔住我做咩？阿源隻手流緊血啊！」

阿龍十分了解他這兄弟的脾氣，面對著小詩的質問，依然用平淡的語氣回應：「隻手流血啫，死唔去嘅。」

說罷，他又用關懷的目光望向許淵源道：「畀佢一個人靜下啦。」

小詩見是許淵源的好友阿龍所說的話，雖然心有不忍，但還是將上前的衝動強忍了下來。

接著，她與阿龍互相點點頭後就很有默契地從房屋中離開，讓許淵源能獨自安靜一下。

院子裡阿龍的女友 Lily 正抱胸而立，滿面不悅地打量著這殘破的避難所，她一看到男友便馬上上前質問：「你又話有個避難所夠我哋住二十年，我先出嚟同你搏命，宜家呢？呢個爛鬼地方就係喇？」

阿龍一臉無奈地安慰道：「我都唔知發生咩事，原本都好地地……」

Lily 抓住他的手臂抱怨道：「咁點算啊？呢度連門都冇！咁嘅鬼地方點住？我唔理！你快啲同我諗辦法啊！」

此時，許淵源在客廳中像是想起什麼，顧不得手上還在淌血，突然爬起來就朝著監控室走去。

屋外的阿龍聽到動靜，擔心他想不開，連忙扭頭跟小詩一起追了上去，嘴裡還焦急地喊道：「阿源！你去邊啊？」

Lily 還沒反應過來，男朋友就像是一陣風似的在眼前消失了，只剩下她一臉茫然地被晾在原地。

許淵源來到監控室後，發現屋內雖然一片凌亂，到處都有被翻找過的痕跡，但記錄著所有監控畫面的電腦居然被完整地保留下來。

他像是發現珍貴出土文物的考古學家般，用顫抖的手按在電腦的開機鍵上。

正當他要按下之時，阿龍與小詩滿臉擔憂地趕到監控室中。

「你冇嘢吖嘛？」

「唔好諗唔開啊！你仲有我哋㗎！」

許淵源看到同伴正在擔心自己的狀況，為了安撫兩人也只好強撐起一個笑容，故作堅強道：

「你哋唔使擔心，喺搵到我父母下落前，我唔會畀自己有事。」

他按下了開機鍵，幸好避難所的電力系統沒有遭到破壞，雖然剩下的電量不多了，但只是操作電腦的話還是綽綽有餘的。

「哋——」

電腦發出了開機的提示音，機箱裡的風扇開始快速轉動，螢幕也緊接著亮起。隨著系統不斷載入，沒多久後，許淵源便成功登入到電腦之中。

「成功啦！電腦仲用到！」身後的阿龍大喜道。

在一片狼藉的避難所中，電腦能夠成功開啟是值得慶賀的事，但許淵源很清楚，需要找到父母留下的影像才能了解到避難所到底發生過什麼事，所以他並沒有掉以輕心，小心翼翼地打開了監控記錄。

他意外發現裡面居然留下了十多條影片，根據保存的日子來看，都是在他離開避難所後才錄製的。

許淵源迫不及待地打開了最早的影片，也就是他離開避難所去引開喪屍後翌日所錄影的。

播放器剛打開，許淵源就見到滿臉愁容的父親坐在畫面中央，憂心忡忡地看著鏡頭。大概是不太懂得操控這些機器的緣故，他的眼睛不時左看右看，像是在尋找什麼。在過了幾秒，反複確定已經開始錄影後，父親才緩緩開口。

「今日係阿仔出去引走屍群嘅第二日，已經整整過咗一日，佢都係冇任何消息。」他說完後深深嘆了一口氣。

「我已經全日都派無人機出去搜索，可惜附近已經巡過晒，都係搵唔到佢嘅蹤跡。」

「雖然未有結果，但我有時都會諗，咁樣都好嘅，冇消息就係最好嘅消息，因為我好怕某一日會係無人機畫面入邊見到有隻喪屍同佢一模一樣樣。」

「我曾經諗過親自出門去搵佢，但係外出期間我有咩冬瓜豆腐嘅話，以我老婆嘅性格，一定冇辦法獨自喺呢個末日生存落去。」

「仔啊，唔知你會唔會聽到我呢番說話，但我同你媽媽都好掛住你。如果目前處境危險嘅，就記得保命要緊，等到安全嗰時就好早啲返嚟啦。老實我知道你係個醒目仔嚟，無論係幾咁惡劣嘅環境，我都有信心你可以生存落嚟。」

許淵源看完第一條影片後，鼻子頓時覺得酸酸的。這段日子他在外頭雖然過著顛沛流離的生活，但父母每天都在避難所擔心他的安危，日子同樣也不好過。

為了弄清楚避難所到底遭遇了什麼事情，他緊接著又用滑鼠點開了第二條影片。

畫面內容跟第一條相差無幾，許父換了一身衣服，又坐在鏡頭前開始錄影，面容明顯要比昨天更加憔悴，明明時間只過了一天，但他卻像是老了十歲般。

有了第一天的經驗後，許父的操作變得流暢了不少，很快就進入這一天的主題。

「今日我都繼續放無人機出去搵你嘅下落，可惜都係冇任何消息。」

「你阿媽見你遲遲未返，擔心到想離開避難所去搵你，我梗係第一時間阻止佢啦，點知佢激動過頭，突然間暈低咗。」

「吓！？我阿媽暈咗？佢宜家點啊？」

也許是太過擔心的緣故，許淵源忘了這不是視訊通話，自己再怎麼焦急也不會得到對方的回答。

但很可惜，當日的影片中父親僅僅只是提及母親昏倒一事，詳細的情況並沒有交代。

許淵源為了跟進母親的狀況，連忙又點開了下一條影片。

第三條影片中，許父的面容更加憔悴，眼睛掛著兩個大大的黑眼圈，看樣子是為了照顧母親而徹夜未眠。

他還是老樣子先講述自己派無人機去尋找兒子的下落無果，然後交代了母親的狀況。

「你阿媽擔心你擔心到發高燒，好彩避難所有藥可以用，我餵完之後溫度總算降返落嚟。」

許淵源聽到後，焦躁不安的心才稍為平復下來。

接下來的影片，除了父親頭上的白髮每天不斷增多以外，幾乎都大同小異——還是找不到他的下落，以及母親的狀況日漸變差。

「睇嚟你阿媽一日見你唔到，病情應該都唔會好轉。阿仔，你見安全就好早啲返嚟啦，我怕你阿媽咁樣落去頂唔到好耐……」

父親的眼中已經失去高光，幾乎是以哀求的語氣在隔空對許淵源說話。

剩下的影片就只剩下兩條，屋內的眾人心裡很清楚，已經越來越接近避難所失守的真相。

然而，就在許淵源準備點開下一條時，父親又說出了另一則令人在意的消息。

「最近我發現後山多咗好多大腦畀嘢食咗嘅屍體，好似仲隱約見到有隻紅色嘅怪物喺度活動。希望只係我眼花睇錯，因為隻嘢驟眼望去好似成兩米高……」

「咩話！？」

失去大腦的屍體，以及在附近活動的怪物——幾乎是在同一時間，所有人腦海中都浮現出「特殊感染者」這五個字。

CHAPTER 02 淪陷之謎

許淵源擔憂地打開了倒數第二條影片。這一次，父親出現在畫面時表現得十分焦慮，像是事後檢討時才發現犯下了大錯般感到懊悔。

眾人本以為接下來將會透露更多有關特殊感染者的訊息，沒想到許父卻對著鏡頭說：

「今日我照舊派出無人機出去搜索，點知發現山腳附近有人類活動的痕跡。我以為係你返嚟，點知飛過去先知，有一隊全副武裝嘅士兵係度用機關槍掃蕩喪屍。」

Lily 聽到大喜，雙手在胸前十指交扣緊張道：「士兵？係咪有軍隊生存落嚟？我哋係咪有救啦？」

「噓！咪嘈！」許淵源惡狠狠地瞪了她一眼道。

Lily 頓時睜大雙眼愣在原地。

平常都被阿龍捧在掌心百般呵護的她，哪受得了這樣的氣？更何況自己還是被騙到這裡來的。

反應過來的她氣憤地想要找許淵源對質——自己只是隨口說了一個可能而已，有必要這樣對她嗎？

阿龍作為 Lily 的男朋友，許淵源的好友，心裡很清楚讓兩人在這關頭吵起來，這團隊非散伙不可。更何況，他也知道阿源其實打從心底裡不喜歡 Lily。

所以他趁女友即將發難的瞬間，眼疾手快地捣她的嘴巴推出屋外安撫，免得打擾其他人。

「得得得，你要鬧就鬧我，打就打我啦。」阿龍帶著 Lily 離開時在其耳邊小聲說。

惱火的她因為嘴巴被捣住，只能發出小聲的嗚咽聲：「嗚嗯—嗚嗚！！」

畫面中的父親此時用不太肯定的語氣說：

「我本來只係打算好遠咁觀察下班士兵，點知佢哋似乎察覺到無人機嘅存在，突然向鏡頭指咗一下。我當堂嚇咗一跳，急急忙忙就揸返架無人機返嚟……」

「哎呀！老竇啊！」

許淵源這下終於明白父親為何今天總是一副犯了錯的樣子，於是惱火地一捶敲打在桌面之上，罵道：「你咁樣直接飛返嚟，咪暴露咗避難所嘅位置囉！天才！」

「同你講咗幾百萬次，無人機畀人發現咗，就誤導對方飛去其他位置降落，之後再諗方法飛返嚟或者回收咪得！再唔係，唔要一架都冇所謂，我哋倉庫仲有幾十架後備喺度！」

許淵源閉著眼睛，輕揉著發疼的太陽穴無力道：「又特殊感染者又軍隊，到底係邊一樣害到我哋咁樣？」

許淵源與小詩帶著最終的疑問，用滑鼠點開了最後一條影片——父親在這以後，就再也沒有進行過任何記錄了。

影片十分短暫，只有數秒。一打開，就看到父親懷抱著昏睡中的母親，神色極度慌張地出現在畫面之中。後者的狀況看上去十分虛弱，情況不太樂觀。

「阿媽！」許淵源總算見到久違的母親，忍不住就撲向螢幕大叫道。

父親絕望地對著鏡頭說：

「仔啊……老竇冇用，保護唔到你重生一次換嚟嘅心血，又保護唔到你阿媽……」

影片的背景聲中，傳來了連串槍聲以及爆炸聲，而且當中還夾雜著一聲類似野獸的咆哮。隨著畫面一陣猛烈晃動，影片就在父親絕望的表情中——

驟然停止。

「阿爸！阿媽！」許淵源像瘋了一樣想要拯救畫面中的父母叫喊，但無奈只能眼巴巴看著螢幕化作一片漆黑。

無力感頃刻間轉變成自責的憤怒，他責怪自己離開避難所才導致這樣的結果發生，無處宣洩的怒火最終匯聚在緊握的拳頭上，狠砸在桌面。

「呯！」的一聲巨響過後，堅硬的金屬桌面居然被許淵源的蠻力給硬生生砸凹，讓原本就受傷的拳頭鮮血四濺。

阿 bu 被這一聲給嚇得連連後退，小詩不忍見他再傷害自己，於是一手抓住他的拳頭阻止道：「阿源，你冷靜啲啦，你咁樣傷害自己根本改變唔到任何嘢！」

「冷靜？」許淵源猛地把小詩的手甩開，用血絲滿佈的雙眼激動地盯著她說：「冇咗屋企人嗰個又唔係你，你梗係可以好輕鬆咁叫人冷靜啦！」

小詩明顯受到打擊，整個身體也跟著顫了一下，接著便眼泛淚光，抿著嘴唇一臉難受道：「我都冇咗屋企人，而且仲要係我自己親手殺咗佢。」

許淵源腦海裡瞬間想起當初跟她相遇的事，自己在下山後太過虛弱時被她所救，後來發現她外出尋找物資的姐姐早已被感染成了喪屍，每天都在拖著腐敗的身體在街上游蕩。

小詩不忍姐姐在死後還要變成怪物，於是在離開前親手幫她解脫了。

姐姐腐朽的肉體雖然得到救贖，代價卻是在妹妹純潔的靈魂深處留下一道永不磨滅的傷痕。

許淵源明白對方的痛苦絕不在自己之下，冷靜下來後便意識到失態，隨即軟化下來道：「對唔住……我唔係有心。」

小詩豁達地搖了搖頭笑道：「放心啦，我明你嘅感受，當然唔會怪你。」

在得到對方的諒解後，許淵源情緒也恢復平靜，隨著體內的腎上腺素減退，很快便感受到拳頭受傷所帶來的痛苦。

他舉起微微顫抖且不斷淌血的雙手，如今僅僅是動一下手指都會感到一陣劇痛。

許淵源咬牙忍耐道：「好痛。」

「打完水泥牆又打鐵，隻手畀你咁糟質又點可能唔痛？」

小詩見他變回平常那樣後就為其檢查傷勢，流血的位置集中在拳頭前方，而且都是皮外傷，不難處理。擔心骨頭受傷的她不斷在手上輕輕地按來按去並問：「呢度按落去點？會唔會好痛？」

「少少，唔會特別痛。」許淵源搖頭應道。

在檢查了一圈後，小詩便告訴對方：「我諗骨頭應該冇事，包紮下止血就冇大礙。」

「咁就好。」

小詩從口袋裡拿出預先準備好的繃帶，一邊為其包紮，一邊抱怨道：「你咁嘅脾氣要改下啦，真係為咗一時洩憤，整傷咗對手，咁之後邊個去搵世伯伯母？」

一想到如今去向不明的父母，許淵源便感到一陣強烈的無力感壓在身上，直把他壓得快要喘不過氣來。

自己當初所設計的避難所可是固若金湯，不是一般人能夠攻破的，可見攻破這裡的絕非一般的掠奪者，看來跟老爸當初發現的那群武裝人員是脫不了關係。

他們要是得到這裡的物資的話，那自己的父母肯定就沒有任何價值了，所以最有可能就是已經被……

許淵源不敢再細想下去，默默地看著纏在雙手上的白色繃帶慢慢被傷口中滲出來的鮮血所染紅。

血？

「咦……等等。」他像是想到什麼似的猛地從椅子上站了起來，動作之大與突然把小詩給嚇了一大跳。

CHAPTER 03
特殊感染者

「阿源……你冇事吖嘛？」她憂心道。

許淵源沒有理會她，直接就從監控室裡衝了出去，再次在避難所內翻來找去，嘴裡還不斷嘀咕道：「冇……冇……呢度都唔見冇。」

原本 Lily 還在為被許淵源嗆到一事而遷怒阿龍，當時正在門口不斷拍打他的胸口來洩憤，後者只能一臉無奈任由對方擺佈。

畢竟一邊是好兄弟，另一邊是女朋友，手掌手背都是肉，為了維持團隊的和諧就只能委屈一下自己了。

Lily 在看到許淵源像撞邪一樣的行為後，連忙用手肘戳了身邊的男友一下問道：「你個好兄弟唔會一時間受唔住刺激……傻咗吖嘛？」

「嘿！你咪亂噏！佢不知幾正常，唔信你睇啦！」阿龍打消女友這想法，便主動開口跟許淵源搭話：「阿源，你搵緊乜啊？講出嚟等大家一齊幫你搵啦。」

他本以為許淵源會像平常那樣回應，不料對方卻根本不搭理自己。

Lily 見狀焦急道：「宜家點算啊！佢一陣癲起上嚟會唔會打埋我哋？」

心裡多少有點慌張的阿龍連忙撇下女友，來到許淵源身邊一把拉住他說：「阿源你醒下啦！世伯伯母佢哋已經唔喺度，你點搵都冇用㗎！」

許淵源這下才稍微回過神來，一臉茫然地看著阿龍說：「你傻咗咩，我又唔係盲嘅。」

「咁……咁你係度搵嚟搵去到底搵乜？」阿龍困惑道。

所有人都圍在身邊靜候他接下來的答覆，許淵源看了憂心忡忡的眾人一眼，赫然驚覺自己讓別人擔心了，於是馬上把答案說了出來。

只見他舉起纏上繃帶的拳頭，向大家展示上方的血跡並道：「我係度搵緊血跡。」

「血跡？」

除了聽不懂的阿 bu 坐在地上吐著舌頭搖尾巴，其他人都掛著困惑的表情異口同聲道。

「嗯。」許淵源點了點頭，為了證明自己真的不是在發神經，他又補充道：「我搵過晒，成間避難所除咗我係大廳牆上留低嘅之外就一啲血跡都冇，你唔覺得好奇怪咩？」

大家面面相覷，不知道他到底想表達什麼，整個避難所突然變得一片沉默，連一根針掉到地上都能聽到。

「雖然避難所內有特殊感染者活動過嘅痕跡，但由物資畀人搬走晒呢點嚟睇，攻破避難所嘅一定係人類，好有可能係我老竇當初見到嗰班士兵嘅所為。連直升機都有，睇怕都係得佢哋有能力可以搬空呢度。」

最終還是阿龍帶頭打破沉默，以不確定的語氣問：「欸……我好似明，又好似唔太明？」

「假設你係嗰班人，得到呢度嘅物資之後，你又會點做？」

阿龍歪著腦袋嘗試代入對方的角色，摸著下巴思索片刻後說：「既然重要嘅物資已經到手，咁冇謂養多兩個老嘢嘥米飯，當然係嚟手就搞掂佢哋……」

他太過投入，甚至還用單手比出了一個開槍的手勢，事後才猛地驚覺剛剛做了最不應該在許淵源面前做的事。

阿龍慌慌張張地向他道歉：「阿源，我唔係咁嘅意思。」

許淵源對此卻不以為然，表現得一點都不在乎的樣子說：「但好似你咁講，屍體呢？宜家莫講話屍體，連血跡我都搵唔到。」

小詩終於明白他的意思，高興地笑著說：「我明啦！你嘅意思係世伯伯母佢哋好有可能仲在生？」

「當然仲存在好多其他變數，但由現場環境嚟推斷未必唔可能。」

要是搶完物資就丟棄兩人的話，以父親的性格與母親的狀況，應該會留守在地下室等待自己回來，可目前來看兩人卻不見蹤影，所以這個可能可以排除。

而且從地面有雜七雜八的殘餘物資被遺留在院子之中來看，對方一行人應該是匆匆忙忙地撤退的，所以才會留下這麼多有用的東西。

那麼會是在慌亂途中把他的父母也一起帶走了嗎？

轉念一想，父母在他們手上，人身安全某程度有一定保障，況且母親之前是護士，擁有末世相當吃香的醫護技能，所以對方不一定會虧待她。

「但你老竇呢？」阿龍問道。

「佢識揸的士。」

「吓？咁喺末日有咩用？」

「有用，所以病毒爆發後就改種田，但發芽率得 10%，仲慘過我小學種綠豆。」

「睇嚟世伯都幾大鑊下……」阿龍搔頭道。

「既然佢哋咁把炮可以攻破呢度，到底係乜嘢逼到佢哋要急急腳咁走？」Lily 若有所思地問：「連佢哋都要走，我哋仲留係呢度到底安唔安全？」

她才剛說完，避難所外便傳來了一陣震耳欲聾的咆哮，同時間地面也隨之劇烈震動起來，叫人差點站不穩腳。

小詩與 Lily 緊張得互相依偎在一起，許淵源和阿龍則是馬上提高警覺。

「汪！汪！汪汪汪！」

阿 bu 憑藉著犬隻靈敏的聽覺與嗅覺，很快就鎖定了聲音與震動的來源，朝著院子外的一面空牆不斷吠叫。

咆哮聲突然間戛然而止，彷彿對方就此消失了般，寂靜的空氣中瀰漫著一片緊張的氣氛。

忽然間，許淵源神色一沉，眼神也跟著變得凶狠起來，咬牙警告眾人道：「佢嚟啦！」

話音畢落，一隻遠比常人粗壯的巨大手臂忽然扒拉在牆沿之上，用來防止外人爬入的金屬刺線被直接輾壓，即使已經深陷肉中還是無法阻止對方的行動。

只見巨手稍稍一用力，怪物的本體便輕鬆翻牆而入，沉重的身軀重重地落在院子之中，渾身散發著白煙出現在眾人面前。

許淵源這下終於看清楚對方的真面目——那是一隻渾身赤紅色的筋肉怪物，佝僂著前傾的駝背，身形也足足有兩米之高。由於全身肌肉增生過度，導致身體過於沉重，兩根異常粗壯的手臂必須像黑猩猩走路時那樣抵在地上來支撐。

由於肌肉在病毒的影響下不斷瘋長，過度增生的肌肉把皮膚也撐破裂了，底下線條分明的赤紅色肌肉纖維與血管直接曝露在外。

極高的新陳代謝率讓它有著驚人的自癒能力，剛剛被鐵線割開的傷口已經長出肉芽，並以肉眼可見的速度癒合，轉眼間就已經完好無損。同時體溫也遠比常人高，赤紅色的身軀之上總是繚繞著縷縷的白煙。

腦袋相對全身巨大的肌肉而言卻顯得十分細小，看起來十分突兀，驟眼一看就像長在胸口上的一顆肉瘤。

怪物在進來院子後並沒有第一時間對他們發動進攻，而是抬起光禿禿的腦袋，用鼻子在空氣中深深吸了一口氣。

大家都搞不懂它在幹什麼，但在雙方巨大的體形差面前都不敢輕舉妄動，紛紛站在原地觀察對方。

突然間，它像是受到什麼刺激般感到頭痛欲裂，巨大的雙手摀住細小的腦袋開始在院子裡痛苦地扭動巨軀，嘴裡發出低沉的慘叫聲。

接著它的動作忽然停止下來並用充血的雙眼惡狠狠地盯著許淵源，然後一字一頓地咬牙切齒道：「許──淵──源──！！！！！」

許淵源被怪物點名後頓時傻了眼。

畢竟根據他重生前的經驗，某些喪屍確實會說話，這種情況多出現在死前怨念特別深的感染者身上。

不過令他驚訝的不是眼前的特殊感染者開口說話了，而是──

對方居然還能準確無誤地說出自己的名字！

CHAPTER 04
仇人見面

「發生咩事？點解隻嘢會知道我個名？」

眼前的怪物冷不防地叫出了自己本名，許淵源的腦袋一時間轉不過來，整個人愕然地睜大雙眼睛看著對方。

阿龍在仔細打量過對方的樣子後突然慌張地叫道：「阿源！你覺唔覺得隻嘢個樣好熟口面？好似邊度見過？」

經他這麼一提點，許淵源也是第一時間望向怪物的腦袋，沒想到只是不經意間跟它對上視線，他便馬上一個激靈認出了對方，恨得牙癢癢道：「乜係你啊……強哥。」

Lily 一聽怪物好像是由認識的人所變，連忙把阿龍拉過來小聲問：「邊個強哥啊？唔會係世伯吖嘛？」

阿龍憂心忡忡地搖搖頭道：「唔係，強哥係一個無賴嚟，病毒爆發後就死痴住我哋，講起就一匹布咁長。」

許淵源可對這個名字再熟悉不過了，除了那惡劣的態度以及行徑留下了令人深刻印象外，還因為對方是自己末日來臨後第一個親自殺害的人。

當時他把強哥制服後便五花大綁丟到後山中，然後用無人機大聲播放音樂引來了大批喪屍把他活活啃食掉。

本以為這樣就已經足夠把他解決了，萬萬沒想到對方被喪屍咬死後居然在其強大的怨念影響下成為了特殊感染者，靠著同類相食來累積體內的病毒濃度，最終肉體經過無數次修補與撕裂異變成如今這怪物般的模樣。

渾身冒著滾燙白煙的赤紅色怪物一聽到許淵源提到自己的名字，頓時怒不可遏地發出了一陣驚天的咆哮，殘破不堪的避難所也被震得抖動起來。

它二話不說，直接便掄起巨大的雙臂，拖動著沉重的身軀朝許淵源衝鋒。

對方的體重少說也有一噸以上，每踏出一步都會在地上留下一個明顯的坑洞，如此噸位別說被那異形的巨臂打中，即使僅僅是被擦過到，對正常人所造成的傷害也等同於車禍。

不過也因為這一身肌肉過於臃腫，行動速度因此受到拖累。

多虧這一個弱點，它剛剛有所行動，許淵源就能第一時間作出反應。

眼見對方狂奔而來，許淵源為了不牽連其他人主動脫隊來引開怪物。

正如所料，強哥這一次化作怪物回來就是為了尋仇的，怒目圓瞪的雙眼中只有許淵源的存在，馬上就改變移動方向朝他追趕而去。

「阿源！」

阿龍擔心他一個人應付不來這麼大一隻怪物便想上前支援，殊不知還沒行動就被 Lily 一把拉住阻止。

她一臉驚訝地看著男友說：「你癲咗？你過去幫到手咩？」

阿龍焦急地將她甩開並道：「唔通我眼白白睇住佢畀人打扁咩！」

Lily 又伸手把他拉住不讓走：「你有咩三長兩短，咁我點啊？」

阿龍表現得十分為難，因為 Lily 說的也不無道理，兄弟跟女友的兩難再一次被端到面前，強迫他作出困難的選擇。

遠處的許淵源不但要忙於跟怪物周旋，還要抽空幫阿龍解圍，只見他突然大聲叫喊道：「唔使理我！你哋趁我拖住佢，快啲將呢度仲有用嘅物資帶走！」

「你聽到啦！佢本人都咁講！」

「但係……」

「但乜鬼係啫！快啲啦！」Lily 不耐煩地拖拽著阿龍離開。

阿龍沒有辦法，為了不給許淵源添亂唯有狠心咬牙去執行任務。

「許——淵——源——！！！！！」

怪物拖著緩慢的步伐對許淵源窮追不捨，儘管院子裡的空間十分寬闊，但始終還是有限的，像放風箏那樣把怪物溜了一會兒後不小心就撞到牆上。

「弊！」發現前方無路可走的許淵源一轉身就看到怪物步步進逼來到跟前。

它舉起粗壯的巨臂往身後拉弓蓄力，接著如同炸彈般朝許淵源猛揮而出。

「哇！」許淵源被嚇了一跳，找準機會就朝旁邊一個大跳飛身撲走。

跳走的下一秒，怪物的拳頭便重重砸在由強化鋼板組成的牆上，並在上方留下一個明顯的拳印，要知道這可是連火箭炮都能擋下的鋼板。

「睇嚟你真係死都唔肯放過我。」許淵源看著凹下去的坑洞嚥了嚥口水道。

「你知唔知啊？」為了牢牢吸引住怪物的注意力，他還不斷講話來刺激對方：「我最後悔嘅唔係殺咗你，而係冇一把火燒咗你條屍！」

怪物被徹底激怒，動作有所加快在院子裡追逐目標，但無奈這強壯的身體實在過於笨重，許淵源憑著靈敏的身手總能與它保持一段安全距離，導致每一次的揮拳都會落空。

期間他為了閃避攻擊而用院子裡的一座小倉庫當作掩體，殊不知怪物的巨手一揮，輕輕鬆鬆就把小倉庫給整個夷為平地。

小倉庫裡頭裝的都是父親用來耕作的農具，如今被倒塌後各種東西都四散一地，其中一根用來翻鬆泥土整地用的釘齒耙剛好落在許淵源的腳邊。

趁著怪物還沒重整陣勢，他想也不想就拿起釘齒耙充當武器，猛地朝怪物揮去。

對方沒有躲避，只是稍稍將巨臂抬起來，任由釘齒耙鋒利的耙尖狠狠地扎在肉中，輕而易舉就擋了下來，換作人類的話這一下足夠把臂骨也貫穿了，可打在怪物身上根本不痛不癢。

怪物以肉身硬扛下釘齒耙的傷害後，另一隻手以飛快的速度一巴掌扇了過去，許淵源對它的印象還停留於緩慢笨拙，對這突如其來的一擊根本反應不過來。

他先是感到一陣強大的風壓從左側傳來，緊接著一個比成年人的上半身還要大的巨大巴掌便猛地拍打在身上。

「大鑊……」

呯的一聲巨響，許淵源像脫線的風筝般被一掌拍得倒飛而出，直接撞破大屋的落地玻璃窗飛了進去。

許淵源在滿是玻璃碎片的大廳中又滾動了好幾圈才停了下來，全身多處刮傷，鮮血不斷流出。

小詩當時正在收集大廳裡殘餘的物資，剛準備撤離就看到他撞破玻璃飛了進來。

許淵源結結實實挨了怪物這一巴掌後，整個人都陷入了恍神的狀態，目光渙散地望著天花，乍看之下就像已經死了。

「阿源！」小詩見狀大為緊張，連手裡珍貴的物資扔掉也不要了，連忙衝過去他的身邊。

CHAPTER 05 誘敵深入

更要命的是，怪物在把許淵源扇進來後緊隨其後，拖著緩慢的步伐來到了落地玻璃窗前。

眼見對方即將闖進來，小詩嘗試把倒地不起的許淵源扛走，可惜以她那嬌小的體形根本扛不動。

怪物無懼窗框上鋒利的玻璃碎片，任其在身上隨意劃出傷口，挺著巨大的身軀強行擠進了大廳之中。

在看到許淵源的慘況後，怪物竟然發出了低沉的詭異笑聲，像是在嘲笑他的不自量力，也像是在慶祝大仇得報。

「阿源啊！你快啲醒下！隻怪物過緊嚟啊！」

雙目無神的許淵源躺在她的懷裡沒有任何反應，怪物開始朝著兩人所在的位置進逼。

小詩急得眼泛淚光道：「世伯伯母仲等你去救佢哋！阿源啊！你快啲醒下！」

這一句猶如一劑強心針般直接刺進許淵源的心裡，原本渙散的目光一下又聚攏過來，掙扎著從她懷裡坐了起來。

小詩見他終於醒來，馬上笑逐顏開道：「你醒啦？」

殊不知許淵源醒來後第一件事就是用力把她推開並道：「佢嘅目標得我一個，你快啲離開我身邊！」

「但係你咁嘅狀態……」

「有時間啦，你哋帶齊所有嘢喺外面等我，記住，無論發生咩事都好，千祈唔好返入嚟。」許淵源吩咐完後就拖著蹣跚的步伐朝地下室的方向走去。

怪物的目標果然只有生前殺害自己的許淵源，後者剛離開，它就拋下小詩不顧前去追擊了。

小詩本想著阻止許淵源，但見怪物已經追了上去，膽怯的她只能在原地焦急地哭道：「咁你點算啊？」

「放心啦，我仲有老竇老母要救，唔會咁易就死喺呢度。」許淵源背朝著她擺了擺手道。

他來到了地下室入口後不忘挑釁怪物道：「我龜縮喺地下室，睇下你又奈我咩何！」

說完許淵源便一頭扎進通往地下室的樓梯之中，怪物見目標消失不見，當下就加快速度衝了過去。

怪物龐大的身軀在狹小的通道面前馬上變成了不利的條件，光是擠進去就十分勉強，在裡頭更是寸步難行。

它咆哮著想用兩條巨臂把通道強行撐寬一點，好讓自己通過，但許淵源在改造避難所時在所有牆內都埋入了強化鋼板來加強建築本身的防禦力。

怪物竭盡全力撐了很久也只是把通道牆上的灰給震了下來，整體結構並沒有因此受到影響。

這正如許淵源所料，在看到它無法撼動牆壁後，他就知道對方的怪力在這裡起不了什麼作用。

躲在樓梯底下的他朝著卡在入口處的怪物叫囂道：「企門口做咩啫？落嚟啦！」

怪物原本就因為被卡住而感到十分煩躁，被這麼一挑釁後更是徹底失去理智，怪叫著用力把一條手臂硬生生拽了下來，霎時間潔白牆上沾滿了飛濺的血星，斷臂被隨意丟棄在旁。

少了一條胳臂妨礙，怪物總算能在狹窄的通道裡活動了，在劇痛中緩過來的它馬上對許淵源露出猙獰的笑容。

許淵源看著這駭人的畫面愣在原地，眼見怪物衝來他才猛然回神，立馬朝著更深入的地下室狂奔而去。

雖然怪物犧牲了一條手臂換來了活動空間，但身軀相對地下室通道而言還是過於龐大，這多少也限制了它追擊的速度。

怪物在狹窄的通道內十分吃力地挪動身軀，許淵源把握機會來到了收藏物資的地下室中，這裡的門鎖已被破壞，裡頭貨架上的物資也全都被搬得乾乾淨淨。

趁怪物還沒追上來，他拖著麻木的身體不斷往前奔跑，心裡默默祈求道：「求神拜佛，只要『嗰度』冇畀班士兵發現就得㗎啦！」

很快的他就來到了倉庫中央，也是整個地下避難所最中心的位置，這裡的地面上有一扇不起眼的活板門，不知情的話很易忽略過去。

許淵源見門上沒有被人撬開過的痕跡，心中一陣竊喜並加快動作來到了門前。

此時怪物已經緊隨其後來到了地下室入口，由於這裡的空間遠比通道來得寬敞，只要它那龐大的身軀能擠進門口，隨後就能暢通無阻。

許淵源把活板門掀開後回頭看了門口正在掙扎著想擠進來的怪物一眼，然後露出了一個得意的笑容。

小詩吃力地拖著一個沉甸甸的背包走出避難所大門，阿龍看到後上前幫忙提了出來並問：「阿源呢？」

「佢引咗隻怪物去地下室，仲叫我哋把握機會，拎得幾多得幾多。」她擔憂道。

「吓？？？佢一個人點應付得嚟？」阿龍聽罷很是不安，扭頭就要衝回避難所裡幫忙。

殊不知 Lily 冷不防就伸出手擰住他的耳朵，後者疼得馬上彎下腰低聲求饒：「痛啊！放手啊！」

「人哋咪叫咗喺外面等，你失驚無神衝入去做乜？你入去打得過隻怪物咩？」Lily 責罵道。

「但係……」阿龍可憐巴巴道。

小詩也自我安慰道：「阿源應承過我一定會平安咁出返嚟，因為世伯伯母仲等緊佢去救。」

她本意是想安撫阿龍的情緒，不料才剛信心滿滿地說完，下一秒身後的避難所突然間就傳來了一連串猛烈的爆炸聲，震得耳膜在隱隱發痛，眾人不得不摀住耳朵。

整個地面都跟著晃動起來，爆炸強大的威力直接就把屋頂炸飛了，整個地下室也在爆炸中塌陷，屋內所有的玻璃也被衝擊波震碎，四散一地。

小詩一臉詫異地看著如同廢墟般的避難所，心中忽然激動起來，難道說剛才的承諾只是在騙自己？他一開始就想著要跟怪物同歸於盡，叫大家離開是為了避免被爆炸所牽連。

阿龍愣了一下後也放聲大喊：「阿源！！！！！」

如今不但怪物沒了動靜，就連好友也同樣沒了聲氣。

「佢一定係為咗救我哋先犧牲自己！阿源啊！點解你要咁傻啊？世伯伯母點算啊……」阿龍在熊熊燃燒的避難所前激動得跪了下來，淚流滿面。

話音畢落，旁邊地面一個水渠蓋忽然起伏不斷，期間金屬磨擦的聲響馬上引起了眾人的注意。

大家都表現得十分緊張，唯獨阿 bu 在高興地擺動尾巴。

Lily 緊張地躲在阿龍身後，只探出一個腦袋緊張地問：「阿龍，你過去睇下咩事？」

「吓？唔係咁好嘅……」他磨磨蹭蹭不敢上前。

「你真係生人唔生膽！係唔係要我同小詩兩個女仔去睇你先滿意？」Lily 沒好氣地叉著腰訓斥道。

阿龍沒有辦法，只能硬著頭皮走到了正在叮叮噹噹晃動不停的水渠蓋前，剛蹲下去就聽到了渠蓋底下隱隱約約傳來了人聲。

「喂！阿龍！你喺唔喺上邊？幫我推開個蓋，太重我頂唔開啊！」

CHAPTER 06 團隊裂縫

「係阿源把聲！」阿龍頓時就來了精神並睜大眼睛道：「我喺度！你等等！我即刻幫你上嚟！」

經過一番擾攘，兩人合力才把足足有五十公斤重的水渠蓋掀開，然後把站在爬梯上的許淵源從底下一把拉了上來。

許淵源一上來就氣喘吁吁地累趴在地上，阿龍一臉焦急地坐在旁邊追問：「頭先到底發生乜事？做乜避難所無神神爆炸？」

他有氣無力地應道：「我喺地下室底下裝咗一個自爆裝置，原本係打算某日避難所畀人攻破就同對方一鑊熟，冇諗過會用嚟對付特殊感染者。」

「啟動咗引爆裝置之後我就即刻順住秘密通道離開，結果喺出口畀水渠蓋擋住出唔到嚟，好彩你喺度咋。」

「哦……」阿龍一副恍然大悟的樣子頷首道：「原來係咁。」

一想到自己居然一直住在爆炸物上方，如今回想起來多少都有點害怕，後知後覺的他忽然抱怨道：「你條仆街！你居然喺大家住嘅地方裝埋啲咁危險嘅嘢？？？唔小心爆炸咁點？」

「放心啦，C4 嚟，要用引爆裝置先會爆炸，平時你就算用火燒佢都冇事。」

許淵源沒好氣道：「況且就結果嚟睇，我冇裝呢個自爆裝置，今日面對住強哥變嗰隻死人怪物，睇怕我哋都冇辦法全身而退。」

阿龍也只是抱怨一下而已，也沒打算真的跟他計較，於是便嘆氣道：「算啦，你人冇事就得。」

緩過氣後，許淵源又問：「頭先總共收集到幾多物資？」

阿龍看看被堆放在地上的四個背包後應道：「有一把戰術匕首，十幾枝大礦泉水，兩枝大可樂，仲有十幾袋即食麵同壓縮餅乾……」

許淵源現在一聽到數字就頭痛，於是不耐煩地催促道：「你直接講夠我哋用幾耐就得。」

這下輪到阿龍頭痛了，扳起手指算了很久都得不出答案，旁邊的小詩算了一下為其解圍道：「我諗四個人加埋阿 bu 應該夠用三、四個月左右。」

「三、四個月……」許淵源嘴裡嘟囔道：「睇嚟都捱唔到幾耐。」

如今避難所毀了，安身之處也沒了，接下來他們必須趕在手頭上的物資徹底消耗完前找到安全的地方安頓下來，並且還能持續地找到食物來源。

「話時話，間屋炸到咁樣，阿強哥今次睇怕應該渣都冇得剩。」阿龍看著火光衝天的避難所婉惜道。

「你冇聽過咩？冇咩嘢係 C4 解決唔到……」

許淵源得意洋洋地說到一半，一個巨大的燃燒火球冷不防從避難所倒塌的殘骸中衝了出來，它嘴裡發著震耳欲聾的痛叫聲，宣洩著肉體被火焰燃燒所帶來的痛苦。

這燃燒的怪物不是別人，正是兩人以為已經被解決了的強哥！

許淵源一臉詫異，嘴裡用氣音小聲道：「唔係啩？咁都死唔去？」

「喂，阿源，頭先啲 C4 仲有冇剩？」阿龍眼神恐懼地望著發狂的怪物又說：「唔啱不如整多嘢佢嘆下？」

「整鬼整馬咩……」許淵源無力地望著怪物在地上不斷打滾，試圖撲滅身上火焰後道：「頭先一鑊就炸晒啦，邊可能仲有。」

「吓……咁點算啊？」

「點算？你係唔係想同佢隻抽吖咁？」許淵源揚起一道眉毛看著阿龍問。

「癲咗咩！佢牛龜咁大隻點抽啊？」

「你知打唔過就趁宜家拎嘢走喇！天才！」

兩人趁怪物自顧不暇，連忙跟女孩們一人背上一個背包，帶著小狗阿 bu 一起快步離開了避難所。

他們剛離開沒多久，大批被爆炸聲吸引來的喪屍便魚貫地湧入了避難所之中。

眼見著自己賭上人生，傾注所有心血所打造的避難所徹底淪陷，許淵源心中多少有點不捨，在依依不捨地看了最後一眼後，他便頭也不回地跟著伙伴一起離開了。

避難所內，怪物好不容易才撲滅掉身上的火焰，原本赤紅色的外表被燒得焦黑，全身多處也被炸至見骨，可以看到在細胞的自癒作用下受損的部位已經開始再生，只不過由於所受的傷勢太重的緣故，自癒速度遠比一開始時來得緩慢。

而且冷靜下來後的它發現好不容易找到的仇人再次消失不見，滿院子裡只剩下大量循聲而來的普通喪屍。

在強烈的怨念驅使下，怪物伸出傷痕累累的巨臂抓住一隻喪屍就張開血盆大口，一下就把腦袋啃掉並在嘴裡咀嚼。

把大腦啃食完後，怪物就將之隨手丟棄然後抓取下一隻獵物繼續重複上述動作，每啃食一隻，不但滿是傷痕的身體便恢復一分，恢復速度也連帶著漸漸變快起來。

「許——淵——源——！！！」

這一聲怒吼，許淵源一行人已經遠離避難所但還是能清晰聽到。

小詩擔憂道：「隻怪物聽落好似好嬲咁。」

許淵源走在前方不以為然道：「啱㗎啦，佢開心嗰日就即係我哋玩完。」

Lily 平常在阿龍的照顧下可是十指不沾陽春水的，如今居然要像驢子一樣頂著烈日背著一個十幾公斤的背包走路。

才剛走幾百米她就被折磨得受不了地問：「我哋宜家去緊邊啊？快啲搵個地方休息下啦！個袋好重啊！」

許淵源也不知道是沒聽見還是故意不搭理，頭也不回地繼續走在前方。

Lily 瞬間就惱火了，大聲質問道：「喂！同緊你講嘢啊！頭先爆炸炸聾咗你啊？」

許淵源默默地停了下來，撇過頭用冰冷的語氣跟身旁的阿龍說：「你要唔要管管佢？定係要我幫你管一下？」

「得！我嚟！」阿龍連忙安撫道。

最讓人擔心的事情還是發生了，他早知道作風強勢的 Lily 跟許淵源屬於火星撞地球，大家都看對方不順眼。

可是為了整個團隊的和諧以及不傷到兄弟間的友誼，阿龍只能咬牙充當夾心，被雙方夾在中間來回磨擦。

CHAPTER 07 尋找住處

阿龍來到 Lily 面前用像是哄小孩的語氣道：「做乜又嬲豬啊，唔好嬲唔好嬲，我呵返。」

「咁係吖嘛！佢淨係識一味行，行去邊又唔講，問佢又當我空氣！仲要我孭住呢個咁鬼重嘅死人袋！」Lily 氣憤得在原地直跺腳道。

「得得得！我幫你問咪得囉！」阿龍扭頭問：「阿源，我哋宜家去緊邊啫？得個知字都好吖？」

許淵源見是好友的份上才平靜道：「呢度附近仲有幾間豪宅，運氣好搵到一間四四正正嘅就入去落住腳先。」

阿龍馬上又扭回去安撫 Lily 說：「聽到啦，好快就有得休息，你再忍耐一下。」

「好快即係幾耐啫？」Lily 不情願地甩了甩背上沉甸甸的背包又問：「好重啊！人哋女仔嚟㗎嘛！要人孭咁多嘢！」

「唔好唔記得入邊裝嘅嘢你都有份用，人哋小詩矮你半個頭，孭住行咁耐粒聲都冇出過，你仲好意思喺度瓜瓜嘈。」許淵源頭也不回冷冷地說。

小詩被誇獎後心中一陣竊喜，但為了團隊的和諧還是忍住笑意幫 Lily 說話：「Lily 可能未習慣，之後應該會好啲。」

為免事態進一步惡化，阿龍一拍腦門把心一橫說：「得！我知點解決！」

他把 Lily 的背包解下來改為掛在自己胸前，這下他一個人就承擔著兩份物資的重量，總共加起來少說也有二十多公斤。

「嗱！咁咪唔重囉！」阿龍笑著跟女友說。

雖然他表面上裝著若無其事，但能看得出每跨出一步都十分費力，走沒幾步就已經累得滿頭大汗，大口喘氣。

儘管 Lily 臉上還是擺著一副臭臉，可在看到阿龍的窘態後，心裡多少還是有點心痛，於是走到男友身邊把本屬於自己的責任重新背回去。

「拎嚟啦，兩個咁重孭鬼死你咩！」Lily 故意惡狠狠道。

阿龍大為震驚，因為以往兩人不管發生什麼磨擦，誰對誰錯，最終都一定是以他低頭來結束的，她會這樣主動放低姿態一事也是頭一回。

他驚訝得連聲音都顫抖起來並感動道：「咁你攰就同我講，我再幫你孭。」

幸好剛才在避難所跟怪物纏鬥時的動靜十分大，原本在這半山豪宅區附近游蕩的喪屍都被吸引了過去，一行人雖然帶著負重行動不便，但沿途上基本都沒遇到半隻，一路暢通無阻。

很快他們便抵達了第一間豪宅的位置，許淵源從遠處稍作打量後就搖頭說：「呢間雖然有人，但大門鐵閘都冇埋，咁樣夜晚我哋好難守住。」

其他人都覺得有道理，於是稍微休整後又沿著蜿蜒的山道繼續前往下一間豪宅，這一次有鐵閘了。

四人一狗剛想要靠近，一根弓箭便「嗖」的一聲落在眾人面前，僅此而已，沒有進一步的攻擊。

這是一個警告，而且還是強而有力的那種：裡頭早已被其他倖存者佔據。

大家只是想找個安全的地方可以落腳休息罷了，沒有想跟其他倖存者爭奪地盤的打算，在看到地上的箭矢後便很識相的馬上轉身離開了。

接下來眾人又找了幾間豪宅，有的雖然外頭保存良好但戶主一家早已在裡頭感染變異，有的則是明顯失守，大門被攻破導致屋內外都爬滿了喪屍。

一直找到太陽快要日落西沉時，疲乏不堪的許淵源帶著眾人來到了這一片區域中最偏僻的一戶附近。

出發前他已經跟其他人說好了，這一間要是沒被人佔領，建築狀況還好的話，就算發現裡面有感染者也會想辦法清理掉然後入住。

畢竟末日降臨後發電廠已經停止運作，太陽下山後整個世界都會陷入一片漆黑之中，若然他們就這樣留宿野外，恐怕連一個晚上都挺不過去就團滅了。

阿龍站在斜坡上遙遙地打量著目標四周說：「嗯……周圍冇喪屍，間屋睇落冇穿冇爛，望咗陣都唔見入邊有喪屍遊蕩。」

他扭頭問身邊的許淵源：「點啊？」

許淵源聽完匯報後就點點頭說：「冇時間，今日就暫住呢間先。」

一行人快步來到了豪宅的圍牆外，檢查後發現鐵閘從內部緊鎖，想要進去就必須翻過這四米多的高牆才行，這高度就算阿龍跟許淵源加在一起疊羅漢也夠不著邊緣，必須要三個人才夠高。

問題在女孩們的力氣不足以支撐兩個成年男人，所以在底下作支撐的只能是他跟阿龍，這樣她們才能夠翻牆過去。

然而屋內的安全未明，許淵源做不出讓女孩獨自進去探險這種事來，於是便打消了這個念頭。

此時圍牆的另一側後方傳來了 Lily 的聲音：「喂！你哋過嚟睇下！」

阿龍一馬當先衝了過去，只見女友高興地站了在一棵大杉樹前，樹的高度比圍牆還高，樹枝也伸進了牆內，要是想找突破口進去的話這裡無疑就是最好的位置了。

他高興地跟許淵源說：「咁得啦，一陣我同你入去睇下，冇嘢嘅話今晚大家就有地方落腳！」

許淵源聽罷一臉詫異道：「如果我同你兩個入咗去一時三刻走唔到，呢度突然間跳一隻喪屍出嚟，你叫佢哋點算？。」

阿龍搔搔頭說：「冇咁橋嘅，我同你入去以後快快手開咗道門咪得！」

「咁道門鎖住開唔到又點？你係唔係想睇住條女畀人食？」他又問。

阿龍被這可怕的可能性給嚇得連連搖頭，再也不敢提兩人一起進去的事。

旁邊的小詩聽到後鼓起勇氣向許淵源毛遂自薦：「咁不如我同你一齊入去，起碼有個照應。」

她緊張地等待著答覆，不料對方卻想也不想就拒絕了：「唔好喇，入去真係遇到乜事，我一個人顧好自己就得，你跟埋入去我就要顧埋你，唔好彩兩個一齊喺入邊玩完。」

最終他解下了肩上的背包，獨自一人來到大杉樹旁邊說：「我一個入去睇下，有咩危險你帶住佢哋即刻走，唔好返轉頭。」

「癲咗咩你？一個人去？」阿龍拉住許淵源，說什麼也不肯讓他獨自去冒險。

許淵源掙脫對方的手後，留下一句：「咁你有冇更加好嘅方案？天就嚟黑㗎喇，你係唔係想今晚要條女瞓街？」

阿龍實在想不到別的方法，無可奈何下只能擔憂地咬牙叮囑：「入到去千祈要小心，唔好大意。」

「放心啦，我仲有老竇老母要救，唔會咁易死喺度。」

他說完後就沿著樹幹爬了上去，然後順著樹枝小心翼翼地翻過圍牆。

CHAPTER 08 失去意識

許淵源在跳下去前不忘先觀察一下院子裡的情況，驟眼望去是沒有喪屍活動的痕跡，為了進一步驗證，他把剛剛在地上撿的空汽水罐丟了進去。

鋁罐落地後馬上哐噹作響，聲音之大足以把屋內的喪屍給引出來，畢竟它們的聽力是遠比視力來得要好的。

汽水罐靜止下來後過了好一陣子，屋內仍然沒有半點動靜。

許淵源這才放心從枝頭上跳下來，儘管已經在落地時曲膝來降低衝擊，但四米的高度還是把他震得胸腔發疼，血氣反衝。

「阿源，你沒事吖嘛？」外頭很快就傳來了阿龍的慰問。

許淵源隔著牆應道：「我冇事……」

話音畢落，眼前突然一陣天旋地轉，此時的他感到渾身發冷，手腳也使不出勁來。

「發……發生咩事？」他一臉驚訝看著自己發抖的雙手，身體也因為雙腿無力支撐而順著牆身滑落並跌坐在地上。

由於先前他跟強哥對抗時，身體曾分泌大量腎上腺素來應對緊急情況，受傷時的疼痛也因此被暫時壓抑下來，如今腎上腺素已經身體被代謝完畢，剛剛落地的衝擊就成了壓死駱駝的最後一根稻草。

他就好比是手術途中麻醉失效，先前壓抑下來所有的痛楚如同排山倒海般一下全湧了過來。

「……阿龍。」許淵源嘗試向同伴呼求，可喉嚨裡發出的聲音卻十分微弱。

在這陌生的地方失去行動能力就夠倒霉了，沒想到在他眼神迷離即將失去意識之際，本以為無人的大屋內居然出現了一個佝僂的身影，拖著緩慢的步伐一步一步走向自己。

口唇皆白的他躺坐在地上一臉驚慌地想要把戰術匕首抽出來護身，可動了沒幾下就眼前一黑，徹底暈死過去。

「阿爸……阿媽……我一定會……嚟救你哋……」他艱辛地吐出這幾個字後便闔上眼睛，頭也耷拉了下來。

許淵源在黑暗中緩緩睜開雙眼，四下是一望無垠的黑暗，除他以外就什麼都沒有。

「阿龍！」他把兩手兜在嘴邊開始放聲大喊起來：「阿爸！阿媽！你哋係邊啊？」

聲音最終消融於黑暗之中化為寂靜，他又開始朝著前方漫無目的地邊走邊叫。

不知道是不是上天可憐他，在叫喊好一陣子後，漆黑之中忽然有所動靜，一直苦尋的父親忽然出現在面前。

許父二話不說一把抱住了許淵源激動道：「你個衰仔！終於肯死返嚟喇咩！」

「老竇！阿媽宜家點啊？」他憂心地問。

「仲好講！佢擔心你擔心到病咗啊！你快啲同我返去見佢啦！」

許父說完後就拉著兒子要往回走，可他卻變得像是一尊石像般沉重，不管怎麼拉扯，怎麼拽還是無法讓其挪動半步。

「做咩啊？跟我返去喇！」許父焦急道。

許淵源平靜地搖了搖頭道：「對唔住啊，老竇，今次我跟唔到你返去啦。」

「吓！？」許父大驚失色，不明白為什麼好不容易才回來的兒子居然說出這樣的話。

殊不知許淵源的臉突然如同感染者般腐爛起來，未幾更蔓延至全身，這可怕的畫面一下就把許父嚇得撒了手。

「因為……」許淵源嘴裡吐著黑血，頂著一張猙獰的笑容：「我已經死咗喺外面！！！」

許父聽到後渾身雞皮疙瘩都起來了，一副不肯相信的樣子說：「冇可能！我個仔咁古惑！邊有可能咁易死！」

由於情緒過於激動，許父猛地睜開雙眼從椅子上清醒過來。

如今他身處一間整潔亮麗的房間中，妻子正躺在眼前的床上沉睡著。

許父這才想起自己為了方便照顧妻子才搬了一張椅子在床邊徹夜守候，直到睏到受不了才閉上眼睛小睡一會兒，結果就作了一個惡夢。

「呼——好彩只係發夢。」許父擦去額頭上被嚇出來的冷汗長舒一口氣。

雖然兒子一直音訊全無，但他堅信對方一定還活著，只是被別的事情耽誤了而已。

自從避難所遭到一群武裝士兵突襲後，對方不但搬空所有物資，還把他們夫妻兩人押上了運輸機強行帶了回來，從此就被關在這不見天日的房間中。

這裡麻雀雖小但五臟俱全，廚房、浴室、客廳和睡房等基礎設施該有都有，廚房的廚櫃和冰箱中還放滿了各種新鮮食物以及飲品。

美中不足是所有窗戶都被人用木板釘死，無法查看外頭的環境來推測目前所在的位置。

如果不在乎失去自由的話，那麼在喪屍橫行的末日中，窩在這裡生活似乎也是一個不錯的選擇。

許父還在想這安穩生活到底能維持多久時，房門忽然「咚咚咚」的被敲響，接著一名梳著大背頭，眼神凶狠的軍人便推開房門，眼神稍微掃視四周後就快步走到許父面前，以強悍且低沉的聲線道：「波士要見你，宜家即刻跟我走。」

「佢要見我唔識自己過嚟？要我過去？你都忽忽地嘅！」許父對

這群攻破自己避難所的綁架犯沒什麼好感，一見面就不給他好臉色。

軍人也不跟他廢話，直接從腰間抽出一把手槍指著床上的妻子。

許父瞬間就變得和顏悅色，伸手慢慢把槍口壓到地上並滿臉堆笑說：「波士一定係有緊要事同我講，我宜家就同你過去。」

軍人用凶狠的目光狠狠地瞪了他一眼，警告他別要什麼花樣後就轉身走在前頭帶路。

許父不敢怠慢，依依不捨地看了床上的妻子一眼後就緊隨其後離開。

「老婆，你等我，我好快返嚟。」他小聲道。

CHAPTER 09 希望之光

兩人穿過有兩名士兵駐守的走廊後就來到了電梯前，軍人進去後就按下地下的按鈕。

「叮。」

電梯門打開後，許父驚訝地發現自己正身處一個龐大的軍事基地中。四周高牆環繞，到處都有荷槍實彈的士兵在巡邏和訓練，遠處的靶場傳來密集的槍聲，幾架武裝直升機停在不遠處的停機坪上。

軍人領著他穿過基地，許父注意到許多平民打扮的人正圍成一圈，似乎在圍觀什麼熱鬧。走近一看，人群中央站著一個三十多歲的男人，長相英俊帥氣。

他在男人面前居然一反其鐵血硬漢的形象，俯首低頭恭恭敬敬道：「波士，你要嘅人嚟咗。」

男人爽朗地笑了笑便頷首道：「辛苦晒，你去忙埋其他嘢先。」

「係嘅，波士。」軍人得到他的慰問後嘴角忍不住上揚，一臉燦笑地把許父留下來離開。

「我手頭上仲有啲嘢忙緊，你唔介意吖嘛？」男人像紳士一樣禮貌地問道。

許父對此完全不買賬，男人即使再怎麼有禮貌也改變不了他是個強盜綁匪的事實。

「照道理就介意嘅……」許父瞇起眼睛看了對方腰間那柄亮晃晃

的銀色手槍後又說：「但道理宜家喺你度，你話點咪點。」

男人聽到後非但沒有感到被冒犯，反而被逗樂般笑了出來：「你真係幽默，咁稍等一陣，我好快就處理完。」

他朝身邊的士兵點頭示意後，對方馬上走到人群後方，過了一陣子後就用手槍逼迫著一家三口走了出來。

那是一對三十來歲的夫妻帶著一個三歲的小孩，丈夫來到男人面前就直接跪下，膝蓋叩在地板上發出了清脆的響聲。

許父光是聽聲音都覺得痛，由於太過感同身受，自己的膝蓋居然也產生了不存在的「幻痛」，感到一陣發麻。

然而丈夫卻顧不得痛，激動地抱著男人的大腿就大聲求饒道：「波……波士，我知衰啦，求下你大人有大量放過我啦好嘛？」

男人皮笑肉不笑的撐起一個笑容問：「咁你衰咩啊？講嚟聽下，費事一陣啲人話我冤枉咗你。」

丈夫一臉膽怯地小聲道：「我唔應該……」

男人笑著提醒道：「大聲啲，家陣聽力測驗咩？」

丈夫望著四周來看熱鬧的人群，猶豫再三最終還是深吸一口氣大聲喊道：「我唔應該喺維修時偷懶，冇好好檢查零件狀況，搞到有一架裝滿武器嘅運輸機墜落咗喺西半山上！」

「咁知唔知因為你嘅緣故對大家造成咗幾大嘅損失？」男人笑問。

「呢層……我唔太清楚。」丈夫支支吾吾道。

「經過清點，失去嘅武器同子彈足夠供應基地一個月嘅用量，呢啲我都唔同你計較。」男人臉上的笑容漸漸消失道：「運輸機上面五個人當中有三個係精英份子，每個都有消滅過三隻以上Ａ級特殊感染者嘅戰績，絕對係不可多得嘅人才。」

「宜家因為你偷懶，搞到佢哋全部葬身喺火海之中白死，呢筆賬你打算點計？」

「我……」男人猶豫時回頭看了妻兒一眼，然後咬牙作出了痛苦的選擇：「一人做事一人當，用我條命還返畀佢哋！」

妻子馬上撲上前阻止：「你癲咗啊？波士，佢講笑㗎渣，唔好當真。」

男人看到這般拙劣的演技後忍不住哼的一聲笑了出來：「我梗係知佢講笑啦。」

夫妻卻相擁而笑以為事情出現轉機，不曾想對方竟然緊接道：「你命就得一條，畀你害死嘅有五個，就咁無數咪顯得你條命好矜貴，佢哋嘅好賤？」

言下之意就是要一命填一命，只能多不能少。

男人又冷冷地補上一句嘲諷兩人：「做咩？你哋唔係以為咁樣喊

兩嘢，懶夫妻情深咁就有用吖嘛？」

丈夫這下徹底慌了，為了保住妻子和自己留在世上的最後一點血脈，他拚命哀求男人：「唔好啊波士，禍不及妻兒，佢哋冇做錯嘢，偷懶嗰個係我，你懲罰我啦。」

「說話雖然係咁講。」男人不為所動道：「但係數唔係咁計，機上面嘅成員都冇做錯事，但佢哋咪一樣因你而死？」

丈夫驚慌地不斷搖頭道：「波士，我知道你唔殺女人同細路，你……你做下好心放過佢哋喇！」

「我係有咁嘅規矩，但問題係……」男人笑著用手輕輕拍打丈夫的臉龐，然後慢慢俯下身體在其耳邊低聲道：「你老婆唔係細路，你個仔又唔係女人，我點樣放過佢哋？」

「吓？」

丈夫聽完後大腦瞬間當機，整個人呆若木雞愣在原地，每一個腦細胞都在竭盡全力解析剛才波士那一句的意思。

男人從頭到尾都沒有打算放過他們一家，沒等丈夫反應過來，他就以極快的速度抽出腰間的手槍，「呯」的一聲在對方腦門上留下一個血洞。

別看子彈進入的洞口那麼小，離開時巨大的破壞力直接就把整個後腦勺給轟爛了，白花花的腦漿混雜著鮮血濺滿了妻子和小孩全身。

渾身顫抖不已的她一臉驚恐地看著丈夫可怕的死狀，隨即意識到即將會發生到自己身上的事情，此時她再也壓抑不住失控的情緒，崩潰地放聲尖叫起來。

可妻子才剛喊出口前後不到半秒，早有準備的男人便舉起手槍呯呯兩槍把母子倆平安送回丈夫身邊。

他皺眉用尾指掏著耳朵，不悅道：「我最憎就係聽到女人嘅尖叫聲，耳膜都痛埋。」

男人作風十分小心，說完後又朝著每具屍體腦袋上又各補了一槍，確保他們的大腦都遭到徹底破壞，避免死後不小心感染病毒然後變成特殊感染者回來報仇。

處決結束後，圍觀的群眾紛紛作鳥獸散，明明剛才發生的事情是那麼血腥恐怖，他們卻能當作是熱鬧來看，可見這種事情在這裡沒少發生。

在忙完自己的事情後，男人整理了一下自己的儀容後就來到了許父面前恭敬道：「請跟我嚟。」

許父能看到數名士兵正在其身後收拾屍體和清理現場，回想起剛剛那一家三口的死法，他不敢有所耽誤馬上跟了上去。

CHAPTER 10 泰坦之屍

被稱為波士的男人跟許父並肩而行，那一臉輕鬆自在的樣子根本不像剛剛才親手殺了三人。

男人像跟熟人閒話家常般笑著問道：「你喺度住咗都差唔多一星期，新環境習慣嘛？」

「乜原來我已經畀人捉咗嚟一星期？」許父在心裡想道。

本來他還想繼續用對待軍人的態度來對付男人，但一想對方可是殺人不眨眼的狠角色後便瞬間改變了主意。

許父用不溫不火的語氣應道：「撇除好似坐緊監，咁都冇乜唔好。」

男人忽然停了下來，走過頭的許父也趕忙駐足回首，擔心是不是剛才那一句話冒犯到他，整個人緊張到不行。

「講咗咁耐都未向你作正式嘅自我介紹。」男人微笑著把手按在胸前，恭敬地伸出一手道：「我叫曹天驕，係軍事組織『希望之光』嘅首領。」

許父見對方一臉友善的朝自己伸出友誼之手，迷迷糊糊地就握了上去說：「我叫許承之，係一個普通人。」

「普通人？」曹天驕哈哈大笑道：「可以住喺一間銅牆鐵壁嘅豪宅，入邊仲有咁大量嘅物資，許生，你會係普通人？唔好講笑啦。」

能住在西半山豪宅區的本身就不可能是普通人，然而許父對這樣的生活一直都是抱著理所當然的態度，自然也沒想過普通人是不可能過上這樣的日子的，不管是在病毒爆發前還是後。

「欸——」他一時間不知道該如何應對，講話也變得支支吾吾。

曹天驕緊接著說：「而且間豪宅居然仲係特登針對喪屍爆發嘅情景嚟改造，仲儲備埋咁多嘅糧食同物資，感覺就好似……」

他的目光忽然變得銳利，彷彿能看穿別人的想法一樣，握著許父的手也加強了不少力度，接著便幽幽道：「就好似你預先就知道會有喪屍爆發一樣。」

秘密被戳到的許父一聽心裡頓時一個咯噔，不知道該如何回答這問題，難不成告訴他自己的兒子是重生者，帶著末日的記憶回來改變命運的嗎？

許父不知道曹天驕會不會相信如此荒謬的說法，要是聽完後覺得被戲弄了，一槍崩了他的話那可怎麼辦？

在這生死攸關的時刻，是死是活也許只是一句話的事。

許父這輩子都沒有如此拚命的思考過，既然真話不能說，那就只能撒謊了，但曹天驕明顯不像妻子平常那樣好糊弄，接下來想騙過他，那謊言就必須做到真假參半，真中有假，假中有真，能經得起推敲才行。

他先是假定對方在開玩笑，燦然笑道：「你真係識講笑，我有預知能力仲會畀機會你攻破我避難所，搬走晒我啲物資？」

「哦？」曹天驕聽到後眉頭一挑，好像覺得這一句還挺有道理。

許父又繼續道：「我真係普通人，豪宅係我個仔炒股贏返嚟，整到避難所咁係因為佢本身係個末日電影迷，成日都驚世界會末日，所以發咗達之後就整咗間咁嘅嘢，原本我都鬧佢亂洗錢，點知塞翁失馬，錯有錯著。」

曹天驕聽完後維持著握手的姿態站在原地，眼睛仍然直勾勾地盯著許父來看，彷彿想從對方眼中看出真相來。

而許父則像是石像般站在原地，動也不敢動，擔心任何舉動都會導致謊言被識破。

雖然僅僅只是過了短短幾秒，但許父卻感覺像是過了一個世紀般漫長。

「原來係咁。」曹天驕終於鬆開了他的手又說：「睇嚟冥冥中自有注定，當時有冇諗過你個仔嘅興趣將來可能會拯救咗人類？」

許父見對方沒有懷疑後暗中鬆了一口氣，隨後又用另一隻揉著被握得發痛的手說：「有冇咁誇張啊？」

曹天驕一臉誠懇道：「我哋希望之光大約有兩千人口，當中九成都係經過訓練嘅戰鬥人員，你哋提供嘅物資足夠全個組織運作三個月，我有信心憑借住搜刮返嚟嘅武器同裝備，可以慢慢將全港十八區由喪屍嘅佔領下解放出嚟。」

「『提供？』講得真係好聽。」許父心裡抱怨道：「明明問都冇問就攻破避難所，然後搬走晒所有嘢。」

他的內心最終還是如實反映在臉上，曹天驕見他欲言又止便誤會道：「你唔信啊？」

「信！你哋咁疊馬，又有槍又有炮，我點敢唔信？」許父連忙賠笑道。

不知道是為了展示實力還是取得許父的信任，曹天驕把兩根手指放到嘴唇上吹了一個尖銳的長哨，緊接著兩人身後的探射燈突然「噠」的一聲打開了。

由於燈光太過刺眼，許父轉身時不得不瞇起眼睛並舉起手來遮擋光線。

等到眼睛適應後，他才發現燈光之下一塊巨大的藍色塑料布正覆蓋著某個龐然巨物，邊緣被風微微掀起，露出底下泛著詭異青灰色的皮膚。

兩名士兵在曹天驕的吩咐下，一同攥緊塑料布的邊緣，猛地一扯——

「嘩啦！」

探照燈的光柱刺破黑暗，照出一座由腐肉堆砌的屍山。

十米高的泰坦喪屍背朝天的倒斃在地上，脊椎彎折成詭異角度，後腦勺由於被火箭彈掀開而消失不見，乾涸的腦漿如同風化的石膏，沿著碎裂的頭骨垂掛而下。

其中一顆眼睛被機槍子彈貫穿而只剩下一個空洞，殘存的右眼渾濁發黃，嘴角撕裂至耳根，露出森白的尖牙。

密集的彈孔雖然佈滿它的全身，但對於擁有堅硬外皮的泰坦喪屍來說只能算是蚊叮蟲咬，腹部被炸出來的巨大窟窿是反坦克炮的傑作，必須用到這種程度的火力才能作出有效的傷害。

傷口中幾根斷裂的肋骨像柵欄般斜插出來，內臟早已液化，滴落在地上積成黏稠的黑色沼澤。

比卡車輪胎還粗的右臂被燒得焦黑，左臂則從肩部徹底消失，斷口處的爛肉顯示是被爆炸硬生生扯離軀體。

許父曾在無人機的畫面裡見過它，也知曉它那驚人的戰鬥力，沒想到他們居然把正規軍隊都打不過的怪物也消滅掉了。

「呢隻怪物最近出現喺西區，喺我哋希望之光精密嘅佈署下最終成功透過密集火力收拾咗佢，咁樣你相信我哋未？」曹天驕笑道。

「阿波士……」

許父剛說出口就被對方打住道：「你喺我哋希望之光物資最短缺嘅時候帶嚟咗希望，唔好叫我波士咁生外，你叫我阿驕喇。」

「唔係幾好嘅？好似冇大冇細咁。」許父困惑道。

「我都叫返你承之咪打和扯平囉。」

「吓？」許父總覺得哪裡怪怪的，半推半就間答應下來：「應該ok……啩？」

「頭先你係唔係有咩想講？」

「啲物資你拎去我唔計較，將來解唔解放到香港我都唔在乎，我淨係想搵到我個仔嘅下落，佢已經失蹤咗差唔多半個月，我同佢媽媽都好擔心佢。」許父憂心道。

「哦，唔怪得之令公子冇跟埋嚟，原來係咁。」曹天驕爽快地答應下來：「佢叫咩名，我派人查下內部有冇收留咗佢，冇嘅就派人出去幫你搵。」

「真係嘅？」許父聽到後大喜。

「但係……」

CHAPTER 11 荒山老婦

所有事情最怕就是有一個「但係」。

曹天驕稍作停頓後又說：「兩個星期冇消息通常都唔係咩好事，你最好都做定心理準備。」

「咪過你把口！我個仔好叻㗎！一定唔會有事！」許父拒絕相信兒子在外頭已經遇難，只要生不見人，死不見屍，不管別人說什麼他都不會相信。

看著溫馴的許父突然為一句好心的提醒而在言語上懟了自己一下，曹天驕對此也是感到相當意外，要知道平日裡整個基地上下跟他講話都畢恭畢敬十分客氣，像這樣好心遭雷劈的情況更是從未發生過。

許父發洩完情緒才後覺失言，心中暗叫不妙：弊！又衰多口！

他本以為對方會二話不說就朝自己開槍，沒想到曹天驕的脾氣遠比想像來的要好，遭到頂撞後只是失聲一笑然後就好奇地問：「出邊兵荒馬亂，一般人搵唔到合適嘅地方投靠根本捱唔過三日，點解你咁相信佢會冇事？」

「老……老竇相信個仔有乜好出奇！」

「原來係咁。」曹天驕低下頭若有所思，然後微笑著說：「如果我爸爸都好似你咁就好。」

不知道對方到底是在生氣還是在誇獎自己的許父思來想去後猶豫道：「多……謝？」

「放心啦，你對我哋組織嘅貢獻巨大，只要你個仔冇事，我一定會帶佢返嚟，等你哋可以一家團聚。」

「係咁就好囉。」許父在得到對方的承諾後高興道。

可是轉念一想，這傢伙好像也說過不殺女人和小孩，到最後還是反口了。

為了弄清楚承諾對他而言到底算什麼，許父沉思熟慮後鼓起勇氣問：「頭先個女人同細路……點解唔可以放過佢哋？」

「你有所不知，嗰個女人復仇心好重，放過佢哋即係放虎歸山，總有一日個細路大咗之後會嚟搵我麻煩。斬草要除根，免除後患呢啲嘢你明㗎啦。」

「但你唔係講過唔殺女人同細路？」

「係，今次係我講嘢唔算數，要殺佢哋我都好內疚，但一諗到有仇家喺呢個世界上未死，我夜晚黑就會擔心到瞓唔到覺。」曹天驕無可奈何道。

「我可以內疚一世，但我唔可以擔驚受怕一世，呢種感覺你明唔明？」

真不愧是姓曹的人，當對方說完那一刻，許父彷彿看到曹操再世，就差沒把那句「寧教我負天下人，休教天下人負我」說出口而已。

「我諗我應該明？」許父用不確定的語氣說。

「你理解咁就好囉。」曹天驕笑著搭了他的一下肩膊後就逕直離開：「我仲有嘢要做，你返去休息先，下次我會親自登門拜訪你哋。」

「好嘅好嘅。」許父一聽能回去妻子身邊，馬上滿臉堆笑道。

「咁樣就唔算忽忽哋嚟啩？」曹天驕留下這一句後揮手離開。

許父聽到後笑容驟然僵住，逐漸收斂起來。

這一句不是自己在房間裡罵人時說的嗎？對方是怎麼知道的？難不成房間裡被裝了監聽？

許父還沒來得及弄清楚狀況，兩名士兵便來到面前準備把他護送回房間。

在乘坐電梯時，許父被士兵一左一右的夾在中間，期間心想，雖然對曹天驕的了解尚淺，但根據自己多年來閱人無數的經驗來看，有一點應該毋庸置疑。

那就是這人的道德感比較薄弱，而且為了達到目的可以不擇手段，這大概也解釋了他為什麼能成為這軍事組織的首領。

許淵源緩緩甦醒，發現眼前是一片陌生的天花板後馬上坐了起來，身上蓋著的毛氈也從胸口滑落。

房間裡只靠著一根蠟燭提供光源，他試圖活動身體，結果全身肌肉都疼痛不已。

一直守候在床邊的小詩已經昏昏欲睡，但許淵源醒來後她瞬間來了精神，高興道：「阿源，你終於醒喇？」

「小詩？我暈咗幾耐？」他捣著疼痛的胸口說。

「幾個鐘，宜家已經半夜啦，好彩你醒返。」

「阿源？」房間外的阿龍在聽到動靜後也馬上衝了進來，一看到好友醒來就激動地飛奔至身邊道：「你頭先翻入牆之後就突然冇晒聲氣！嚇鬼死人咩！」

「咁我哋宜家到底喺邊度？」許淵源困惑地問。

「咪間大屋入邊囉，夜媽媽仲可以去邊度搵地方住？」阿龍應道。

被他這麼一說，許淵源迷迷糊糊地回想起了暈倒前的事，他依稀記得當時是翻牆進來查看大屋的狀況，沒想到下來後就突發暈了過去，在失去意識前好像曾看到有一個佝僂的人影在朝自己走來。

當他在想著那人影到底是誰時，門口處忽然傳來了敲門聲，一名打扮端莊優雅的老太太用溫柔軟糯的語調問：「佢醒咗喇？」

他扭頭就看到老太太站在門口，歲月雖然輕輕壓彎了她的背，但仍難掩其大家閨秀的氣質。

老太太穿著一件水藍色的真絲旗袍，領口和袖口都繡有銀邊，帝皇綠的翡翠項鏈在其襯托下更顯溫潤。

頭髮看得出平常有在精心打理，銀白的卷發一絲不苟地攏在耳後，髮梢微微翹起，即使身處末日之中，她仍保持著骨子里的優雅。

老太太雙手捧著一條雪白的毛巾慢慢來到許淵源面前微微前傾身子，動作很輕，像是怕驚擾了對方般把毛巾遞了過去：「新毛巾，未用過嘅。」

她輕聲說：「你抹個面先啦。」

老太太的語調雖然溫軟但卻帶有不容拒絕的魔力，許淵源只好接過毛巾訕訕道：「唔該。」

「客氣。」她笑的時候眼角的皺紋舒展開來，笑容溫和卻又不失分寸。

毛巾的布料厚實而柔軟，而且還帶著一絲淡淡的檀香味，一看就知道不是便宜貨。

在許淵源擦臉時，阿龍趁機跟他解釋：「蔣老太係呢間屋嘅主人，你暈低咗之後係佢開門放我哋入嚟救你。」

許淵源總算明白事情的經過，於是強忍著痛起身向蔣老太鞠躬道：「多謝你出手相救。」

「呢啲時勢有困難大家互相幫助係好應該嘅。」蔣老太連忙把他按回床上說：「你仲未好返，唔好起身住，瞓返低先啦。」

許淵源坐回床上後，蔣老太像哄小孩般誇獎道：「聽話咁就乖喇！」

她在床邊的一張扶手椅上坐了下來，椅背高挑的弧形正好支撐起

她那微駝的後背，然後說：「你入嚟果時真係嚇咗我一跳，我仲以為係我個仔返咗嚟。」

「阿仔佢去咗邊？」阿龍問。

「我都唔知。」蔣老太無奈地搖頭輕嘆：「佢話出去搵物資補給，走咗之後就冇晒消息。」

小詩安慰問：「咁佢走咗幾多日？我諗應該好快就會返嚟。」

「……半個月。」她沉默片刻後徐徐道出。

房間裡所有人都沉默下來，大家都很清楚，獨自外出這麼久沒消息肯定凶多吉少，蔣老太的兒子大概已經不在人世了。

這一點恐怕連蔣老太本人也是這麼想的，只是沒見到屍體都不願意承認罷了。

CHAPTER 12 同病相憐

許淵源卻不這樣認為，他從老太太身上看到父母的影子，他們曾經也像她這樣默默守在避難所中等待自己回來。

大概是為了彌補當時無法保護父母的遺憾，許淵源一反常態主動去安慰蔣老太：「放心啦，你個仔可能只係路上遇到些少麻煩，暫時返唔到嚟。」

蔣老太抬起頭，眼睛眨巴眨巴的看著他，眼神中多少有點不解，於是便問：「點解你會咁肯定呢？」

「因為喺你眼前就係其中一個例子。」許淵源豎起拇指指著自己說：「我都離開咗自己嘅避難所半個月以上，宜家咪又係生勾勾？既然我都做到，點解你個仔會做唔到？」

原本已經不抱希望的蔣老太在聽完後受到鼓舞，黯淡的眼中再次恢復神采。

「咁……希望承你貴言。」她溫雅地點頭笑道。

「你哋應該肚餓喇，我呢度仲有啲食物可以分畀你哋。」蔣老太說道。

「唔好啦，已經打攪你嘅地方，食物我哋自己有。」許淵源婉拒道。

「唔會打攪，我已經好耐冇見過生人，你哋嚟到我反而覺得安心。」老太太執意要把儲糧拿出來，但被兩名女孩給拒絕了。

「蔣老太，啲嘢你留返自己食啦。」

「係囉，我哋真係有，唔信你睇。」

小詩說罷便從背包中取出來幾個罐頭，還有即食麵和壓縮餅乾等乾糧。

「咁啊……」

老太太看到這琳瑯滿目的食物後，相比之下自己的食物顯得十分寒酸，自覺不好意思的她一臉內疚地把食物收了回去。

小詩安慰道：「唔緊要啦，我哋一齊 share。」

蔣老太難為情道：「真係唔好意思，但係我淨係得呢啲……」

Lily 也難得幫腔道：「你肯收留我哋，呢啲咪當租金囉。」

「係咯！一齊啦！」

老太太見盛情難卻，終於放下矜持笑著點頭：「食物雖然唔多，但廚房仲有好多調味料，等我去幫大家煮下。」

「唔洗都得，怕唔怕麻煩？」許淵源問道。

「唔麻煩，就咁乾爭爭，食完落肚都唔知咩味。」蔣老太轉向兩位女孩：「阿囡啊，你哋兩個嚟幫下我手好嘛？」

「好啊。」

大概是老太太的慈祥讓她倆不由自主的想起自己的家人，所以面對邀請，小詩跟 Lily 很爽快的就答應下來。

由於各大生活基礎設施都被喪屍攻佔而淪陷，整個城市已經陷入了停水停電的狀態，導致廚房裡的電磁爐無法打開。

為了料理食物，蔣老太只能帶著兩人來到院子，這裡有一個用土堆成的小灶，底下可以燒煤燒柴，上面的位置足以容納水煲或者炒鍋之類的廚具。

蔣老太忽然大聲呼喚道：「阿龍。」

「係，嗱度。」

「儲物房度應該仲有一小包炭未用完，你可唔可以幫我拎嚟透個火？」

「梗係冇問題啦，次次 BBQ 都係我負責透爐，在場冇人比我熟手。」

阿龍起身後就屁顛屁顛的跑去取炭去了，期間蔣老太向 Lily 誇讚道：「阿龍真係幾好仔，你要好好珍惜佢。」

Lily 得意洋洋道：「咁都係多得我平時嘅管教，佢先會咁聽話。」

沒多久後，阿龍便拎著僅餘的小半袋炭來到了灶台前，在蹲下來給底下添加燃料時不忘問：「蔣老太，啲炭係得咁多，用埋今次應該就冇。」

「唔緊要啦，原本我係打算等唔到個仔返嚟時解脫用，但好在有阿源佢鼓勵我，宜家應該用唔著。」

「吓？咁唔好留啦。」阿龍一聽對方原本是打算自殺用的，嚇到連忙像接到燙手山芋般把煤炭全倒了進去。

由於沒有助燃劑的幫助，阿龍先是趴在地上鼓起兩腮不斷吹氣，然後又拿了一個紙皮板當作扇子來扇風。

忙活了好一陣子後好不容易才把火給升起來，阿龍頂著滿臉的煤灰抬頭向兩人邀功：「搞掂！」

Lily 嫌他這樣子太沒出息，隨手拿起灶台上的一條毛巾就在男友臉上一頓揉擦道：「失禮死人啦！快啲抹乾淨佢！」

由於她的動作太過粗暴，阿龍一臉痛苦地閉上了眼睛不斷掙扎想要擺脫：「細……細力少少好嘛？」

把男友的臉擦乾淨以後，Lily 一臉神清氣爽滿意地拿著沾滿黑炭的髒毛巾離開，阿龍則捣著紅腫的鼻子問蔣老太：「……我個鼻有冇唔見咗？」

「唔單止喺度，仲變大咗添。」

許淵源走到阿龍面前看了一眼便指著他沒心沒肺地大笑起來：「你宜家成個麥當勞叔叔咁。」

「吓？」阿龍聽到後一臉失落道：「但係我比較鍾意肯德基爺爺。」

大概是太長時間沒跟人交流的緣故，平日十分莊重的蔣老太居然被兩人之間的無厘頭對話給逗笑了。

等到鍋子裡的水燒開以後，蔣老太便把準備好的五塊即食麵餅全丟到沸水之中，用筷子不斷把想要浮上水面的它們給按回去。

等到麵餅開始變軟以後，蔣老太顫巍巍地撕開調料包加到水中，調料粉融進湯裡的瞬間，一股久違的人工香氣立刻從鍋裡竄了出來。

醬油、味精、脫水蔥花等等在末日前廉價得不值一提的氣味，此刻卻讓圍在灶邊的五個人同時慢慢吸了一口氣，那股熟悉的鮮味勾得人口水狂嚥，胃袋發緊。

在病毒爆發以前，即食麵不過是平常人用來隨便應付一餐的食品，如今卻能輕易勾動所有人的食慾。

「咕嚕。」阿龍忍不住吞了口口水，那聲音在寂靜的院子裡顯得格外明顯。

麵餅都煮開後，蔣老太在熱氣氤氳的蒸汽中不斷用筷子攪動，每個人的眼睛都直勾勾地盯著鍋裡翻滾的麵條。

另外一邊的平底鍋也沒有閒著，泛著油光的午餐肉片放進去後就馬上滋滋作響，一股混著油脂與煙燻味的香氣就猛地炸開，瞬間充斥著整個院子。

由於火太大的緣故，老太太用鏟子小心翻動以免煎糊了。

「嘶——」阿龍看得倒抽一口氣，眼睛死死盯著鍋裡逐漸焦黃的午餐肉片，喉結不受控制地滾動，旁邊的Lily也不自覺地舔了舔乾裂的嘴唇，連一向沉穩的小詩在聞到這香氣後也忍不住悄悄嚥了口唾沫。

等到老太太把煎得金黃的午餐肉一一夾進盤子時，滾燙的油珠還在表面跳動。

「咕嚕——」不知道是誰的肚子先叫了起來，但在這時沒人會笑話他。

都說飢餓是最好的調味料，在吃了半個月冷食後，熱食的香氣對他們來說簡直就像一個奢侈的夢。

那香氣像是有實體一般，鑽進鼻腔勾著胃，讓人忍不住往前湊，許淵源甚至無意識地舔了舔乾裂的嘴唇，喉結上下滾動。

「煮好喇。」老太太啞著嗓子說。

她用湯勺把麵條分盛進碗裡，只見湯汁金黃，麵條微蜷，上頭還浮著幾顆脫水蔬菜。

要知道他們在離開避難所後一直都是過著顛沛流離的日子，每天吃的不是餅乾就是罐頭這些便於存儲的食物，就算有即食麵也苦於沒有廚具而只能乾吃。

當五碗鋪著焦香午餐肉的熱湯麵熱氣騰騰，香氣四溢被擺上桌子時，許淵源五人圍在桌邊，每個人都口水狂嚥，眼中只有眼前的那碗麵。

在誘人的香氣勾引下，普通的即食麵居然變得比山珍海味還要吸引人。

CHAPTER 13 熱湯熱麵

等到老太太幫他們把筷子都拿來以後，大家再也忍不住開始狼吞虎嚥起來。

阿源先是捧起碗喝了一口久違的味精湯，阿龍夾起厚厚的午餐肉就咬了一下去，小詩和 Lily 把面夾到嘴裡就大口吸溜起來，Bu 也在桌子底下對著狗碗裡的貓糧一堆猛吃，每一口都是活著的滋味。

院子裡只剩下筷子急促的碰撞聲和此起彼落的吸麵聲。

蔣老太一臉欣慰看著他們狼吞虎嚥，時間彷彿一下子又回到了太平的日子。

餐後，阿龍整個人靠在椅背上，拍著微微隆起的肚子，愜意地說：「冇諗過即食麵原來係咁好食。」

夜已深，已經累了一整天的眾人吃飽後開始打起了呵欠，困意頓時來襲。

蔣老太說這裡的房間很多，可以隨便挑一間睡，各人都挑了自己的房間後就進去休息。

翌日，阿源被一陣咖啡的香味吸引，從睡夢中清醒過來，下床來到院子時就看到蔣老太在忙前忙後地準備早餐。

「你醒喇？瞓得好嘛？」蔣老太拿著咖啡壺微笑道。

「張床好舒服，好耐冇試過咁樣一覺瞓到天光。」許淵源暢快地伸了一個懶腰。

其他人陸陸續續都被咖啡的香味喚醒，紛紛從房間來到院子裡。

「早餐準備好啦。」蔣老太捧著托盤微彎著腰熱情道。

大家圍坐在桌子旁邊用餐，阿 Bu 也搖著尾巴在旁邊的小飯碗裡高興地吃著貓糧。

清晨的陽光輕灑在眾人身上，耳邊能聽到「升 Key 雀」不斷的啼叫，這種暖洋洋的和平日子已經不知道多久沒感受過了。

「哇……就咁坐喺度都覺得好舒服啊。」阿龍雙手枕在後腦勺，閉上眼睛享受著陽光的溫暖。

小詩品嚐著咖啡，半開玩笑道：「如果可以留喺度就好啦。」

蔣老太一聽便喜上眉梢，連忙順著小詩的話題往下說：「當然冇問題！你哋肯留低嘅話，老太婆我絕對無任歡迎！」

許淵源心中暗叫不妙：「留喺度？咁點得啊？我仲要去搵阿爸阿媽嘅下落，點可能留低？」

但是人家昨天不但好心救下了自己，還收留他們這群陌生人過夜，許淵源實在是不忍心當面拒絕，可一時間又想不到該如何友善地拒絕對方，臉色瞬間便沉了下來。

Lily 也覺得這裡挺安全的，而且還是有錢人才能住的豪宅，如今居然還有人主動邀請入住，這放在病毒爆發前可是做夢都不敢想的事，要是安頓在這裡應該也是個不錯的選擇。

可轉念一想，這裡的資源並不豐富，老人家自己一個人吃喝都已經十分勉強，日子過得緊巴巴的，留在這裡早晚還是要走的。

「阿龍，你點睇啊？」Lily 扭頭尋求男友的意見。

真不愧是多年的好友，阿龍只是看了許淵源一眼就知道他心裡在想什麼，八成是因為不好意思拒絕蔣老太而煩惱。

他決定主動替其分擔煩惱，於是在被女友問到後便說：「你問我點睇啊？」

蔣老太笑得合不攏嘴地點頭道：「係咯，你哋唔嫌棄我一個老太婆嘅話就留低啦，呢度絕對夠地方畀大家住。」

「可以留低咁當然最好啦。」阿龍的笑容忽然收斂起來，神色認真地婉拒蔣老太：「但你嘅好意我哋心領喇。」

蔣老太大概也沒考慮過自己的提議會被拒絕，當即十分失落地問：「點解啊？」

阿龍拍了拍許淵源的肩膊說：「我哋仲要繼續去搵阿源嘅父母下落，冇辦法留喺度陪你。」

「真係嘅？」

一直沉默不語的他也終於頷首，阿龍又繼續說：「佢父母同你一樣一直都好擔心佢嘅安危，阿伯母仲因為咁病咗，佢想盡快同佢哋一家團聚。」

正如當初許淵源對蔣老太的處境感同身受一樣，後者一聽到他也像自己兒子一樣正在努力地想要回到家人身邊後，當即也理解了他的立場，不再嘗試挽留他們。

蔣老太一臉釋懷地跟許淵源笑道：「既然係咁，咁我都唔為難你哋啦，希望你同我個仔一樣可以盡快返到去屋企人身邊。」

「真係唔好意思，蔣老太，畀咗個假希望你。」許淵源語帶歉意道。

「冇相干。」老太太笑著搖頭道：「倒不如話我嘅提議有啲冒昧同唐突。」

「咁大家食埋個早餐休息下，一陣外面路況許可，冇太多喪屍我哋就繼續出發。」許淵源跟其他人說。

「吓，又要行啦？」Lily 一臉不情願道：「行都算，我哋要向邊度行先得㗎？」

許淵源於是順手撿了一根細長的樹枝充當畫筆，在地上根據記憶把戰術頭盔上的標誌大概地畫了出來。

「蔣老太。」他畫完後騰出位置讓老太太過來並問：「你對呢個圖案有冇咩印象？」

蔣老太一看就認出來並點頭道：「呢個好似係一個叫希望之光嘅軍事組織嘅標誌嚟。」

「你知道呢個組織？」許淵源聽到後馬上睜大雙眼，情緒激動道：「佢哋係咩人嚟？根據地係邊度？」

蔣老太語帶抱歉道：「呢層我就唔太清楚，曾經佢哋派過一架武裝直升機喺空中開住擴音周圍飛，不斷宣傳佢哋已經接手大量軍方嘅軍備，未來將會帶領人類反攻十八區，將香港由喪屍手上搶返返嚟，叫所有倖存者加入佢哋成為人類嘅希望之光。」

「佢哋係鬼希望之光！」許淵源一聽就來氣：「呢班仆街唔單止

搞到我同父母失散，仲搶哂我所有物資！」

他再三提醒蔣老太：「呢班絕對唔係咩好人嚟！你千祈咪鬼信佢哋！」

「呢層我知道。」蔣老太對此並不感到意外，頓了頓後又說：「我個仔有一次出去搵物資曾經見到佢哋槍殺手無寸鐵嘅平民，所以我對佢哋都冇乜好感。」

「佢哋用直升機宣傳嗰時，有冇講話去邊度先搵到佢哋？」阿龍提議道：「如果有，我哋過去咪應該會搵到世伯伯母？」

「有提過。」蔣老太閉上眼睛回憶道：「佢哋好似係醫院嗰邊設立咗一個臨時據點，用嚟幫附近想加入嘅志願者撤離。」

「醫院？距離呢度話遠唔遠，話近唔近，行返出大路過去應該兩公里左右就到。」許淵源思索片刻後推算道。

這距離運氣好應該走路走一小時左右就能到，但要是遇到什麼突發的麻煩事情的話，那就不知道要多久才能走完這短短的兩公里了。

「既然知道佢哋嘅位置，咁事不宜遲，趁個天仲光我哋快啲出發！」

「你哋等我一等。」蔣老太像是想起什麼般突然回到大屋裡去，出來時手裡就捧著一個黑色的手提箱。

她把手提箱遞給許淵源並道：「呢個係我過世嘅先生留低嘅，佢生前就特別鍾意玩呢啲，你打開睇下用唔用得著。」

CHAPTER 14
掠奪者

許淵源「咔咔」兩聲把箱子解鎖後打開一看，驚喜地發現裡頭居然是一台無人機，而且從其充滿未來感的設計來看就知道價值不菲。

他拿起控制器把玩了幾下後發現無人機的機能正常，而且電量還是滿的，足夠支撐長時間飛四十五分鐘。

許淵源詫異地望著蔣老太問：「呢架無人機係你先生重要嘅珍藏品嚟，蔣老太你真係打算就咁送畀我哋？」

她慈祥地點點頭說：「你哋路上用得著佢嘅話，我先生泉下有知一定會好高興。」

「咁就真係卻之不恭啦。」許淵源高興地闔上手提箱收下了這份禮物。

有了這台無人機，他們就等於開了天眼，把附近的路況都盡收眼底，還可以利用它來避開屍群聚集的地方，避免無謂的戰鬥。

作為回禮，許淵源給蔣老太留下了不少壓縮餅乾、罐頭和飲用水，只要節省一點使用應該撐一個月左右也不成問題。

蔣老太原本說什麼都不肯收下，非要他們把東西拿走，最終小詩出言安撫：「蔣老太，你嘅食物頂多夠支撐幾日，你都唔希望你個仔千辛萬苦返到嚟發現你餓死咗喺嘛？只有生存落去，先會有再見嘅可能，你都千祈唔好放棄啊！」

經小詩這麼一說，蔣老太也總算被說服，畢恭畢敬地捧著那盒壓縮餅乾向眾人表達謝意：「咁我都唔客氣啦。」

許淵源放出無人機，透過從控制器上方的顯示屏確認附近沒有喪屍後，眾人便告別蔣老太起程出發，沿著小路慢慢走回了大馬路上。

這裡也跟城市其他地方一樣，馬路上堆滿了被遺棄的汽車，形成了一條看不到盡頭的車龍。而且在兵荒馬亂時期，人們都沒怎麼在遵守交通規則，各種亂停的車子橫七豎八地佔滿整個幹道，只剩下狹小的縫隙可供人或者電單車通過。

眾人穿過長滿雜草的小路，正準備翻過馬路邊的護欄時，許淵源忽然神色一沉，伸出手攔住身後的同伴，並壓低聲線道：「等等！」

「做咩？有喪屍啊？」阿龍問。

許淵源點點頭，然後指著不遠處一輛紅色的廢棄汽車。其他人看過去後，果然是看到有一隻喪屍正漫無目的地遊蕩著。

他本人是想盡可能避免不必要的戰鬥，畢竟只要跟喪屍交手就有一定機會受傷感染，所以可免則免。

但眼前的路過於狹窄，想要不引起它的注意帶著其他人通過簡直是不可能的事。

所以許淵源只能讓阿龍守在女孩們的旁邊，自己抽出腰間的戰術匕首倒握著，然後翻過護欄躡手躡腳地走到了喪屍身後。

趁著對方還沒察覺，許淵源突然對準它的後腦就一刀扎了進去，只聽得「啪滋」一聲，亮晃晃的利刃便從喪屍的左眼裡插了出來，還

帶著視神經的眼珠被刀尖插著從眼框中強行頂出。

大腦被破壞後，喪屍的身體便瞬間癱軟下來，再也沒有動靜。

許淵源扶著它的身體慢慢地放在地上，免得弄出聲響引來更多的喪屍。

在確保附近都沒有危險後，他才向遠處的同伴招手表示安全，其他人這才匆匆忙忙地翻過護欄來到了許淵源身邊。

「點啊？係咪行得？」

許淵源頷首後道：「唔，一陣間我行頭，阿龍你負責守尾門，女仔就喺中間，明白未？」

「得！冇問題。」

在這種狹窄的地方前進時，採用這種三文治陣式的好處就是當前後方突然遭遇到危險，最起碼都會有他或者阿龍來應付，不至於讓女孩們直接面對。

「你哋行嗰陣小心啲，有啲車入邊仲有電，唔小心掂到，防盜就會響個唔停，到時就會引晒附近嘅喪屍過嚟。」許淵源提醒道：「喺呢度被包圍，我哋睇怕都凶多吉少。」

「知道。」女孩們也連忙點頭。

眾人採取預定的陣式，在車與車之間狹窄的縫隙穿梭，朝著醫院的方向慢慢前進。

這裡的喪屍都沒有成群結隊，而是零零星星地分佈在各處，以致許淵源每走幾步就要潛行跑去處理，在確保目標已經死透後才讓其他人通過。

而在隊尾的阿龍也不好過，僅僅是通過二十米的距離，他們的後方就已經遭到喪屍襲擊三次了。

幸好昨天吃飽睡好，大家在得到充分休息後仍然覺得體力充沛，可以應付過來。

要是以這種速度緩慢前進，一行人應該下午左右就能抵達醫院的範圍。

然而就在他們推進了大概一百來米時，馬路的盡頭處忽然傳來了陣陣的轟鳴聲，許淵源身旁的廢車突然震顫起來，像是受到某種低頻震動影響而產生共振。

女孩們看不清前面的路況，只能在身後焦急地問：「發生咩事？」

「有人嚟緊！匿埋一邊先！」許淵源警惕道。

幸好這裡有著大量廢棄車子可以當作掩體躲藏，眾人就地一蹲就完全融入其中。

一隊由三輛改裝重型電單車組成的車隊呈楔形出現，先前所聽到的轟鳴聲便是由他們的引擎發出。

他們打扮十分狂野，改裝的排氣管噴著幽藍火焰，在廢棄的車子

之間蛇形行走，看樣子駕駛技術十分高超，遇到無路可走時就直接翹起前輪從車子上方直接開過去，不少車子的防盜因此被激活而響個不停，原本不在馬路上的喪屍開始被聲音吸引過來。

遇到攔路的喪屍時，為首的人拿起一根釘滿釘子的球棒就在風馳電掣中敲了過去，喪屍的腦袋像西瓜一樣整個炸開，白色的腦漿混雜著黑色的污血四濺。

「班人係咪癲㗎！？引晒啲喪屍過嚟！」Lily 看著喪屍從道路兩側不斷湧入後氣急敗壞道。

「佢哋人手一架電單車，有咩事畀個油就走咗啦！仲邊會理呢啲嘢。」阿龍看到他們的改裝重型電單車後雙眼放光，流露出一臉羨慕的樣子。

小詩緊張地拉了一下許淵源的衣袖，然後湊到其耳邊小聲地問：「阿源，我見佢哋清緊喪屍，應該係好人嚟？」

他沒有回答，只是給了一個眼神讓她去看其中一輛重型電單車的後方。

小詩順著視線望去，果然看到他們在車的後方綁了一條鎖鏈，好像栓著什麼東西任由其在後方拖行著。

等到她看清楚後馬上倒抽一口涼氣，因為那是一具血肉模糊的屍體，身體跟地面接觸的部位被又燙又硬的柏油路給磨到只剩下白森森的骨頭，並在後方留下一條長長的血路。

「唔好出聲，呢幾個係靠搶人物資生存嘅『掠奪者』！」許淵源警告道。

CHAPTER 15 掠奪者 2

這些人不但對喪屍殘忍，對末日中難得的同類也絕不會手下留情。

本以為車隊只是路過，只要忍一忍就可以了，沒想到當尾車拖著鎖鏈從眾人的藏身處經過時，穿著黑色皮衣的光頭胖子忽然停下車高興道：「你哋過嚟睇下我搵到乜？」

已經開過頭的另外兩人只好折返，而躲在一輛紅色起亞後方的許淵源等人在聽到後被嚇出一身冷汗來。

「畀人發現咗？冇理由㗎？」

許淵源的後背緊貼著滾燙車門，汗珠在下巴凝結。

車隊正在逐步逼近，許淵源也握著匕首在想要不要先發制人，要知道他們隊伍雖然有四人，但女孩們基本上沒什麼戰鬥能力，而對方卻是三個正值壯年的男人。

要是能衝出去解決掉一個的話，讓局面強行變成二對二的話，那就好處理得多。

許淵源說幹就幹，手裡握著戰術匕首，表情肅殺地扭頭看了隊伍後方的阿龍一眼，兩人沒有言語，只是簡單的眼神交流便明白了對方的意圖。

阿龍也同意他的計劃，與其坐以待斃，那倒不如出去跟他們拚一把，男人在自己的女人面前總不能示弱那麼窩囊吧？

就在兩人都屏息靜氣等待三人接近時，殊不知光頭胖子走到一行人的藏身之處前方不遠處就停了下來，高興地向同伴說：「就係呢度！」

原來他們只是被一輛被撞得報廢的電單車給吸引了注意，光頭胖子想要把車子的零件拆下來回去改裝，結果卻遭到同伴們一頓臭罵。

「行啦！鼠爺派我哋出嚟係搵食物，唔係零件！」唇環男看到後沒好氣道。

就在他們爭執期間，喪屍群正悄悄地朝著他們所在的位置聚集，三名掠奪者恃著自己有電單車能快速從現場離開，所以一直都不著急著要走。

這下可急死了許淵源等人，如今前路被三人堵住了，四周還有大量喪屍正在接近。

就在大家的注意力都集中在前方的掠奪者時，一隻腐爛的手冷不防地從車底下伸出來，抓住阿龍的腳踝就用力一拽，後者還沒反應過來，整個人就被拉了進去。

「阿龍！」許淵源見狀在心中暗叫道。

車底下的阿龍過了兩秒後才反應過來，躺在地上稍微抬起頭就看到腳邊有一隻腦袋已經被砸碎的喪屍正在張牙舞爪，灰黃色的大腦在頭殼中像果凍一樣在晃動。

對方張嘴露出一口殘缺不齊，滿是血污的爛牙，對準阿龍最肥美的大腿就要咬下去。

他被嚇了一跳，第一時間用盡全力提腳往後一縮，讓喪屍一口咬在最為結實的鞋底上，接著掄起另一腳對著外露的大腦就狠狠地踹了下去，車底下霎時間腦漿四濺，那隻死抓著自己不放的手也逐漸變軟鬆開了。

整個反擊過程毫不拖泥帶水，在短短幾秒間就決出了勝負，整場戰鬥連許淵源都還沒來反應就已經結束了。

危機暫時解除，但是這邊乒乒乓乓的動靜還是引起了那三名掠奪者的注意，為首的唇環男朝著眾人躲藏的位置警惕道：「咩聲？」

光頭胖子望去什麼都沒發現，於是便困惑地問：「有聲咩？點解我聽唔到嘅？」

「肯定有！」唇環男瞪大雙眼指著自己的耳朵暴躁道：「我出名順風耳！」

「我過去睇下。」墨鏡男扭動油門不斷催動引擎，排氣管馬上噴著黑煙轟轟作響。

許淵源一聽馬上咬牙暗罵：「大鑊，宜家就算解決得到佢哋，之後都會畀喪屍包圍，根本唔夠時間走。」

「阿源！唔好諗啦，我哋搶咗呢條友嘅電單車就走喇！」從車底下爬出來的阿龍在腎上腺素的影響下仍然處於好戰的狀態，於是提議道。

「就算畀我哋搶到，四條友點坐一架電單車走？你當我印度嚟㗎？」

眼見對方開著電單車不斷地靠近，阿龍也是焦急得不得了：「咁宜家點？冇時間啦！」

「你畀多幾秒我諗下！」許淵源咬著拇指，大腦在飛速盤算各種可能。

然而還沒等他想出辦法來，阿 Bu 感受到小詩的害怕於是從背包裡掙脫出來，她連抓都來不及就眼睜睜看著小狗從藏身處中跑了出去，奮不顧身地衝著正在靠近的電單車吠叫。

駕駛座上的墨鏡男在看到是一隻狗後便扭頭跟同伴報告道：「喂！流浪狗嚟㗎啵。」

「嗱！聽到啦！都話有聲㗎喇，你聾嘅仲好意思質疑我！哈！」唇環男在證明自己沒錯以後十分囂張地大肆譏嘲光頭胖子。

「咁點啊？要唔要執佢返去今晚加餸？」墨鏡男問。

「你兩個真係麻鬼煩，一個要執零件，一個要執狗！」唇環男抱怨道。

「是但一樣囉！」光頭胖子說。

唇環男指著四周眾多喪屍沒好氣道：「執鬼執馬咩，成班喪屍湧緊埋嚟喇！快啲走啦！仲執！」

「撳！」墨鏡男只說了簡單有力一個字。

眼見即將被包圍，三名掠奪者便催動引擎發動車子朝著許淵源一行人來的方向絕塵而去，那具被鐵鏈栓在車後拖行的屍體又開始了新的旅程。

一個麻煩離開了，但等待著他們的是更大的麻煩，掠奪者吵吵鬧鬧把喪屍大軍引來後，自己拍拍屁股就走了，只留下許淵源他們來獨自面對這局面。

「點算啊！我哋係咪應該退返去搵蔣老太避一避風頭？」Lily 驚慌道。

許淵源從車堆中探頭一看，然後無力地搖搖頭道：「唔得，後邊已經被十幾隻喪屍封住咗，唔想死唯有繼續向前突圍，咁先可能有一絲生機。」

掠奪者來的時候也順手掃蕩了不少喪屍，比起後退，前方的數量要稍微少那麼一點，但是時間一旦拉長，其他聞風而來的喪屍就會把這個缺口給填滿。

一行人只能硬著頭皮往前衝，由許淵源走在隊伍前方開路，阿龍負責殿後，女孩們雖然沒有戰鬥能力但也會幫忙留意四周的情況來盡一分力。

攔路的喪屍不斷被許淵源打倒，但消滅的速度還遠遠比不上被吸引來的。

眼看大家都快要被圍困在廢棄車堆中時，小詩忽然指著前方一輛翻側的雙層巴士大喊道：「你哋睇下！」

車頭的位置把一座建築物的大門給堵住了，雖然無法從門口進入，但是能先爬上車頭再翻牆進去。

「去避下先！」許淵源指著巴士與圍牆的連接處說。

眼下生路就只有一條，不然就只能留下來等著餵喪屍，所以他也沒什麼好想的，當機立斷領著大家就朝巴士的方向狂奔而去。

CHAPTER 16
公路狂奔

雙層巴士的闊度有 2.5 米，而且面朝他們的還是光滑的車頂，沒有任何凹凸不平的地方可供立足借力，所以想要上去就只能像進去蔣老太家那樣得有人在下面墊底。

阿龍動作迅速地來到了巴士旁邊後就馬上轉身半蹲紮馬，然後催促道：「阿源！你上去先！」

緊急關頭，許淵源也不客氣直接一個小助跑上前，踩在阿龍的大腿上用力一蹬，雙手便成功抓在車側的邊沿，咬牙用盡全身氣力後才手忙腳亂，氣喘吁吁地翻了上去，鞋底在鐵皮上刮出刺耳的聲音。

居高臨下的他能看到喪屍大軍正鋪天蓋地湧來，所以片刻都不敢休息，趴在邊沿就往下伸手：「下一個！捉住我！」

「Lily ！你上去先！」

她扭頭一看發現喪屍已經在三十米開外時，馬上慌慌張張地踩在阿龍身上，然後在許淵源的幫忙下被拉了上去。

「小詩！」

「係！」

在把兩名女孩都順利送上去後，喪屍已經逼在眉睫，距離底下獨自留守的阿龍只剩下不到十米的距離。

許淵源便催促道：「阿龍！」

阿龍在底下嘗試了好幾次，但是由於身上所背的物資實在太沉，連跳了好幾次都離地不到十厘米，連許淵源的指尖都夠不著。

「阿龍！快啲啊！」Lily 見喪屍已經如此接近也焦急起來。

他累得氣喘吁吁道：「唔得啦⋯⋯個背囊太重啦，我根本跳唔起。」

許淵源也激動地催促道：「咁仲唔扔咗佢，你諗乜啊！」

「但係⋯⋯入邊裝嘅全部都係我哋嘅食物。」

「再唔扔咗佢，你就係後面班喪屍嘅食物！」

阿龍扭頭一看發現喪屍已經來到身後了，頓時被嚇出一身冷汗來，這下再也顧不得這要命的背包，動作飛快地解了下來，「咚」的一聲扔在地上。

擺脫負擔那一瞬間，阿龍頓感身輕如燕，整個人像是沒了重量般輕盈。

面對著發動攻擊的喪屍，他一個回旋腿蹬在對方的胸口上，一腳就踹得它踉踉後退，像打保齡球般把身後的喪屍連帶著給一起絆倒了。

阿龍把握著這空檔，轉身一個小助跑後便用力一躍，許淵源本想著抓住他的手然後拉上來。

沒想到他卻根本不用好友的幫忙，輕輕鬆鬆一跳就直接抓到了邊沿，然後像是在泳池邊上水般用力把自己給撐了上去。

雖然看上去好像游刃有餘，但這驚險的過程還是把阿龍累得有夠嗆，剛翻上來就整個人躺在車窗上大口喘氣：「攰……攰死我。」

喪屍見好不容易到嘴的肉跑了，成群結隊的在巴士底下不斷用骨爪抓撓車頂，在鐵皮上發出了可怕的尖嘯聲。

其他見目標已經丟失以後，注意力很快又被遠處的車子防盜聲給吸引，沒有再朝他們所在的位置靠攏。

而剩下的喪屍就只會在車子下面鬼叫亂抓而已，幸好數量不多，不然它們屍疊屍的堆上來，那麻煩就大了。

此地不宜久留，兩人稍作休息後，許淵源便站起來說：「行啦，仲未可以安心住，入去睇下咩環境。」

阿龍點頭，跟著許淵源從車頭的位置跳了下去。

原來是一座國際學校，畢竟旁邊就是富人區，校門是玻璃門可以看到裡面的狀況。

但是大門不但被人用鐵鏈鎖住了，還用紅色噴漆在玻璃上噴了「不要打開！！！！」四個字，看來留下這字的人為了強調重要性，感嘆號被放大重覆了四次。

Lily 覺得這裡環境不錯，可以住下來看看，結果趴在玻璃上想看看室內是什麼情況時，一個可怕的人頭冷不防的出現在面前。

她被嚇得連連後退，阿龍馬上攔在面前，裡頭的喪屍還一直用潰爛白濁的眼珠子骨碌碌望著她，外露的牙齦隨著嘴巴開合而上下擺動。

許淵源透過另一側的窗戶看清楚了裡頭的狀況，看來病毒爆發當日，這座國際學校正在舉辦活動，裡頭密密麻麻站滿了喪屍，當中也不乏是小孩變成的。

他悄悄地退下來，壓低聲線跟同伴說：「噓，安靜啲，入面嘅喪屍仲未發現到我哋，千祈唔好引起佢哋注意，唔係呢塊玻璃應該擋唔到幾耐。」

Lily 頓時打消了留下來的念頭。

萬幸的是所有的喪屍都處於沒被激活的狀態，沒有發現他們的存在。

經過搜查眾人發現後門沒有鎖，可以透過此處離開學校，但為了安全起見，許淵源決定再次放出無人機查看四周環境，確認沒事後才走。

無人機緩緩升空，附近的景色很快就傳送到控制器的畫面上，他駕駛著無人機在附近盤旋了一周後說：「附近有消防局，仲有一個住宅小區，入邊有幾棟高樓同商店。」

「咁我哋去嗰個小區度睇下？應該會搵到住嘅地方同食物。」

許淵源搖搖頭說：「理論上係咁，但一般嚟講，呢啲人多嘅地方本身都係喪屍密集嘅區域，我哋入去可能要面對比起路上更多嘅敵人。」

「咁我哋應該去邊？」

「去消防局睇下，嗰度應該有人。」許淵源想了想後說。

Lily 困惑地問：「你又知有人？」

許淵源瞥了她一眼又跟阿龍說：「地鐵隧道入邊嘅事，你仲有冇印象？」

「記得。」阿龍歪著腦袋回想道：「入邊咪有幾個消防員喺度。」

「冇錯，病毒爆發嗰時出去執勤嘅九成都返唔到去，佢哋嘅下場大多數都同隧道班人一樣，所以消防局如果未畀人佔領，入邊應該係有人，運氣好可能仲會搵到少少物資補給。」

其他人聽得頭頭是道，現在他們的狀態只想盡快找一個安全地方稍作休息，不想再進行無謂的戰鬥。

在眾人的授意下，許淵源便駕駛著無人機朝消防局的方向飛去，把裡裡外外都探了一個遍。

好消息是搜查後發現裡面還沒有被人佔領，而且大門鐵閘是半開的，可以進去。

壞消息是裡頭有十多隻喪屍，當中有幾隻還是穿著全套的消防裝備，看上去防禦力要比一般普通的喪屍強，比較不好對付。

許淵源想了想後決定先用老辦法，先是讓無人機降到消防局的球場上低空飛行，然後就從喇叭中播放聲音來吸引喪屍的注意。

原本在消防局各處遊蕩的喪屍一下就被聲音所吸引，緩緩地轉過身後就朝著球場的方向移動。

「冇錯……就係咁樣，乖乖跟我行。」許淵源全神貫注地盯著螢幕看，手也跟著操作起來。

CHAPTER 17 消防局

無人機像領頭羊般飛過大門鐵閘，帶著底下的行屍走肉慢慢從消防局中離開，只是眨眼的功夫就把它們引到遠離消防局的地方去。

這一次沒有把所有的喪屍都引走，但起碼也走了八成左右，這本該是件值得高興的事，可當無人機回去消防局時，許淵源當場就小聲罵了出來：「屌！」

他原本最主要的目的是把難處理的消防喪屍給引走，不料忙活了一大輪只把普通喪屍給引走了，消防喪屍全都留了下來，數量絲毫未減。

許淵源推斷大概消防喪屍頭上戴著全包型頭盔的緣故，以致它們都對聲音不敏感，所以才沒有被無人機給引走。

同時間戴著頭盔也意味著頭部得到極大的保護，想要透過爆頭來擊殺就變得沒那麼容易。

阿龍提議道：「不如試下喺佢哋面前飛嚟飛去，睇下咁樣有冇用？」

許淵源聳聳肩道：「我有諗過，但咁樣一嚟太嘥電，特別係我哋已經冇得充電，無人機嘅電量用一次就少一次。二嚟係太危險，有幾隻喺二樓辦公室，室內範圍無人機嘅活動受到極大限制，一唔小心就可能畀佢哋撲到，到時得不償失。」

「咁一係過去快快手搞掂佢哋。」阿龍又說：「有我同你聯手應該好快清晒。」

剛才被喪屍隔著玻璃嚇了一跳的 Lily 驚魂未定，一聽到男友想從身旁離開時二話不說就用力拍了阿龍的肩膊一下著急道：「你有冇搞錯！扔低我同後邊成堆屍一齊！一陣佢哋衝出嚟咁我點啊？」

「但係……阿源咁樣一個去對付嗰幾隻消防喪屍太過危險。」阿龍像哄小孩般跟女友說：「乖啦，我同佢去一去好快返。」

「唔得啊！我好驚呀！」Lily死活都不肯讓他走：「一係我都跟埋去！」

「到時兵荒馬亂，我好難睇住阿源又睇住你㗎啵……」阿龍面露難色道。

「你留低，我咪唔去囉！」

正當阿龍怎麼說都無法勸服對方時，這回改為許淵源挺身而出為其解圍道：「今次我都同意Lily，我一個去就得，你同上次一樣留喺度睇住佢哋。」

「得你一支公，太危險啦！」

「今次唔同。」他把手中控制器交到阿龍手上又道：「有咗佢，你就算留喺度都可以back up到我。」

有了這折衷方案，阿龍雖然妥協了但還是十分擔憂道：「你入到去見有咩唔對路就好走啦，千祈唔好勉強。」

「放心啦，之前喺隧道嗰時同你已經對付過佢哋，有經驗㗎喇。」許淵源說罷戴上無人機裡附贈的聽筒然後動身打算離開：「咁我宜家過去，有咩情況出聲提醒我。」

「收到。」

臨行前，小詩抱著阿 Bu 一臉擔憂地拉住了許淵源說：「你帶阿 Bu 去啦，佢唔會拖累你㗎，起碼仲有一個照應。」

一行人剛剛才被阿 Bu 給救了一回，許淵源自然是知道牠不是個累贅，而且喪屍對人類以外的目標沒有興趣，一起行動應該不是什麼問題，沒準關鍵時刻還能幫忙。

眼看著阿 Bu 在小詩懷裡正衝著自己吐舌頭搖尾巴，許淵源便一手摁在牠的小腦袋瓜上摸了摸答應道：「好啦，你代阿龍嚟幫我手。」

也不知道牠聽不聽得懂，但是被摸完以後，小尾巴搖得更加歡快了。

臨行前，小詩再三叮囑阿 Bu：「一定要保護阿源，知道嘛？」

許淵源從國際學校後門離開後就直奔一百米開外的消防局，阿 Bu 也一直緊隨其後沒有掉隊，由於剛才已經把大部分的喪屍都引走了，沿途上沒遇到任何阻礙便來到目的地。

一人一狗站在被喪屍占領的消防局外，空氣中瀰漫著令人窒息的腐肉、汽油和鐵鏽的混合腥臭。

消防局堅固的白色外牆如今斑駁碎裂，牆面上濺滿乾涸的血跡和不明污漬，無數道爪痕深深劃入牆身。

正門處的鐵閘中門大開，能從這裡看到運動場上的情況。

側面車庫的紅色快速捲簾門也半敞著，但裡頭有一輛消防車的車頭突了出來，剛好把空隙給擋住了，擋風玻璃上佈滿了蛛網般的裂痕，而且還凝固著大片黑褐色的血漬。

許淵源抬頭能清楚看到二樓窗戶的玻璃幾乎全碎，殘破的窗簾如蒼白裹屍布般飄出窗外。偶爾有黑影伴隨著低沉的嘶吼聲在窗後蹣跚晃動。

整棟建築彷彿一頭被感染的巨獸，沉默而危險，等待著下一個獵物踏入它的屍口。

許淵源低頭看了腳邊的阿 Bu 一眼，後者也抬頭吐著舌頭歡快地朝他在搖著尾巴，彷彿這只是一次普通的散步般，一點都不覺得緊張。

腐肉和鐵鏽混合的氣味鑽入鼻腔，許淵源蹲在消防局大門的陰影裡，小心翼翼地透過鐵閘鏤空出來的空隙觀看消防局裡的情況。

此時許淵源耳邊的聽筒中先是傳來了一陣沙沙作響的雜訊，接著就傳來了阿龍的聲音。

「阿源，你聽到嗎？」

「聽到，非常清楚。」許淵源壓低聲音應道。

「你要對付嘅消防喪屍總共有五隻，你眼前嘅運動場上有一隻，健身室有一隻，二樓兩隻，車廂嗰邊有最後一隻。」

許淵源抬頭一看，無人機正盤旋在上方充當天眼的功能，雖然好友無法親自下場，但還是能感覺到是在跟他並肩作戰。

阿龍戴著聽筒全神貫注地盯著控制器上的螢幕，仔細地觀察著消防局的每個角落，一旦發生什麼變故就會第一時間通知對方逃跑。

「收到。」許淵源笑了笑後便帶著阿 Bu 穿過鐵閘，正式進入了消防局的範圍之中。

運動場上空蕩蕩的，綠色球場上的塑膠顆粒沾滿了黑褐色的污漬。

許淵源的目光很快就鎖定在場中央那個晃動的身影，那正是目標——一隻身穿米色防護服的喪屍。

它不斷用頭撞擊球場上的籃球架，即使亮黃色的頭盔已經撞到凹陷下去，還是只會不斷機械式地重複這動作，就像一部被卡住的錄音機。

「其他目標宜家點？」許淵源低聲問。

螢幕的光映照在阿龍臉上，在移動鏡頭檢查過後便應道：「未有反應，仲發緊呆，你可以搞掂呢隻先。」

「收到。」

他小心翼翼地靠近後發現消防喪屍的面罩已經碎裂，能看到底下腐爛的面容，結實的頭盔以及厚重的防護服幾乎覆蓋了所有弱點。

許淵源的喉結滾動了一下，普通喪屍還算好對付，但眼前這全副裝備的傢伙，簡直就像一座移動的堡壘。

以前還能跟阿龍聯手把頭盔摘掉後再處理，如今就只能自己想辦法了。

CHAPTER 18 喪屍過去

正面應戰？不，跟喪屍纏鬥太浪費體力，更何況這裡還有四隻要處理，得保留體力才行，所以最好是能在不引起注意的情況下一擊必殺。

能一招解決喪屍的就只有直接攻擊脆弱的頭部了，但是它們戴著頭盔把這最大的弱點給防住了。

只有一個人的話根本沒辦法把這該死的頭盔給摘下來，因為一旦親自動手，那下一秒就肯定會驚動到對方，然後雙方就會陷入麻煩的纏鬥之中，這是許淵源不願發生的事。

沒有辦法下許淵源只能繼續觀察消防喪屍苦思對策，沒想到喪屍不斷用頭去撞籃球架的舉動卻引起了他的注意，因為只要對方一低頭，頭盔與防護服之間就會出現隙縫。

許淵源靈光一閃，瞳孔驟然收縮，目光如刀鋒般釘在喪屍後頸約一指寬的裂縫上，那是防護服唯一沒有硬質護甲的部位。

雖說破壞大腦是消滅喪屍最有效的方法，但只要破壞其脊髓還是能起到有效的阻止作用，因為神經被切斷後，身體四肢便接收不到大腦所發出的命令。

許淵源臉色一沉，眉宇間凝起一股近乎冷酷的專注，右手緩緩拔出腰間的戰術匕首，拇指摩挲過刀柄上粗糙的紋路，金屬的寒意順著指尖蔓延至全身。

匕首在許淵源掌心轉了半圈後以反握的姿勢握在手中，接著便悄悄上前蹲在消防喪屍背後五米處。

運動場上的風突然靜止，汗水沿著他太陽穴滑落，在顴骨上劃出冰涼的軌跡。

消防喪屍仍在機械式的不斷撞擊籃球架，每一下都震得金屬架嗡嗡作響。

許淵源像準備出擊的獵人般微微屈膝，脊椎和大腿像壓縮的彈簧般蓄力，手中的戰術匕首被他捏得勒勒作響。

由於喪屍的動作很好預判，他在找準了節奏後，眼神陡然銳利如出鞘的刀，右腳猛蹬地面，整個人化作一道灰色殘影衝向消防喪屍毫無防範的後背。

戰術匕首鋒利的刀尖在疾衝時劃拉出一道寒光，接著便被許淵源高高舉起，精準無誤地猛刺入後頸處的裂縫之中！

它在中刀後便立即反應過來，嘶吼聲從面罩的破損處傳出，叫人作嘔的腐臭黑血也從傷口噴濺到手上。

這一刀是刺中了目標，奈何落點稍微偏了一點，沒能成功一刀切斷脊椎，恰好就給了消防喪屍反擊的機會。

眼見對方就要轉身反撲，許淵源咬緊牙關，右手匕首用力狠狠一劃拉，刀刃切斷脊椎時發出「咔嚓」一聲脆響，它高大的身軀瞬間癱軟，猶如電源被拔掉的機器人般轟然倒地。

消防喪屍雖然身體無法動彈了，但是腦袋仍然活著，所以在徹底了結它以前是不能掉以輕心。

許淵源小心地用腳把它的身體挑翻過來，仰面朝天，透過破碎的面罩能看到頭盔底下的那顆頭顱仍在活動。

腐爛的臉上灰白的嘴唇不斷開合著，牙齒互相碰撞時發出了「咔咔咔」的聲響，白濁的眼珠子正死死盯著許淵源的方向，脖頸處的傷口不斷滲出粘稠的黑血，像台故障的液壓泵般隨著每一次咬合噴濺在消防服上。

目露凶光的許淵源單膝跪地，左手按住那顆仍在掙扎的頭顱。

就在他準備動手時，注意力卻被消防喪屍懷裡掉出來的一張照片給吸引了，撿起來一看發現是一張家庭照，是消防喪屍生前跟老婆小孩的合照，畫面裡一名懷抱嬰兒的年輕女性滿臉幸福地依偎在男人的身上，一家人臉上洋溢著幸福的笑容。

對啊，自己所獵殺的喪屍或者就是別人朝思暮想的家人，只不過對方運氣不好才會淪落成喪屍。

一想到這他就忍不住鼻子一酸，此時阿龍見其愣在原地不動，於是便透過聽筒說：「阿源，你冇嘢吖嘛？」

「冇。」許淵源假裝若無其事說：「好快搞掂。」

說罷他便用戰術匕首猛地刺進了消防喪屍的眼窩之中，刀尖上先是傳來了穿透眼球的觸感，接著便是顱骨輕微的阻力，最後「噗」的一聲刺進了大腦之中。

頭顱的抽搐驟然加劇，嘴巴進行了最後的瘋狂啃咬後，黑血便從七竅湧出。

當許淵源旋轉刀柄攪碎大腦組織時，另一隻白濁的眼睛終於凝固，定格在一種詭異的解脫表情上。

他把匕首拔出時還帶出幾絲粘稠的腦漿，在陽光中拉出蛛絲般的細線，起身後影子像一塊沉默的墓碑籠罩在那張照片上。

許淵源閉眼深深吸了一口氣，再次睜眼時已恢復如同冰川般的冷靜，只是將匕首上的腦漿稍微甩掉後就算清潔過了，動作粗暴得像在懲罰自己突然湧上的軟弱。

「下一隻喺邊。」許淵源目光冰冷地按著耳邊的聽筒問。

「你入去之後左轉嗰間健身室入邊有一隻。」另一邊的阿龍觀察著螢幕中的消防局應道。

「收到。」

許淵源悄無聲息地推開消防局大樓的玻璃門，腐敗的空氣中混雜著金屬和血腥的氣味，剛踏進走廊時就看到有一把紅色的消防斧橫在腳邊。

「睇嚟運氣唔錯。」他嘴角微微上揚，眼中閃過一絲久違的亮光。

彎腰拾起斧柄後能發現斧刃在昏暗的光線下泛著冷冽的藍光，雖然邊緣有些黑色血跡，但鋒口依舊致命。

他隨手揮了兩下，斧刃劃破空氣發出「嗖嗖」的聲響。

「咁先似樣咖嘛！」他低聲自語並將匕首插回腰間，右手握著消防斧，斧刃斜指地面，在昏暗的走廊裡穩步前進。

走廊左轉後，健身房的雙開玻璃門就在前方，透過布滿裂痕的玻璃，可以看到一個高大的米色身影正在裡面徘徊，不時傳來拖沓的腳步聲。

他觀察後注意到它的動作有些奇怪，不像其他喪屍那樣漫無目的，而是有規律地在器械間巡視，感覺就像……就像在執行某種任務。

「睇嚟你生前係一個盡責嘅消防員。」許淵源低聲喃喃，右手拇指無意識地摩挲著斧柄上的防滑紋路。

這一隻會不斷走動，行為模式跟球場上的非常不一樣，想要不引起它的注意悄悄接近幾乎是不可能的事。

他蹲在健身房門外想著該怎麼處理時，腳邊正搖著尾巴的阿 Bu 忽然讓其靈機一觸。

CHAPTER 19 小狗立威

許淵源揉了揉阿 Bu 那小小的腦袋瓜，然後把健身室的門推出一條能讓其通過的小縫道：「靠你啦，幫我引開佢注意力，明唔明？」

小狗似乎聽懂了，靈巧地從門縫鑽了進去，爪子在地板上發出細碎的噠噠聲。

牠進去以後，許淵源就緊貼在門後等待時機。

那只消防喪屍此時正在啞鈴區徘徊，阿 Bu 快步來到它面前後勇敢地吠叫了兩聲，聲音在空曠的健身房內格外清脆。

消防喪屍頭盔下的腐肉擠出一個猙獰的表情，笨拙地撲向這個突然出現的活物，阿 Bu 在快要觸及時便敏捷地後跳，繼續發出挑釁般的吠叫，吸引對方來追趕自己。

它出於本能前去追逐小狗，導致自己一時間背向門口。

「係機會！」許淵源雙手緊握消防斧像獵豹般從門後無聲地竄出。

此時的消防喪屍正嘗試彎腰去抓阿 Bu，這舉動讓脆弱的頸背完全暴露在許淵源眼中。

機不可失，他毫不猶豫就衝了上去，消防喪屍還沒反應過來，許淵源已經扭轉腰身將消防斧橫斬而出，鋒利的斧刃在空中劃出一道銀色的死亡弧線，直接將那顆頭顱從脖頸上卸了下來。

一聲清脆俐落的「咔嚓」聲過後，消防喪屍的頭顱像被砍斷的樹枝般從脖子上掉落到跑步機的跑帶上，發出一聲沉悶的撞擊聲。

頭顱在地上滾動時，許淵源甩了甩斧刃上的黑血，心裡忍不住稱讚道：「呢把斧頭用落超順手，每一分重量都恰到好處。」

無頭的軀體僅僅維持了幾秒便轟然倒地，阿 Bu 完成任務後搖著尾巴一路小跑回到許淵源腳邊。

他單膝跪地，高興地用沒沾血的手背蹭了蹭牠的腦袋說：「做得好！我就知道帶你嚟一定有用！」

阿 Bu 搖著尾巴親暱地舔了舔他的手指。

「行喇，我哋上二樓。」

解決完喪屍的頭顱後，許淵源簡單說了一句，阿 Bu 便立即跟上他的步伐。

許淵源悄無聲息地踏上前往二樓的樓梯，手中的消防斧在昏暗的光線下泛著冷光，呼吸平穩而克制，連腳邊的阿 Bu 也放輕了腳步，豎起耳朵警惕地張望，一人一狗剛來到二樓的走廊就能看到兩隻身材高大的消防喪屍正在徘徊。

「嘖……兩隻痴埋一齊有啲難搞。」他苦惱地搔著頭想道。

「阿源，你喺邊？我無人機畫面見你唔到。」聽筒裡傳來了阿龍擔憂的聲音。

許淵源接著聽筒小聲地應道：「我冇事，已經搞掂兩隻，宜家諗緊辦法處理二樓呢兩隻。」

「暫時冇其他喪屍遊蕩咗入嚟，車庫嗰隻都未有動靜，你可以放心處理佢哋先。」

「收到。」

聽到這消息後，許淵源心裡稍微放鬆了一點，畢竟現在不用擔心背後受襲，只需專心把兩隻消防喪屍解決掉就行。

但是光憑一把消防斧就想獨自正面硬拼兩隻裝備精良的喪屍，這想法未免太過危險，只要一不小心就可能遭到圍攻。

如果可以讓它們分開或者暫時失去行動力就好了。

就在他想著這裡有什麼東西可以利用一下時，掃過走廊的目光突然發現牆上掛著一個醒目的紅色消防喉轆，長長的消防水喉像蛇一樣盤繞其中。

一個計劃瞬間在他腦中成形。

許淵源悄悄來到消防喉轆前快速把消防水喉解了下來，然後將其橫拉過走廊的入口，一端被綁在消防喉轆上，另一端則被他牢牢握在手中。

在陷阱佈置好後，他蹲下身在阿 Bu 耳邊低語幾句，然後指了指遠處的消防警鈴。

牠像是聽懂了那般快速穿過走廊，來到兩隻消防喪屍面前引起注意。

它們也是第一時間被這活動給吸引住了，同時伸出手開始在走廊上追逐阿 Bu，沉重的靴子踏在地板上發出了「躂躂躂」的響聲。

小狗不但憑著靈巧的身法輕鬆躲開了攻擊，還有餘暇把它們慢慢引向走廊入口。

許淵源躲在轉角處，看著它們一步步接近陷阱。

很快的阿 Bu 便從走廊衝了出來，期間還不忘回頭吠叫繼續挑釁目標。

就在第一隻消防喪屍怪叫著即將從走廊裡撲出時，許淵源猛地拽動手中的消防水喉，喉管在離地二十公分處瞬間繃直！

身穿厚重防護服的消防喪屍剛好就被絆個正著，身體失去平衡不斷前傾，最終像保齡球瓶般重重栽倒在地。

躲在旁邊的許淵源見機不可失馬上如同獵豹般衝出，雙手握著消防斧高高舉起，染血的斧刃在空中劃出一道死亡的弧線，直截了當就劈在消防喪屍的後頸上。

「咔」的一聲過後，倒地的消防喪屍立馬身首分離，黑色的污血四濺，把許淵源的身體以及潔白的牆壁都給沾污了。

解決了一隻後，阿 Bu 突然吠叫提醒許淵源，後者扭頭就看到第二隻消防喪屍緊隨著從走廊中撲出！

許淵源雙手握在斧柄之上想將消防斧拔出來，不料這一斧下去太狠了，不但砍斷了喪屍的腦袋，斧刃還深深地卡在地板之中，不管怎麼用力就是拔不出來。

另一隻消防喪屍咧牙發出了低沉的嘶吼，伸出戴著防火手套的雙手朝他脖子抓去。

眼見消防斧還是紋絲不動，許淵源果斷鬆開斧柄後退了兩步，右手閃電般抽出腰間的戰術匕首倒握著架在身前。

第二隻消防喪屍撲來的瞬間，他一個側身快步躲開，期間注意到對方沒有像其他同僚那樣配戴氧氣面罩，整個脆弱的下頜就這樣暴露在面前，是除後頸處唯二沒有硬質防護的部位。

許淵源故意後退引誘，消防喪屍果然上當，在其展開雙臂加速撲來的剎那，他突然俯身前衝，右手的戰術匕首也自下而上的猛刺而出。

刀尖精準地穿透柔軟的下頜組織，發出「噗嗤」的悶響，黑血順著血槽噴湧而出，濺在許淵源的臉上。

這一擊雖然沒有順利了結對方，但消防喪屍中刀後還是踉蹌後退了好幾步。

許淵源趁機一個箭步沖到消防斧前，雙手握住斧柄，右腳踩住地上的屍體借力一拔！

斧刃破土而出的瞬間，中刀的消防喪屍再次撲來，許淵源就勢旋身，鋒利的斧刃劃出一道完美的銀色弧線，從喪屍頸部斜劈而過，簡單得如同用熱刀切黃油。

那顆戴著黃色頭盔的頭顱高高飛起，在空中旋轉時不但黑血與腐肉橫飛，許淵源甚至還能看到戰術匕首仍然插在其腐爛的腦袋上。

頭顱撞在天花之上後又落回地去，最終如同皮球般滾到角落，無頭之軀跪倒在地在片刻過後才整個重重倒下。

CHAPTER 20 神秘少年

在把兩顆喪屍腦袋處理掉後，許淵源喘著粗氣甩掉了斧頭上的血漬，然後按著聽筒問阿龍：「最後一隻宜家點？」

「喺車庫，都係靜默狀態冇任何反應。」阿龍興奮道：「搞掂埋佢就可以將消防局封門改造成臨時避難所。」

「收到。」許淵源彎腰把戰術匕首收回腰間，然後叫了一聲：「走啦。」

阿 Bu 聽到後馬上從陰影中跑回親暱地蹭了蹭他的褲腿，尾巴也搖得飛快，那眼神就像是在看著狼群的首領般崇拜。

一人一狗離開後，走廊重歸寂靜，只有消防水喉上仍在滴落的黑血以及地上兩具無頭屍體能證明這場殺戮曾經發生過。

許淵源下樓後便推開車庫的大門，潮濕的發霉味混雜著機油味撲面而來，叫人眉頭一皺，阿 Bu 甚至連耳朵和尾巴都耷拉下來，表現得不太想進去。

昏暗的車庫裡，最後一隻穿著米色防護服的消防喪屍正背對著他，面朝著牆壁在發呆，沒有一絲防範。

眼看著最後一隻比較好處理，只要偷摸過去就能一斧解決了，於是他蹲下來輕輕梳理著阿 Bu 髒兮兮的毛髮安慰道：「你乖乖地喺度等我。」

阿 bu 發出了可憐巴巴的嗚咽聲然後輕輕咬住衣袖不讓他進去，

許淵源拿牠沒辦法，費了點功夫才掰開嘴巴成功脫身。

他雙手握緊消防斧悄無聲息地靠近面壁的消防喪屍背後，隨後斧刃在陰影中劃過一道銀光，喪屍的頭顱應聲而落，在地上滾了幾圈才停下。

「五隻，搞掂晒。」許淵源長舒一口氣後用手背擦了擦額頭的汗水，接著便想按下聽筒通知阿龍。

就在此時，車庫樓梯入口的阿 Bu 突然不斷朝著許淵源發出警告般的吠叫。

就在他轉身的瞬間，一道米色殘影冷不防就從卡在車庫出口的消防車後衝了出來！

許淵源只來得及看到一張腐爛的臉在眼前不斷放大，接著就被對方重重地撲倒在地，後腦勺重重磕在水泥地上，不但眼前一片花白，消防斧也因此脫手飛出，滑到幾米外。

原來有第六隻喪屍藏在車庫之中，由於一直躲在消防車的陰影裡沒有任何動靜，以致無人機在巡查時把它給遺漏了。

「呃啊——！」消防喪屍的力道大得驚人，戴著防火手套的雙手死死掐住許淵源的喉嚨不放，體重加上防護服至少有九十公斤，不但把他的肋骨壓得咯咯作響，身體也無法掙脫。

消防喪屍碎裂的頭盔面罩後，兩顆白濁的眼球正死死盯著他，張開滿嘴的爛牙就要往許淵源脖子咬去。

他的雙手死死抵住對方的下巴，腐爛的面孔如今就近在咫尺，離自己喉嚨只有寸許距離，黑黃的涎水滴落在他衣服上，散發出極其濃烈的腥臭味。

阿 Bu 護主心切，狂吠著衝進來用鋒利的犬齒咬住消防喪屍的手拼命往後拽，但雙方的體重差距實在太大了，即使把吃奶的力都用上了，對方還是不為所動，甚至反手把牠狠狠掃開！

「嗷嗚———」小狗疼叫著並在地上滑動了好一段距離才剎停下來。

「阿 Bu ！」遭到壓制的許淵源艱辛地叫道。

消防喪屍重新將注意力轉回許淵源身上，張開腐爛的嘴巴準備猛咬而下！

「咻———！」

破空聲響起的同時，一支碳纖維箭矢精準地貫穿了喪屍的大腦，先是破開堅硬的頭盔從腦門刺入，再從後腦勺穿刺而出。

霎時間，許淵源臉上沾滿了混雜著腦漿的黑血，但他不敢開口，生怕這些帶有病毒的污物會因此落入口中。

消防喪屍中箭後動作瞬間凝固，腐爛的嘴唇保持著撕咬的弧度，最終重重壓在他身上。

「呸！呸！呸！」許淵源奮力推開屍體後坐了起來，用手把臉上的血污抹走後又朝地上連啐了好幾口。

阿 Bu 激動地撲進他懷裡，尾巴搖得飛快像扇子一樣。

許淵源順著箭尾的翎羽方向望去車庫入口，刺眼的陽光傾瀉而入，在地上勾勒出一道修長的剪影，一名年約十六七歲的少年正逆光而立，手持的複合弓在陽光底下像鍍了層金邊，髮絲間躍動的光斑讓人看不清他的表情。

少年步入車庫後，許淵源終於看清楚他的面容——那是一張出奇秀氣的臉龐，皮膚呈健康的小麥色，面色紅潤，略長的黑髮柔軟地搭在額前，髮梢會隨著他的動作輕輕晃動，由於身穿大了一號的戰術背心，所以相襯之下顯得身形十分單薄。

他的眼睛很大，瞳仁黑得純粹，此刻正不安地左右游移，像是不知道該如何應對眼前的場景。

少年抿著薄薄的嘴唇，手指無意識地摩挲著複合弓的握把，當發現許淵源在打量自己時，耳朵立馬就變紅了，腳雖然下意識地往後退了半步，卻又硬生生停住。

「你……」少年的聲音輕得幾乎要被許淵源的呼吸聲掩蓋，他局促地抓著複合弓，指節因為用力而發白。

「你……你有事吖嘛？」這句話說完，他立刻低下頭不敢直視像惡鬼般瞪大著雙眼，且渾身都沾滿污血的許淵源。

雖然是第一次見面的陌生人，但是阿 Bu 卻歡快地搖著尾巴跑過去蹭他的褲腿，少年見到嘴角揚起一個羞澀的弧度，露出兩顆小小的虎牙，然後就蹲下來伸手去撫摸小狗，動作格外溫柔。

許淵源注意到少年只要每次跟他對上了視線，目光都會迅速滑開，就像一隻膽小的小鹿般，如此靦腆的樣子後，實在無法想像剛剛射殺喪屍那淩厲的一箭是他所射出的。

「我有事。」許淵源站起來後把箭矢從消防喪屍的腦袋裡拔了出來，走上前物歸原主道：「唔該晒。」

少年小心翼翼地接過對方遞來的箭矢並收回背上的箭筒之中，然後謙虛道：「應該嘅，我叫 Alex，你點稱呼？」

「你叫我阿源就得。」

Alex 笑著點點頭，彼此交換完名字後神色也比剛才要輕鬆了許多，大概是放鬆下來的緣故，飢腸轆轆的肚子忽然咕咕作響。

他馬上臉紅耳赤地捣住了肚子，一臉尷尬道：「我……我幾日未食過嘢。」

CHAPTER 21
農夫與蛇

許淵源從少年純樸的氣質上感受不到一點惡意，看在對方救了自己一命的份上，他按下聽筒跟阿龍說：「搞掂晒，你可以帶佢哋過嚟。」

眨眼間的功夫，阿龍便帶著女孩和物資一起轉移到消防局之中，眾人相約在大門鐵閘碰頭。

許淵源站在門前等候，而 Alex 則怯生生躲在其身後低著頭，指節用力地捏著複合弓的握把。

未幾，阿龍胸前背後各掛著一個背包推開了鐵閘，小詩和 Lily 也緊隨其後步入了消防局的範圍。

「咦？」阿龍瞇起眼睛，上下打量著 Alex，語氣裡滿是疑惑問許淵源：「做乜多咗個人嘅？」

Alex 不敢吭聲，馬上就縮回許淵源背後，恨不得當場消失。

許淵源往旁邊一站讓 Alex 無處可躲，然後拍了拍他的肩膀介紹道：「佢叫 Alex，頭先喺車庫救咗我一命。」

「佢？」Lily 眨了眨眼，顯然很難把這個靦腆的少年和「救命恩人」聯繫在一起。

Alex 耳尖發紅，嘴唇動了動，似乎想說什麼，最終卻只是輕輕點了點頭，眼神飄向別處。阿 Bu 倒是很親近他，湊過去蹭了蹭他的腿，少年這才微微放松，蹲下來伸手揉了揉牠的腦袋。

「一陣間再講。」許淵源揮了揮手，打破尷尬的氣氛：「封好晒啲入口先，我哋今晚會喺度過夜。」

眾人點點頭後便各自開始忙碌起來，許淵源和阿龍負責檢查消防局的所有出口，確保每一扇門都用鐵鏈或者重物加固，女孩們則負責把物資搬到員工休息室中，Alex 見她們拿得十分吃力，主動幫忙搬運，動作輕巧得像隻貓，幾乎不發出一點聲音。

夜幕徹底降臨，昏暗的員工休息室裡點起了幾支蠟燭，眾人的影子在火光映照下於牆上搖曳不止。

負責分配物資的小詩給每人都分了兩塊軍用壓縮餅乾，Alex 接過自己那份時，小聲說了句「謝謝」，但聲音輕得幾乎聽不見。

「所以……」阿龍咬了一口壓縮餅乾，好奇地看著少年問：「咁耐以嚟你都係一個人生活？」

Alex 低著頭，指尖無意識地摩挲著餅乾包裝，過了幾秒才輕輕地搖搖頭道：「幾日前我同師父一直都喺安全屋度住。」

「師父？教你箭術嘅師父？」許淵源說完後不忘跟其他人解釋：「你唔好睇佢怕怕羞羞咁，箭術相當精準，頭先唔係佢嘅話，我宜家就冇得坐喺度同大家講嘢。」

Alex 臉紅地搖搖頭：「我都想師父教我箭術，但佢成日淨係教我點樣睇面相同算命八卦。」

「吓？」阿龍聽得一頭霧水連忙追問：「你師父乜嘢人嚟？咁怪都有嘅？」

「佢後生嗰陣喺美國做道長，近幾年先回流返嚟香港。」

「美國道長？」Lily 忍俊不禁笑了出聲道：「乜美國都有殭屍要捉咩？咁喪屍佢捉唔捉到？」

Alex 聽到後用力點頭道：「師父佢好犀利㗎！喪屍殭屍佢都搞得掂！」

小詩此時冷不防問：「咁你師父宜家喺邊？」

Alex 忽然萎靡下來，眼眶也變得濕潤，語帶哽咽道：「佢為咗保護我離開，畀班掠奪者捉住咗。」

眾人聽罷面面相覷，一時間不知道該說什麼，等到對方整理好情緒後才總算得知整個事情的來龍去脈。

Alex 的師父算到了今年世界將有一場逃不過的大劫，所以不顧所有親友的勸阻把所有資金都換成了物資，然後在西半山上買了一座獨棟大屋充當安全屋。

那時候沒人相信師父的話，只當成是神棍在胡言亂語，唯有徒弟 Alex 相信了，在病毒爆發當日跟他一起留在安全屋中，後來喪屍就像他預測的一樣出現了。

一開始安全屋只有 Alex 跟他師父兩人住，後來師父的好友，外號蛇輝知道他有一間安全屋後就冒險前來投靠。

師父見在朋友一場，物資也足夠三個人活上好些年了，於是便好心收留了對方。

沒想到這就為將來安全屋易主一事埋下了伏筆，最終上演了一場道長版的「農夫與蛇」。

病毒爆發初期，三人一直相安無事，直到某一天蛇輝主動找師父商量一事。

原來蛇輝跟附近的一群掠奪者的首領是相識，他們想把安全屋當作據點，把從附近搜刮來的物資都搬到這裡來，這樣掠奪者能得到庇護所，師徒也能從後續中得到源源不絕的物資，可謂是雙贏的局面。

蛇輝與高采烈講述著雙方合作的好處，然而師父知道那群掠奪者平常都在幹些什麼傷天害理的事，於是想也不想直接就拒絕了好友的提議。

蛇輝鍥而不捨不斷勸說師父跟掠奪者的首領合作，結果被師父婉拒了一次又一次。

到後來蛇輝也沒再提及這事，師徒兩人就以為他放棄了這個念頭，總算能夠再過上一陣子清靜日子。

不料這一切都是偽裝，表面上不再提是因為不再打算跟師徒兩人商量，他背地裡原來已經跟掠奪者的首領達成了協議。

被佔領的安全屋，囚室中。

已經連續幾天沒吃過食物，師父被餓得瘦骨嶙嶙，雙手抱膝的坐在地上。

對於被囚禁在這裡已經過了多久，他沒有任何印象，滿腦子都只是在關心弟子的安危，不知道對方過得如何。

忽然間，蛇輝來到了囚室門口，透過門上的小窗跟師父說：「點啊？肯講地下室密碼未？」

師父看到蛇輝後失望地搖了搖頭，然後就垂下腦袋不理不睬，這輩子他千算萬算就是算漏了這個傢伙，才造成今日的局面。

蛇輝苦口婆心道：「你唔好咁固執先得㗎！你講咗密碼出嚟，等大家可以拎到地下室嘅物資，鼠爺佢一定會大人不記小人過，放你一條生路不特止，仲會畀你做第三把手，地位只喺我同佢之下。」

師父聽到後忍不住發出了沙啞的笑聲，然後嘲諷道：「你當我傻？講完密碼我就冇晒利用價值，到時莫講話第三把手，貧道條命睇怕凍過水，哈哈哈……」

他很清楚，現在這條命就是靠著死不開口而掙來的，哪一天忍不住把密碼說出來，那自己的死期就快要到了。

「你咪咁得戚！我哋慢慢試，遲早都會試到出嚟！」蛇輝黑著臉恐嚇道：「到時你就真係唔好怪我唔幫你！」

師父嘲笑道：「你失敗太多次，地下室就會自焚，將倉庫內所有物資連同安全屋一齊燒清光，你咪儘管試多幾次睇下。」

「哼！我就餓多你幾日！睇下你仲口硬得幾耐！」蛇輝恨得牙癢癢道。

「我餓死咗，你都係唔會得到密碼。」

眼見對方軟硬都不吃，實在拿他沒辦法的蛇輝只能灰溜溜地鎩羽而歸，臨走前只能丟下一句拿一個尾彩：「唉！你條友真係點極都唔化！激鬼死人！」

蛇輝離開後，囚室中再度恢復平靜，師父憂心忡忡地抬頭望向窗外那滿天星星，心裡在想：「徒弟仔……你冇事吖嘛？」

CHAPTER 22 權衡輕重

消防局，員工休息室內。

Alex 把事情的前後經過都交代過後，拿著壓縮餅乾卻無法入口，一臉黯然道：「師父呢世人明明幫咗蛇輝無數次，唯獨一次冇幫，佢就憎到師父入骨。」

他說完以後整個休息室便陷入了寂靜之中，大家在這略帶悲傷的氣氛中你看我，我看你，不知道該如何回應。

Alex 像是掙扎了很久，最終鼓起勇氣跟許淵源說：「念在我救過你一命嘅份上，可唔可以請你哋幫我返去安全屋救師父出嚟。」

許淵源聽完後跟阿龍對視了一下，隨即又扭回來一臉認真道：「你頭先講嘅嘢我當冇聽過。」

「點……點解啊？」Alex 臉頓時漲紅，難得主動一回，沒想到居然被人拒絕了，於是連忙追問。

「我哋仲要趕去醫院嗰邊，唔得閒去救佢。」許淵源隨即又說：「但念在你救過我嘅份上可以分多幾塊壓縮餅乾畀你，咁樣起碼一兩星期內你都唔洗捱餓。」

「醫院？」Alex 聽到後馬上起了警覺。

「係啊，做咩？嗰邊好危險？」

「有個叫希望之光嘅軍事組織係醫院起咗撤離點，但係師父講過雖然佢有相熟嘅人係嗰邊，但呢班唔係好人嚟。」

「你師父知道呢班人嘅底細？佢哋係咩人嚟？到底想帶啲人去邊

度？」許淵源變得異常激動，迫切想知道抓走自己父母的到底是一群什麼人。

Alex 被嚇得低著頭，手指緊緊攥著衣角結結巴巴道：「師……師父之前曾經用無線電同佢哋聯絡過，我諗你要問佢本……本人先知。」

許淵源的動作頓住了，抬眼看向少年，目光銳利如刀，心裡在想：換言之，要得到情報就要救佢師父。

這個條件讓他瞬間眉頭緊皺，抿起嘴巴，指節無意識地在腰間的刀柄上敲了兩下。

許淵源沒有立刻回答，在沉默了幾秒後站了起來說：「阿龍，出嚟一下。」

他的語氣顯得異常平靜，但阿龍太了解他，因為這傢伙只有在壓抑著情緒時才會用這種「過分正常」的聲調說話。

兩人走到走廊上，許淵源順手帶上門，確保少年聽不見他們的談話。

他背靠著斑駁的牆壁，手指無意識地摩挲著腰間的匕首，阿龍站在他對面，雙臂抱胸，眉頭緊鎖。

許淵源聲音壓得極低後直奔主題：「你點睇？要救佢師父，先可以知道更多有關希望之光嘅情報。」

阿龍挑眉想了想後說：「但係你唔會為咗一個來路不明嘅人，冒險去同班掠奪者開戰吖嘛？」

許淵源沒有馬上回答，眼睛盯著牆上斑駁的消防局規章海報，思緒飛轉。

阿龍所說的確實也是自己所想，畢竟他們也不知道安全屋現在是什麼狀況，掠奪者總共有多少人？他們有足夠的實力進去救人嗎？

但若然 Alex 的師父真的知道希望之光的情報，而且還有熟人在裡面的話，救下他的話會不會對尋找父母更有幫助？

「……先唔決定救唔救人。」他思索片刻後最終以低沉的嗓音開口道：「我覺得我哋去醫院之前首先要搞清楚，呢個希望之光到底是乜嘢來頭，我怕我哋貿貿然去到醫院會有咩危險。」

阿龍盯著他看了兩秒，忍不住笑了出聲：「你其實心入邊已經有答案。」

許淵源沒有否認，只是默默地背靠在牆上。

蠟燭昏黃的火光在休息室內搖曳，將牆上的影子拉得忽長忽短。

Alex 蜷縮在角落，背脊緊貼著牆壁，彷彿這樣能讓他整個人變得更不起眼，手指無意識地揪著褲子上的破洞，呼吸輕得幾乎聽不見，生怕發出任何多餘的聲響。

房間另一側，Lily 正懶洋洋地倚在沙發上，貼身的白色上衣勾勒出飽滿的胸線以及腰身，在牛仔熱褲的襯托下，一雙修長的美腿在上方隨意交疊。

她百無聊賴地啃著壓縮餅乾，紅潤的嘴唇輕輕抿著，偶爾伸出舌尖舔掉嘴角的碎屑。

Alex 的視線總是不受控制地飄向她——Lily 的脖頸線條優美，鎖骨深陷，衣服領口微微敞開，在看到那條深邃的乳溝的瞬間，他的喉結滾動了一下，立刻像是做錯事般低下頭，耳尖燒得通紅。

「唔得！師父講過唔可以近女色。」他死死盯著自己的靴尖，但下一秒眼睛卻又忍不住撇向她的胸前，想要再看一眼就好。

不料這一次鬼鬼祟祟看過去時，Alex猝不及防對上Lily那雙帶著玩味的眼睛，她一副「捉到你了」的樣子，壞笑著低頭看了自己胸前一下，語帶戲謔道：「做咩？有餅碎跌咗落嚟咩？」

Alex像是被雷擊中般渾身一僵，瞳孔劇烈收縮，臉也火辣辣地在燒，隨即慌亂地別過臉道：「冇……冇啊！」

Lily挑了挑眉，慢條斯理地咬了一口餅乾，視線卻沒從他身上移開，故意把領口拉低並擠弄胸口，拖長音調說：「係咩——？」

Alex的背脊繃得更緊了，手指死死掐進掌心，他感覺自己紅通通的臉燙得能煎蛋，恨不得在地上挖個洞鑽進去。

旁邊的小詩好言道：「好啦，Lily，唔好玩佢啦，你睇佢就快窒息啦。」

Lily聳聳肩總算是放過了他，轉頭和小詩抱怨起壓縮餅乾的口感：「呢塊餅乾仲難食過樹皮，又乾又難咬！」

但她的嘴角仍掛著一抹若有似無的笑意，像是發現了什麼有趣的玩具。

Alex脫身後鬆了口氣，卻又莫名感到一絲失落。

為了分散注意力好讓自己冷靜下來，他選擇閉目養神，沒想到卻絕望地發現即使閉著眼，視網膜上還烙著那雙在火光中晃動的長腿。

「老君曰，大道無形，生育天地。大道無情，運行日月。大道無名，長養萬物。吾不知其名，強名曰道……」Alex開始背誦太上清心經來平息心中的躁動。

CHAPTER 23 末日安全屋

走廊裡的兩人此時也達成共識，阿龍笑著拍了拍許淵源的肩膊道：「放心啦，我哋兄弟嚟，無論你揀邊樣，我都一定會支持你！」

他聽到後心裡泛起了一絲暖意，覺得這兄弟沒白交，於是便道：「咁好啦，入去再問下佢詳細嘅情形，睇下點搞。」

阿龍點頭。

兩人回到休息室時，Alex 馬上鬆了一口氣，總算不用再一個人跟她們獨處。

許淵源大步流星來到他面前問：「安全屋嗰邊嘅情況，你大概同我哋講下。」

Alex 一聽，頓時喜上眉梢，看來師父這下有救了，於是連忙將安全屋的所在地、師父被囚禁的位置，以及掠奪者的數量與武器一一告知。

為了刺探敵情，許淵源派出無人機飛到位於四百米外的安全屋，果然看到一排黑漆漆的房屋中，唯獨有一間燈火通明，更不時傳出人們的吵鬧聲。

無人機在沒被人發現的情況下，將拍攝到的畫面傳送回消防局之中。

許淵源在控制器的螢幕上能看到一群打扮狂野的掠奪者正在院子裡舉辦派對，四處都有人在重金屬音樂的轟炸下大杯喝酒、大口吃肉，好不痛快。

此時畫面外傳來引擎的轟鳴聲，未幾，他們白天時看到的那三名開重機車的掠奪者，駕駛著各自的座駕回到了安全屋中。

「哦！原來朝早見到嗰三個掠奪者就係搶咗你師父嗰班！我哋嗰時差啲畀佢哋累死！」阿龍氣得牙癢癢道：「咁就啱啦！新仇舊恨一次過計！」

那三名掠奪者這一趟出門似乎滿載而歸，他們高舉著掠奪回來的物資時，受到其他人的熱烈歡迎，接著也跟著喝酒吃肉，在音樂的轟炸中狂歡起來。

「點睇？我哋幾時去救人？」阿龍問。

「你同 Alex 準備下，一陣間就出發。」

「吓？」阿龍以為自己聽錯，忙問：「一陣間就去，咁趕？」

許淵源盯著畫面裡正在派對狂歡中的掠奪者們解釋道：「呢班友恃住人多勢眾喺呢區惡晒，根本冇諗過會有人夠膽搞佢哋，你睇個個都喺度飲酒，唔使好耐就會全部醉晒，到時我哋趁機入去救人。」

安全屋，囚室中。

已經餓得有氣無力的師父抱膝坐在地上，無可奈何地聽著外頭掠奪者們恣意地揮霍自己的物資。

忽然間，出賣他的蛇輝來到囚室門口，手裡還端著一盤雞肉走了進來。

「你話鼠爺幾好人，開 party 都特登叫我帶啲雞肉畀你。」蛇輝像餵狗一樣將盤子隨手扔到師父面前。

餓壞的他出於生物本能，再也顧不得什麼面子，直接撲上前將盤子奪過來，抓起一塊雞肉就往嘴裡塞。

沒想到剛咬下去，一股騷腥味瞬間在味蕾上擴散開來，他眉頭一皺，把肉拿出來看，才發現那居然是一塊雞屁股，而且盤子裡其他所謂的雞肉通通都是雞屁股。

「點解全部都係雞屎忽？」師父不滿道。

蛇輝一臉假惺惺道：「冇計啦，你知雞屎忽呢個位冇人鍾意，但始終都係肉嚟，扔咗好可惜㗎嘛！地下室又未開，大家喺派對度分到嘅肉係有限嘅，分到嘅肉入邊有雞屎忽，收到嗰個人肯定會唔開心，如果十個屎忽分畀十個人，就會有十個人唔高興……」

他以居高臨下的姿態又說：「但只要我將全部雞屎忽畀晒同一個人，就只會有一個人唔開心。」

「所以就委屈我？」師父聽完後失聲笑道：「與其得罪呢班野蠻人，不如得罪我一個好過，呢個就係你背叛我嘅原因？」

「你要咁諗我都冇辦法。」蛇輝一副事不關己的樣子聳聳肩道：「我已經應承咗畀佢哋入嚟，你死都唔肯，咁冇得怪我咩？」

「更何況你幫過我咁多次，唔差在加埋呢次啦，做人唔好咁斤斤計較先得㗎！」蛇輝理直氣壯道，語氣中沒有一點愧疚。

「你會覺得我斤斤計較，係因為受委屈嘅係我，唔係你。」師父雖然有氣無力，但說的每句話都字字鏗鏘。

為了同這群人對抗到底，他二話不說就拿起一塊雞屁股啃起來，邊吃邊誇獎道：「好食！」

「哼！我就放長雙眼睇你口硬得幾耐！」自討沒趣的蛇輝扔下一句後，便從囚室中離開。

來到院子後，掠奪者的首領鼠爺正喝得酩酊大醉，在發現他後便招手喊道：「喂！蛇輝！」

蛇輝馬上恭敬地走上前賠笑道：「鼠爺，有咩吩咐？」

身材肥胖的鼠爺打著酒嗝說：「密……密碼啊！嗝！佢肯講未啊！我真係冇乜！嗝！耐性㗎喇！」

「放心啦，鼠爺，畀多少少時間我，我一定同你套到個密碼出嚟。」

「快啦！嗝！明明地下室有咁多物資，有得睇，冇得使！」鼠爺不耐煩地揮手叫他離開後，轉頭又跟其他人飲酒猜枚。

蛇輝一臉恭敬地退下，在沒人看到的地方換上一張極其厭惡的表情，他其實打從心底裡看不起這群掠奪者，只是迫於無奈才選擇屈居其下。

消防局的會議室內，許淵源正跟阿龍和 Alex 舉行作戰會議。

他根據無人機以及 Alex 的情報，在白板上畫出安全屋的結構，並標示出師父所在的囚室，以及其他人的分佈位置。

「呢班碌撚雖然作風凶狠，但始終都係烏合之眾。」許淵源摩挲著下巴，盯著白板上的結構圖說：「佢哋咁飲法，唔使好耐就會全部醉晒，到時我哋就趁機入去救人。」

他扭頭跟 Alex 說：「我哋最多係將你師父偷偷救出嚟，搶返間安全屋或者同佢哋正面開戰報仇，呢啲就唔好諗啦。」

「冇問題！」Alex 連連點頭道：「只要救到師父，我已經好滿足。」

CHAPTER 24 潛行凶間

夜風掠過樹梢，發出細碎的沙沙聲，許淵源與 Alex 正蹲在安全屋西側的一棵榕樹上，瞇起雙眼，透過目視觀察裡頭的動靜。

院子裡一片狼藉，掠奪者們橫七豎八地癱在椅子上、草地上，甚至直接趴在桌子上睡著了。

空酒瓶和酒罐滾得到處都是，篝火旁還歪著幾個醉醺醺的傢伙，正搭著彼此的肩膊，嘴裡含糊不清地唱著跑調的歌。

正門有兩個守衛，其中一個已經醉倒在地上打瞌睡，另一個則忙著仰頭灌酒，看樣子用不了多久也會倒下。

這群掠奪者顯然已經喝得爛醉，正是行動的好時機。

Alex 指著右側的一扇窗戶說：「嗰間細嘅雜物房就係佢哋囚禁師父嘅地方。」

「你肯定？」許淵源再三確認道。

他堅定地點點頭道：「肯定。」

許淵源低頭跟樹下的阿龍吩咐道：「一陣我哋入去之後，你負責喺度睇水，有咩情況就平時咁通知我哋，明未？」

阿龍憂心忡忡道：「真係唔使我跟埋去？多個人起碼多個照應。」

「救完人我哋就走，人太多反而容易暴露，你留喺度，見到有咩唔對路就即刻出聲。」

雖然大多數掠奪者已經醉倒，但還有少數沒醉的仍在安全屋內活動，所以不能掉以輕心。

阿龍喉結滾動了一下，最終重重地點頭應道：「收到。」

兩人來到安全屋側面後，許淵源從腰帶上解下在消防局裝備庫找到的飛虎爪——那是救援隊用來攀登高樓的鉤索裝置，三爪鋼鉤泛著冷光，尾部連著堅韌的纖維繩。

他後退兩步，手腕不斷甩動飛虎爪轉圈，找到感覺後猛地發力一甩，鋼鉤劃破夜空，「鏘」的一聲牢牢咬住圍牆頂端的鐵欄桿。

許淵源擔心聲音會引起注意，連忙扭頭看了遠處樹上的阿龍一眼，後者馬上透過聽筒告訴他：「冇事，佢哋冇人留意到。」

「好。」

他用力拽了拽繩索，確認牢固後便縱身一躍，鞋子蹬著粗糙的牆面借力，整個人沿著繩索疾速攀升，轉眼間已翻過圍牆輕巧地落在院子之中。

院子裡散落著空酒瓶和啃剩的骨頭，濃烈的酒味混合著嘔吐物的臭味撲面而來。

未幾，Alex 也緊隨其後翻牆來到身邊，他的動作極輕，落地時像貓一樣安靜，沒有發出任何聲音。

兩人躲在院子裡一座三米高的假山陰影之中，面前就是掠奪者的派對現場，左邊的房子就是他們這次來的目標。

當許淵源準備帶著Alex從假山後方離開時，一名掠奪者冷不防出現在面前，把兩人嚇得退回去。

他還以為行蹤暴露，沒想到對方早已酩酊大醉，搖搖晃晃走了幾步，嘴裡嘟囔著：「我……我冇醉……」後就噗通一聲栽倒在草地上呼呼大睡。

許淵源嘴角微揚，心想這群烏合之眾比想像中還要鬆懈。

確認大屋的側門無人看守後，許淵源打了個前進的手勢，兩人貓著腰快速穿過院子，閃身走了進去。

許淵源的鞋子無聲地踩在光滑的大理石地面上，藉著外頭微弱的月光，開始掃視大屋的結構。

入口左側是一條通往樓上的弧形樓梯，右側的門通往大廳，只要穿過其中走到對面的門口，就能到達囚禁師父的雜物房。

眼看目標就在眼前，正當許淵源想要推開通往大廳的門時，Alex卻冷不防道：「麻煩你去救師父先，我去二樓拎啲嘢。」

許淵源瞳孔一縮，猛地將準備動身的他拉回身邊，小聲罵道：「你痴Q咗線啊？講好咗入嚟淨係救人，唔做其他嘢㗎嘛！」

Alex被他惡狠狠的樣子嚇到，人雖往後退了一步，但在這件事上卻沒有絲毫退縮。

「把刀係師父命根嚟，佢講過『刀在人在，刀亡人亡』。」他深呼吸一口，猛地甩開許淵源的手，眼神堅定地哀求道：「得我知把刀放喺邊，我唔去唔得。求下你，我哋一陣喺出面會合！」

院子裡傳來掠奪者們含糊的夢囈，許淵源咬緊後槽牙，額角青筋暴起，拳頭捏得咯咯作響。

換作平時，他肯定先暴打這言而無信的小王八蛋一頓，但無奈現在不是爭執的時候，每在這裡多耽擱一秒，風險就多一倍。

「……十分鐘。」他最終從牙縫裡擠出這句話：「唔理你搵唔搵到把刀，都要離開呢度，我唔想救完你師父又要返嚟救你，明白未？」

「知道……對唔住。」Alex 內疚地說完後，背著複合弓快速步上二樓離開。

許淵源只能暗罵一聲，獨自將門推開一條小縫，偷偷觀察大廳的狀況。

掠奪者們橫七豎八地癱在沙發和地毯上，空酒瓶滾落一地，鼾聲此起彼伏，空氣裡瀰漫著酒精和汗臭的渾濁氣味，幾乎令人窒息。

——必須悄無聲息地穿過這裡。

許淵源壓低身形，踮起腳，小心翼翼地穿過滿是醉漢的客廳，每一步都小心避免踩到他們。

當他順利來到客廳中央時，腳邊的醉漢忽然翻身一把抓住他的腳踝，嘴裡嘟囔著夢話，許淵源瞬間像尊石像般靜止不動，連呼吸都屏住。

三秒……五秒……

幸好對方沒多久就再次陷入沉睡，手也因此鬆開，許淵源抹了一把冷汗，鬆了口氣後繼續前進，這一路暢通無阻，但在距離雜物房只剩最後幾步時，鞋尖不慎碰倒一個空酒瓶。

「大鑊！」

那一瞬間，他的心臟幾乎跳到嗓子眼。

玻璃瓶跌倒後滾動的聲音，在死寂的大廳裡格外刺耳。

大廳裡的掠奪者都皺了皺眉，眼皮顫動，一副即將醒來的樣子。

正當許淵源感到不知所措時，他們不是翻身就是抬手撓了撓臉，很快又各自沉沉睡去。

許淵源繃緊到極致的神經，總算得以放鬆，他不敢再逗留，迅速來到雜物室入口並走了進去。

另一邊，Alex 躡手躡腳來到書房門前，師父平時的收藏品都放在裡面，那把珍藏的刀也在其中。

正當他打算推門而入時，門後忽然傳來背叛者蛇輝的聲音：「放心啦鼠爺，我諗唔使好耐佢就會講個密碼出嚟。」

Alex 悄悄透過門縫偷看書房內的情況，只見鼠爺坐在書桌後的大班椅上，像個大老闆般將雙腳翹在桌子上，而蛇輝像個來報告的打工仔，畢恭畢敬地站在書桌前點頭哈腰。

CHAPTER 25 醉後無事

鼠爺用手中的長刀比了一個切手指的動作，不太耐煩道：「係真唔係啊？你要唔要試下切佢一隻手指落嚟？通常咁樣都好快肯講。」

蛇輝見狀婉拒道：「咁又未使住……」

「我唔理你用咩方法！總之聽日我仲收唔到個密碼……」鼠爺惡狠狠地用刀鞘尖挑起蛇輝的下巴，語帶威脅道：「我就切你嘅手指落嚟！」

Alex 此時才發現對方手裡拿著的就是師父珍藏的日本刀！

豆大的汗珠從蛇輝額角滑下，他很清楚眼前這人不是在開玩笑，若明天前不交出密碼，自己的手指恐怕真保不住。

「冇問題，一切交畀我。」蛇輝臉上撐起一個假笑道。

就在他準備告退時，鼠爺忽然又把他叫住：「等等，你落去樓下拎幾枝酒上嚟先，再去做自己嘢。」

「好嘅，稍等。」

蛇輝退出書房後，臉上一直維持的笑容瞬間垮掉，嘴裡不斷小聲咒罵道：「仆街！畀你入嚟之後，生活仲衰過之前！」

語氣中多少能聽出他有些後悔引狼入室，只不過不是因為良心發現，而是土匪的承諾未如預期兌現。

他罵罵咧咧離開時，甚至沒發現藏身陰影中的 Alex，在面前擦身而過。

蛇輝離開後，鼠爺在等酒送上來期間不斷把玩手中的日本刀，嘴裡嘀咕：「點解扻極都扻唔到出嚟嘅？」

忽然他眉頭一皺，腹中感到一陣攪動，接著將日本刀隨意放在書桌上，摀著肚子快速跑到書房裡的廁所。

確認房間裡無人在看守後，門被悄悄推開，一個背著複合弓的身影鬼鬼祟祟地貓著腰走了進來。

許淵源穿過大廳門口後，來到一條小走廊，盡頭有一扇木門，門旁一張椅子，看樣子本該有守衛在此看守，只不過現在不知跑到哪裡偷懶喝酒去了。

他來到雜物房門前，握住把手一扭，不出意外，果然鎖住了。

許淵源嘖了一聲，藉著走廊微弱的應急燈光檢查鎖頭，然後將消防斧從背後取出，說：「好彩只係普通嘅喇叭鎖……」

他後退半步，掄起消防斧，用斧背對準鎖芯猛力砸去！

「咔嚓！」

木門應聲彈開，一陣潮濕的發霉味撲面而來。

昏暗的雜物房內，一個瘦削身影倚牆而坐，許淵源藉著窗外微弱月光，判斷對方是一名身穿道服，年約六十多歲的老頭，外貌和年齡跟 Alex 的描述吻合。

老人抬起頭，氣色因長期受折磨顯得蒼白無力，然而眼神卻異常銳利。

「你唔係佢哋嘅人……」他的嗓音嘶啞，像是很久沒喝水：「你係邊個？」

「我叫阿源。」許淵源快步上前，一斧劈開鐵鍊，低聲道：「師父吖嘛？你徒弟 Alex 派我嚟救你。」

師父點點頭，看了看許淵源背後，發現不見弟子蹤影，問：「咁佢宜家人呢？」

「佢失驚無神話要幫你搵刀！然後自己一個走咗去！激鬼死人！」他對 Alex 忽然變故始終意難平。

本想讓師父好好教育弟子，沒想到對方聽到後先是一愣，隨即咧嘴笑道：「好！非常好！我果然冇收錯呢個徒弟！實不相瞞，其實我係一名刀客，正所謂刀不離身，刀在人在，刀亡……」

許淵源聽得雲裡霧裡，想半天也搞不清對方身份，便打斷道：「咪住咪住，你徒弟話你係道士？」

「我係啊！」

「道士唔係用劍嘅咩？」

「邊個規定道士一定要用劍？我鐘意嘅話用黑旋風都得。」

許淵源本想再說什麼，但想到眼前這人號稱是在美國當道長的刀客，而且還是一名箭術高超小鬼的玄學師父，當中邏輯混亂，要素過多。

他改問更重要的事：「你係咪知道有關希望之光嘅資料？」

師父一聽，神色一沉道：「我當然知道，你小心啲，千祈唔好畀佢哋呃咗！」

許淵源大喜，看來這次冒險沒白費，他本想問更多情報，但環境不容許，需趕在被發現前帶師父離開。

「我有問題想問你，但宜家未係時候，我同幾個同伴喺消防局有個臨時避難所。」許淵源將師父從地上扶起道：「趁佢哋飲醉晒，行喇。」

他點點頭跟著許淵源離開這間囚禁自己近半個月的雜物房，兩人來到走廊，想沿原路穿過大廳折返，但師父路過安全屋控制室門前時，忽然駐足。

許淵源皺眉道：「做咩？」

「你幫我睇一陣水。」師父說罷就推開控制室門走了進去：「走之前，我仲有樣嘢要做。」

許淵源著急地拉著他道：「咪玩啦！出面全部係掠奪者，畀佢哋發現，我哋渣都冇！」

「正正因為佢哋係班殺人放火嘅仆街，我先唔可以放過佢哋。」師父拍了拍他肩，笑得像老狐狸道：「放心，好快搞掂。」

許淵源拿他沒辦法，只能暴躁地抓了抓頭髮，在心中抱怨：「激死人，呢兩師徒真係一擔擔！」

空無一人的控制室內，因掠奪者不會使用電腦的緣故，這裡一直遭到忽視，連囚室前的守衛都能偷懶跑去喝酒，更別提這裡。

師父大步流星來到控制室電腦前，熟練地在鍵盤輸入密碼，啟動主控台。

許淵源看不懂他在做什麼，問：「你喺度做緊乜？」

師父沒回答，只埋頭苦幹，先在後台設定一個十五分鐘倒計時，然後將所有設備音量旋鈕調到最大。

接著，他打開旁邊無線電裝置，與某人聯繫後，竟將自己所在位置及物資數量一股腦兒告訴對方。

許淵源聽到後，一臉錯愕地阻止道：「你點解要向對方自曝位置？」

師父淡然笑道：「你唔係想知有關希望之光嘅情報？」

「係啊！」

「咁好快你就會得到你想知嘅嘢。」

師父咧嘴一笑，然後從桌子底下取出尚未開封的威士忌，打開瓶蓋，仰首一口氣灌下半瓶，痛快地打個酒嗝後，將剩下酒液全淋到無線電裝置上。

琥珀色的酒液順著縫隙滲入電路板，引發短路，設備發出垂死般的「滋滋」聲，隨後「啪」的一聲，一縷帶焦糊味的白煙從中滲出。

完成後，師父將酒瓶裡剩餘的威士忌一飲而盡，抹了抹嘴，從一臉愕然的許淵源身邊走過：「快啲走咯，十五分鐘後想走都走唔到。」

許淵源跟在身後，壓低聲音追問：「做咩？你都搞自爆啊？」

師父紅著臉微醺道：「好快你就知，行啦。」

CHAPTER 26 臨別禮物

兩人很快走進睡滿掠奪者的大廳，許淵源每邁出一步都經過精確計算，以免醉漢突然挪動身體被他踩到，動作像個見不得光的小偷般躡手躡腳。

師父卻在眾多掠奪者間閒庭信步，破舊布鞋如貓掌般輕盈，每一步又快又安靜。

有次他甚至俯身，從兩名鼾聲如雷的壯漢間撿起半瓶威士忌，仰頭灌了一口，又原樣放回其中一人攤開的掌中：「Thank you。」

他熟練的模樣，顯示出誰才是這座宅邸的真正主人。

眨眼間，師父已穿過大廳來到側門，如此迅速讓許淵源額角冒汗，嘴角抽搐。

就在他想加快腳步跟上時，眼角忽然敏銳地捕捉到一抹亮眼的翡翠綠，整個人頓時像中了定身咒，屏住呼吸，停下腳步。

面前沙發上斜躺著一名正在呼呼大睡的光頭胖子，那張油膩的肥臉他絕不會認錯，因為早上在公路上，就是這傢伙與兩名同伴製造噪音引來大量喪屍，差點把他們害死。

此刻，那傢伙仰躺在真皮沙發上，張嘴打呼，口水順著嘴角流到脖子的肥肉褶皺裡。

在他敞開的衣領處，映入眼中的是一條昂貴的翡翠項鏈，其獨特的造形與蔣老太戴的那條一模一樣。

一天前，他被一名等待兒子歸來的獨居老人所救下，對方在煮麵時，這枚翡翠就懸在她瘦削的鎖骨前，隨動作輕輕搖晃……

師父見許淵源像中邪般愣住，隨手在地上抓起一隻鞋扔過去，後者被砸中後才晃腦袋回神。

他比了個手勢，示意沒時間，要趕快離開。

許淵源喉結滾動，強迫自己移開視線，說：「肯定係我眼花，蔣老太間屋有加固嘅鐵門，又有圍牆……」

儘管嘴上如此說，離開大廳前，他仍忍不住回頭，光頭胖子翻身，翡翠項鏈滑進油膩的衣領中，像被黑洞吞噬的最後星光……消散殆盡。

兩人穿過大廳後，側門月光近在眼前，右側樓梯上忽傳少年聲音：「師父！」

一道黑影翻過二樓欄杆，背著複合弓的 Alex 悄無聲息落在兩人面前，胸口起伏，激動道：「師父！」

「徒弟仔！」師父聲音哽住，用滿是皺紋的手摸了摸他頭，感動道：「我果然冇收錯你呢個徒弟！」

師徒重逢的感人瞬間，許淵源抬頭看四米高的二樓欄杆，又瞥了眼旁邊完好無損的樓梯，然後小聲嘀咕：「……因乜解究要跳落嚟呢？」

寒暄過後，Alex 從背後取出師父愛刀，恭敬遞上，師父像見老友般，用顫抖的手輕撫黑色刀鞘，沙啞問：「果然係我嘅愛刀『吓』，你係邊度搵到佢？」

「書房。」少年眨了眨眼，燦然一笑，輕描淡寫道：「佢哋就咁放喺枱面。」

書房內，鼠爺一臉暢快地從廁所回到書桌，結果卻發現桌上寶刀不翼而飛，正想發怒問罪之際，蛇輝剛好抱著滿懷啤酒瓶，笨拙地撞開房門。

「鼠爺，你要嘅酒。」他走到書桌前，將酒瓶全放下。

蛇輝興高采烈想領賞，卻迎來對方冰冷目光與無情質問：「我把刀呢？」

「咩刀？」他被問得一頭霧水：「我落去幫你拎酒吖嘛！」

「哈——你都幾好戲。」鼠爺指著他，失聲笑幾下，皮笑肉不笑道：「間房得我同你，唔通把刀自己有腳走咗去？」

蛇輝有冤無處訴，他錯在沒看守好刀嗎？不，他只是錯在鼠爺想找人責怪時，剛好出現在這裡。

「冇啊大佬！把刀咁長！我邊度有地方收埋啫！」

就在蛇輝百口莫辯時，許淵源已帶著師徒倆翻過圍牆，來到安全屋外。

幸好有阿龍在底下接應，所有人安全落地。

「你肯定係 Alex 師父，幸會幸會。」一向與陌生人自來熟的阿龍，熱情伸手打招呼：「我叫阿龍，點稱呼？」

「貧道姓賈，你叫我賈師父就得。」

「住呢度都叫『貧』道？」阿龍詫異地望著身後安全屋，說：「真定假啊？」

「真係姓賈。」師父握手再次確認。

許淵源略不耐煩道：「唔好喺度吹水，返去再講。」

「貧道同意，再唔走真係走唔到。」師父點頭道。

一行人馬不停蹄護送師父前往消防局，幸好沿途沒遇上喪屍，成功回到據點，小詩與Lily早已守在運動場鐵閘後方等候。

眾人進入後，許淵源與阿龍手忙腳亂關上鐵閘，用鐵鍊纏繞，加固完畢時，安全屋方向傳來震耳欲聾的聲波。

「咩……咩聲啊？」不知情的Lily害怕道。

「睇嚟嗰邊嚟料喇。」師父站在運動場，淡然望向聲音傳來的方向。

他辛苦建立的安全屋即將迎來末日，但會帶著所有掠奪者一同滅亡。

為親眼見證這一刻，眾人加快腳步跑上消防局天台，遠處安全屋景色一覽無餘，能清楚看到掠奪者的行動。

「恭祝你福壽與天齊！慶賀你生辰快樂……」

仔細聽，那聲波是中式生日歌，是從師父為自己六十二大壽準備的舞台裝置中播放出的，樂曲經專業音響放大後，連消防局天台的水塔都微微震顫。

安全屋書房內，鼠爺揪住蛇輝衣領，將他狠狠抵在牆上，眼神兇狠道：「我最後問多你一次，把刀——」

話未說完，怒罵聲突然被生日歌的巨響所吞噬。

鼠爺痛苦地鬆開蛇輝，兩人捂耳慘叫：「發生咩事啊！！！！」

大廳裡熟睡的掠奪者也通通驚醒，像炸窩的螞蟻般亂作一團。

「咩……咩聲啊？」

「生日歌？首領今日生日咩？」

「控制室！快啲搵人去控制室睇下！」

幾個較清醒的掠奪者跌跌撞撞爬向控制室，推開門瞬間心沉谷底。

唯一控制音響設備的控制台被徹底破壞，因酒液潑灑，機器滋滋冒煙，機箱內零星火花閃過。

一人抱著試試心態上前操作，毫無反應，扭頭喊：「點算啊？完全熄唔到！」

鼠爺快被聲音吵到崩潰，來到陽台查看時臉色瞬間鐵青，瞳孔縮成針孔。

喪屍被聲音吸引，黑暗中亮起無數渾濁眼睛，如潮水般從四面八方湧向安全屋。

CHAPTER 27 和平配合

如此龐大的屍群若湧來，絕對會將這裡夷為平地，鼠爺懶得費嗓子，直接從腰間掏出手槍，對著黑暗射擊。

其他人聽到槍聲一愣，抬頭見首領在陽台正不斷朝著牆外射擊，終於把兩件事聯繫起來。

掠奪者意識到事態嚴重，慌亂跑向槍械庫開鎖分發，各自跌跌撞撞爬上圍牆，對外胡亂開槍。

槍火在夜色中交織密集火線，子彈撕裂空氣，喪屍全身中彈仍前進，僅頭部爆裂時停下，前方倒下一隻，後方又會湧上更多填補。

喪屍數量太多，鼠爺跑回房間，從書桌底下取出裝滿從軍隊順來的十多枚破片手榴彈的箱子，原本打算留給特殊感染者，現在事態危急，不用恐怕就再無機會。

他拔掉保險栓，用力拋向牆外，破片手榴彈劃出弧線，落入屍群，隨即爆出比音樂更響的爆炸。

「轟！！」

爆炸火光短暫照亮夜空，殘肢斷臂四處飛濺，腐肉與黑血如雨落下。

這能高效減少喪屍數量，但消滅速度遠跟不上填補，屍潮彷彿永無止境。

「恭喜你，恭喜你！」隨著時間流逝，圍牆內滿地空彈殼，外頭堆滿喪屍殘骸，音響隨歌曲結束停下，雖仍有不少喪屍逼近，但數量已不足為懼。

掠奪者累得癱坐牆下，大口喘氣，激戰後槍口冒煙，彈匣幾近耗盡。

鼠爺站在二樓陽台，望著牆外殘骸，嘴角扯出猙獰的笑，喜不自勝道：「贏咗啦……我哋贏咗喇！」

「見到未啊？乜嘢係真理？」他狂喜高舉手槍，對院子裡精疲力竭的手下吼：「邊個拳頭大邊個就係真理！就算係再多嘅喪屍我哋都冇有怕！」

手下勉強舉拳歡呼，聲音嘶啞幾不可聞，手指因長扣扳機痙攣，臉上滿是疲態。

這一仗雖勝，鼠爺旁邊的蛇輝卻毫無喜悅，望著空空的手榴彈箱子，看似大勝，但實際上彈藥幾乎耗盡，下次屍潮再來恐怕只能近身搏鬥。

許淵源在消防局天台見安全屋未被屍潮攻破，眉頭緊鎖道：「師父……睇怕你嘅計劃失敗咗。」

師父未答，抬頭望夜空，嘴角緩緩上揚：「嚟喇。」

起初，遠方僅傳微弱嗡鳴，如夜風拂過電線。

聲音漸近，螺旋槳轟鳴撕裂夜空。

察覺異常衝著安全屋而來，鼠爺猛抬頭，瞳孔驟縮。

三架武裝直升機突懸停在安全屋上方，探照燈白光刺眼，令安全屋亮如白晝，掠奪者們被強光照得睜不開眼，紛紛抬手遮擋。

「發生乜事？？？」鼠爺望著頭頂直升機，茫然道。

他舉槍打算朝其中一架射擊時，直升機突然打開擴音，向下方宣佈：「呢度係希望之光嘅前線部隊，請珍惜生命，唔好作無謂抵抗，馬上放低你哋嘅武器投降。」

話音落下，直升機艙門開啟，狙擊手用狙擊槍對準二樓陽台的鼠爺，激光瞄準紅點精準鎖定其腦門。

原本兇悍的鼠爺見狀瞬間退縮了，立即放下槍踢開，舉手投降。

數名全副武裝的特種部隊從機艙順速降繩滑下，動作乾淨利落。

他們戴著戰術頭盔、夜視鏡、面罩，裝備密不透風，難辨面貌，落地後掏出全自動步槍，對準其他掠奪者。

小弟見首領投降，惜命的他們知道不是這群武裝士兵對手，紛紛棄械投降不作出任何抵抗。

僅僅是因為在正確的時間出現，希望之光的人一槍沒開，不費吹灰之力就拿下了這座安全屋。

許淵源見掠奪者跪地舉手投降，嘴角上揚道：「惡人自有惡人磨，你班友都有今日囉！」

他笑著扭頭問：「原來頭先只係前菜，宜家先係正餐。」

阿龍不解問：「你做咗啲乜？點解會有直升機嚟？」

「冇乜嘢。」師父淡然應道：「我只係用無線電扮唔小心暴露咗自己嘅位置。」

「你唔係講過想知希望之光班人係點？」他朝安全屋方向揚了揚下巴，說：「你好快就會知。」

眨眼間，安全屋內所有掠奪者被制服在地，雙手反銬於背後。

鼠爺被兩名士兵左右架著，來到指揮官面前，臉上帶難以置信的猙獰表情。

「報告，地下室發現大型倉儲設施，需要密碼解鎖。」一名士兵從安全屋快步走出，向指揮官敬禮道。

指揮官按下對講機，聲音沉穩威嚴道：「總部，呢度係山鷹小隊，發現潛在資源點，請求進一步指示。」

對講機傳來沙沙電流聲，隨後一無感情男聲應道：「收到，小隊請確保資源安全轉移，緊記要當地民眾和平配合。」

「了解。」

指揮官目光轉向鼠爺，以不容置疑的強硬語氣道：「麻煩將地下倉庫嘅密碼交出來。」

「吓？」

鼠爺嘴角抽搐，眼中閃過一絲慌亂——他根本不知密碼，應該說還沒來得及套出來，這裡就遭到突襲了。

指揮官以為鼠爺不捨得物資，決定曉以大義：「你哋咁少人佔用咁多資源係一種浪費，不如貢獻畀我哋，成為反攻喪屍嘅希望之光，將來人類復興，後世會歌頌你嘅無私與偉大。」

「我……我唔知啊！」鼠爺哆嗦大吼：「呢間安全屋唔係我㗎！我只係喺人哋手上搶佔返嚟，鬼知密碼係咩！」

指揮官不信，朝旁邊士兵點頭，後者上前，抽出手槍對準鼠爺腦門，嚇得他嘩嘩亂叫。

「哇！！！！唔好開槍啊！！！！」

話音剛落，鼠爺就聽到手槍解開保險栓的聲音。

慌張的鼠爺想找蛇輝解圍，然而瞪大雙眼掃視院子一圈，卻不見他的蹤影。

「我再問多你一次，密碼。」指揮官語氣毫無感情。

鼠爺面對槍口，實在說不出「不知道」三字，但無奈腦海中毫無密碼線索，只能假稱到現場或許會想起。

指揮官為獲地下室資源，爽快答應，兩名士兵用冰冷槍口押送鼠爺，踉蹌走向地下室。

走過狹窄樓梯，來到防爆金屬門電子鎖前，指揮官指示士兵用槍管對準鼠爺後腦，命令：「最後一次機會。」

汗水順著鼠爺臉上扭曲疤痕滑落，他顫抖伸出食指，在沾血鍵盤按下 0714——他生日，或許帶來幸運。

「嗶——輸入錯誤。」防爆門旁顯示屏閃紅光，提示錯誤。

鼠爺失敗後，勉強撐起假笑：「好快，你等我一陣……」

為活命，他朝鍵盤胡亂輸入，盼命運眷顧，突破萬分之一可能。

「嗶——輸入錯誤。」

鼠爺回頭看三名如殺神般的士兵，心裡感到一陣發涼，因為他們看著已經沒有耐性。

「既然佢哋心入面認定我知密碼，倒不如利用呢點制衡佢哋。」他心裡篤定：「只要一日唔打開道門，佢哋肯定唔敢對我做啲咩過分嘅事！」

CHAPTER 28
血吼

他們的目的顯然是為資源，而非隨意殺人，於是鼠爺嘴角掛笑，放心輸入密碼。

「嗶——輸入錯誤。」

第三次失敗提示音響起，鼠爺扶額惋惜：「哎喲，又錯咗，可能休息一下會記得……」

突然，顯示屏再傳警報：「最終錯誤——自毀協議啟動」

鼠爺滿臉困惑未搞清狀況，地下倉庫突亮火光，門隙滲出熱氣，逼退他一步。

高溫扭曲門口空氣，透過鋼化玻璃窗能看到倉庫內烈焰燃燒，糧食與醫療物資全在火海焚毀。

如此龐大物資在末世珍貴無比，指揮官目睹此景也忍不住感到婉惜。

「唔……唔好啊！停啊！」鼠爺頂著熱氣上前瘋狂拍鍵盤想要阻止，但徒勞無功，地下倉庫轉眼化作火海。

他不但失去一切物資，還失去與指揮官的談判籌碼。

鼠爺絕望的眼瞳中倒映著火光，剛扭頭想應付，槍管已對準腦門。

他嘴唇蠕動，剛想辯解：「我可以……」

「砰！」

槍聲響起，鼠爺腦門多了一個血洞，眼中生氣迅速消散，踉蹌倒在燒紅的門上，發出了烤肉般的滋滋聲。

地面的其他士兵在聽到槍聲後彷彿接受到某種指示，下一秒，院子爆發出整齊的拉栓聲，就像演練了千百遍那樣同時舉槍，用黑洞洞的槍口對準癱坐的掠奪者。

噠噠噠噠——！

剛為生還慶幸的暴徒，表情還未從茫然轉恐懼，子彈已無情地貫穿其身。

有人掙扎著想爬走，卻被士兵如打靶般精準射中後心；有人張嘴舉手想求饒，下一秒臉被轟得血肉模糊。

許淵源目睹這地獄般的畫面後深受震撼，不但瞳孔劇縮，呼吸急促，喉嚨發緊，胃裡也翻湧難以言喻的惡心感。

他見過喪屍撕碎活人，掠奪者虐殺無辜，但這場屠殺卻讓他感到前所未有的寒意。

若他們下場尚且如此，那自己的父母呢？

許淵源害怕最終深究出來的答案，大腦出於自我保護，強行中斷思緒。

「佢哋……明明投咗降……點解仲要開槍？」他聲音顫抖，幾不可聞。

若掠奪者仍持武器，士兵開槍或有正當性，但對手無寸鐵之人，只是屠殺。

師父站陰影中，手摩挲長刀刀柄，眼神深邃如古井。

「宜家你知希望之光係點嘅人喇？」他聲音平靜得可怕：「打住救世旗號，只不過係方便佢哋拉攏人心嘅手段。」

指揮官讓解決鼠爺的士兵收起手槍，自己則按下通訊器，用沒有一絲波動的語調跟總部回報：「報告總部，目標據點已清理完畢，今次冇搵到任何物資同倖存者，白行一趟。」

「收到。」對講機很快回應：「唔緊要，唔係次次都似上次咁搵到咁多。」

「了解，善後結束後會立即刻返回基地。」

指揮官到院子點頭，為確保無活口，士兵有條不紊補槍，動作熟練如清點貨物，顯然慣做髒活。

子彈擊碎頭骨的悶響在空曠庭院迴盪，確認死亡後，屍體如垃圾般被棄置在地上不管不顧。

此時地下室火勢已蔓延至地面安全屋，眼見任務完成，指揮官便命令其中一架直升機降落到院子裡，準備帶隊撤退。

不料他一腳剛踏進艙門，山林間突然傳來一聲震耳咆哮。

那叫聲並非普通喪屍嘶吼，似人類卻充滿獸性，刺得人耳膜生痛。

那一瞬間，消防局與安全屋眾人皆被叫聲吸引。

許淵源一臉意外地扭頭問：「咦？師父，你仲準備咗飯後甜品啊？」

眾人也轉身想聽師父回答，他卻一臉茫然道：「吓？呢壇嘢唔關我事啊！」

「咪玩啦，師父。」許淵源以為他開玩笑：「唔關你事，唔通關我事咩……」

他話都沒說完，山林間再度爆發出一聲咆哮。

「許——淵——源——！！！！！」

許淵源聞聲渾身一僵，因為這叫聲他再熟悉不過了，於是戰戰兢兢地朝咆哮傳來的方向望去。

山林間的樹木轟然倒塌，一個赤紅身影如炮彈般高高躍至半空，最後重重砸進安全屋的庭院中，飛濺的碎石打在士兵們的防彈盔甲上發出劈啪脆響，地面因承受不住它的重量而裂出如蛛網的紋路，最終一個三米高的赤紅身影在揚起的煙塵中緩緩站直。

是強哥！

沒想到上一回避難所的爆炸居然沒把它炸死，而且身體在持續不斷的變異中更加畸形，身體也變得更加強壯和靈敏。

它沒有皮膚，裸露的肌肉纖維像一條條不斷蠕動的紅蛇，脊椎骨節節突起，形成猙獰可怕的骨刺，頭顱跟巨大的身體相比顯得十分細小，而且還詭異地保留著一張半腐爛的人臉——正是強哥那張充滿憤怒與不甘的臉。

指揮官以及其他士兵都準備收隊回去，沒料到半路會再殺出這麼一隻怪物來，由於事出突然，所有人一時間都反應不過來，只會呆立原地。

怪物仰頭嗅空氣，明明聞到了許淵源的氣味，但放眼四周卻未見其身影，於是逐漸變得暴怒起來。

指揮官反應過來並認出怪物的身份，於是向總部回報：「報告！上次搬運物資襲擊我哋嘅紅色特殊感染者再現！重複！紅色特殊感染者再現！」

「收到！」總部迅速回應：「確認目標係A級特殊感染者，代號『血吼』！根據科學部研究，繼續放任佢變異嘅話好有可能會進化成下一隻泰坦喪屍！」

最後一名士兵剛躍進機艙，金屬艙門還未完全閉合，指揮官就猛拍駕駛艙隔板催促：「起飛！即刻！」

直升機旋翼轟鳴加劇，氣流捲地面血泊成猩紅霧氣，騰空攀升至另兩架僚機旁。

「唔可以放任佢繼續變異。」對講機傳來最終指令：「火力解禁，總部允許使用機上所有重型武器，一定要將血吼就地殲滅！」

「遵命！」指揮官指著下方的血吼，大聲命令：「開火！！！！！」

下一秒，三架直升機六門加特林機槍同時咆哮，火舌噴吐，每分鐘可發射出一萬三千發 7.62mm 穿甲彈！

子彈如暴雨般傾瀉而下，火力網所組成的金屬風暴瞬間籠罩了血吼全身，彈頭撕裂空氣聲壓過怪物嘶吼。

噠噠噠噠噠——！！！

彈殼如雨墜落，地面塵土飛揚，血吼結實的身軀上炸出朵朵血花，發出震耳痛吼，腐爛面容扭曲成猙獰狂怒。

彈雨撕開血吼表層肌肉，下一秒，傷口肉芽如活物瘋狂蠕動，以肉眼可見速度癒合。

子彈頭最終被新生的肌肉纖維從體內擠出，叮叮噹噹落在地上。

指揮官冷汗直冒，心想：「我係咪發夢……咁強嘅火力連車都可以打成廢鐵，佢竟然頂得住？」

CHAPTER 29 始料不及

血吼似乎已經適應這種程度的攻擊，突然彎腰用強壯的右臂從地上抓起一具掠奪者屍體，未等眾人反應，殘軀如炮彈擲向最近的僚機。

「規避！快啲規避！」指揮官大聲提醒。

僚機飛行員猛拉操縱桿，可惜為時已晚，被當作炮彈的屍體精準擊中尾翼。

「隊長——啊！！！！」

在士兵慘叫中，直升機旋墜山谷，於林地間炸成火球，那名掠奪者大概也未曾想過自己在死後會以這樣的方式成功復仇。

而更可怕的是，血吼傷口重組後逐漸形成類似泰坦喪屍的防彈角質層，子彈打在身上竟然迸濺出火花。

「換火箭炮！快！」指揮官聲音首現波動。

然而為時已晚，這個曾經是人類的怪物此刻正用著完全非人的方式嘶吼，接著一躍上安全屋屋頂，借力撲向第二架直升機！

血吼巨爪扣住直升機起落架，機身劇搖，機組人員驚恐大叫：「佢捉住咗我哋——！」

它獰笑著伸爪想要撕開艙門的金屬外殼。

「等我嚟！」

指揮官眼神一狠，奪過士兵手中的火箭筒後猛地推開艙門，夜空中的狂風隨即灌入機艙之中，他扛起火箭筒，瞄準著掛在另一架直升機上的血吼。

「吔屎喇，怪物！」指揮官扣下扳機。

咻——！！！

火箭彈精準擊中血吼，爆炸逼使其鬆爪，最終它發著不甘的怒吼，被炸飛至山谷之下。

直升機受爆風波及劇搖，終勉強穩住。

脫困後，指揮官臉色陰沉，喘著粗氣關閉艙門並下令道：「所有單位，立即撤退！」

兩架倖存直升機迅速爬升，消失在夜空之中。

硝煙彌漫，山林復歸死寂。

「結束啦……」阿龍鬆口氣道。

安全屋方向，橙紅火光吞噬建築，黑色濃煙翻滾升入夜空。

師父站在消防局天台邊緣，渾濁的瞳孔中映照著遠處火光：「真係方便，連屍體都唔使埋。」

「徒弟仔，你要記住喇，真正嘅惡往往都係會以善嘅方式嚟包裝自己」他語重心長：「掠奪者真小人易擋，但希望之光呢種偽君子實在難防。」

「知道。」Alex 在目睹屠殺後，總算看清楚這群人的真面目。

眾人拖著疲憊步伐回準備消防局一樓休息室，路經雜物房時，小狗阿 Bu 駐足不走，龇牙對漆黑門口低鳴，背毛也罕見全豎。

「阿 Bu 做咩咁嘅樣？」許淵源回頭問。

小詩笑著摸了摸牠腦袋，哄道：「行啦，傻豬。」

可不管她催促，阿 Bu 就是不肯離開，小詩無奈拿起蠟燭，小心走向雜物房：「唔緊要，我睇下咩事。」

「吓？喂！等等……」許淵源心生不祥預感連忙想要阻止，可小詩已先一步走了進去。

小詩手中蠟燭在黑暗劃出顫動暖光，雜物房僅堆滿了雜亂的消防器材。

她鬆一口氣，柔聲安慰阿 Bu：「你睇，呢度乜都冇。」

就在燭光轉向門後死角的瞬間，阿 Bu 暴起狂吠想要阻止，一雙慘白的手也冷不防地從黑暗中伸出，一把抓住了小詩！

許淵源來到門口時，蠟燭已摔落地上，滾動的火光照出一張布滿血污的猙獰面孔。

他看到對方的樣子後瞳孔猛然一縮，因為出現在眾人面前的居然是先前在安全屋中溜走的蛇輝！

蛇輝以小刀抵喉脅持住小詩後，用沙啞的聲音威脅道：「咪埋嚟！再行前一步我即刻幫佢放血！」

小詩害怕得眼泛淚光，不敢吱聲只能用無助的眼神向許淵源求助。

「你想點！」許淵源質問道。

「我要食物同水！」蛇輝以小詩為肉盾，躲於後方不露破綻：「……同繃帶！」

燭光搖曳間，許淵源赫然驚覺蛇輝挽起的袖口下，一道泛著青黑色的咬痕正滲出黑血，傷口邊緣已經呈現蛛網狀的黑絲，這分明是感染中期的癥狀。

「你已經畀喪屍咬咗！繃帶係冇用㗎！」許淵源死死盯著他道。

「放屁！！！！呢個……呢個只係我唔小心擦傷整到！消毒包紮下好快就會冇事！」蛇輝情緒激動，刀刃幾乎就要劃到小詩的脖子上，暴怒道：「唔好囉嗦！即刻拎我要嘅嘢嚟！唔係我割開佢喉嚨！」

「阿源……」小詩害怕得渾身顫抖道。

對方有人質在手，許淵源也不敢貿然輕舉妄動，三思之後就吩咐身後的阿龍：「拎佢要嘅嘢畀佢。」

阿龍不願妥協，但眼下只能聽命，頷首準備去取物資。

然而他一轉身就看到師父用手輕輕把他往後推了一下，然後搖搖頭示意不用去拿，接下來交給他就行。

雜物房內的蛇輝很是焦躁，阿龍前腳剛走就開始催促：「快手啲！咪同我玩嘢！我大不了攬住佢一齊死！」

「阿輝。」師父的聲音從走廊傳來。

蛇輝狂躁的表情突然凝固，嘴角不自覺地抽動，因為這把聲音他再熟悉不過了

師父緩步從許淵源後走出，雙手微張表示自己沒帶武器：「收手啦，佢無辜㗎。」

「係你？」蛇輝驚訝地打量師父：「點解你喺度？你唔係應該喺囚室……」

「多得我徒弟仔同佢。」師父看了兩人一眼，得意洋洋道：「我先走得甩。」

蛇輝很快反應過來，當下就把安全屋出事跟師父逃跑一事給聯繫起來，馬上怒不可遏道：「原來係你搞鬼！家陣我嘅地位冇咗！安全

屋又冇埋！你滿意喇！」

「咁又唔好咁講，呢一切本來就係我嘅，我想點處置咪點處置。」師父摩挲鬍子笑道：「靠害方面大家咁話啦。」

理虧的蛇輝被懟得啞口無言，只能用發怒來掩飾尷尬：「你收聲啊！！！總之一日最衰都係你！唔係你？我會搞到今日咁？」

「冇錯，你有咩唔妥就嚟搵我。」師父主動承擔責任道：「唔關個女仔事，你放開佢啦」

「你發夢！」

「我唔會要你白做。」師父微笑道：「放咗佢，我同你嚟個了斷。」

「咩話？」蛇輝躲在小詩的背後睜大雙眼道

「你應該好清楚自己冇幾多時間，無謂再呃自己。」師父指著他手臂上的咬痕說：「與其帶個根本唔識嘅人上路，倒不如畀個機會你向我報仇，好彩嘅咪帶埋我一齊走囉。」

蛇輝聽到後確實心動，若死前可拉一人陪葬，那他必定會選師父。

師父見他猶豫，又追加一項條件：「放心，我保證唔用刀。」

「……真係？」蛇輝狐疑道。

「冇錯。」師父用力點頭道：「一對一，唔用刀。」

蛇輝陷入了深深的糾結之中，眼見手臂上的傷口還在不斷惡化，沉思了沒多久後還是答應了師父的提案。

CHAPTER 30
對決

他挾持著小詩來到運動場後才猛地將她往前一推，女孩踉蹌幾步後跌進許淵源懷里，渾身不住地發抖。

「對唔住……係我大意。」她內疚道。

「冇事，冇事。」許淵源低聲安撫同時迅速檢查她的脖子，幸好沒被小刀劃傷。

要知道蛇輝手上的小刀有可能是處理過喪屍的，若不小心在小詩身上留下傷口，哪怕只是一條小劃痕都足以讓她遭到病毒感染。

在確認無礙後，許淵源鬆一口氣道：「小心啲，下次未必咁好彩。」

「嗯。」小詩乘勢環腰抱住了許淵源，然後把頭埋在他的懷裡。

月光從夜空中像柔和的水般輕灑而下，將整個運動場的鍍上一層冰冷的藍色。

師父在三分線附近負手而立，道服下擺隨夜風輕擺，神態十分輕鬆自在。

二十米外，蛇輝的小刀在月光下泛冷光，刀尖微顫，上方沾有的黑紅污漬，不知是來自喪屍或人。

此刻的他左眼已經渾濁發白，感染的黑絲已經從傷口漫延至全身，偶爾還會咳出血來。

「仲記唔記得？」師父突然開口，聲音像是從很遠的地方傳來：「你背叛我嗰晚，天色都係咁。」

「收聲！」蛇輝暴起前沖，刀鋒劃破空氣，直刺師父咽喉！

他的攻勢要比想象中更加瘋狂，動作雖然因感染而變得僵硬，但垂死的狠勁使每一刀都帶著同歸於盡的決絕。

師父側身閃避，蛇輝順勢橫斬腰腹，但師父早有所料，以擒拿手死死抓住對方持刀的手腕不放，阻止刀尖繼續前刺。

蛇輝屏息卯勁，雙手加上全身的重量壓在刀柄上猛推向前。

比力氣非師父所長，光是壓制著對方就幾乎耗盡了他所有力氣，而且還壓不太住，刀尖正一點一點地被推向下腹。

「我哋……一齊上路啦……」蛇輝呼吸粗重，白濁眼球血絲密佈，獰笑道。

可話都沒說完，眼前突然一黑。

原來師父見快要支撐不住了，猛地一記頭槌狠砸在蛇輝臉上，鼻骨碎裂的悶響在夜色中格外清脆。

蛇輝痛得踉蹌後退，黑血從鼻腔噴湧，染血的小刀仍死死握在手中。

「我就算死都要拉埋你墊屍底！！！」蛇輝嗓音嘶啞扭曲，感染令動作變得僵硬卻瘋狂。

他像頭瀕死的野獸，不斷揮舞著好比獠牙的毒刃，逼得師父連連後退。

師父的呼吸沉重，額角滲出血絲，剛才的頭槌雖然暫時解了圍，但副作用卻讓自己感到些暈眩。

他瞥了眼場邊的許淵源等人，輕輕搖頭，示意他們別插手。

這是他的戰鬥。

蛇輝已經徹底失去理智，倒握著刀刃直刺向師父心口！

師父閃避時被碎石絆倒，重重摔倒在地。

蛇輝見他無處可逃後高舉手中毒刃，癲狂地大笑著準備猛刺而下之際——

「師父！接住啊！」Alex 的吼聲劃破夜空。

一道寒光從場外飛來！師父本能地伸手一抓——是他的愛刀！

「做得好！」師父嘴角微微上揚，背部挺得筆直，如同一株歷經風霜卻屹立不倒的古松，左手輕搭於刀鞘上，拇指抵住鍔口，右手虛握刀柄。

這個看似隨意的動作，卻讓蛇輝的瞳孔驟然收縮——這分明就是居合斬的起手式。

蛇輝獰笑凝固，顫聲道：「你！！！你明明講過唔用刀！」

話音畢落，他揮舞著小刀再次大吼大叫的衝了過去打算先發制人，不讓師父有拔刀出鞘的機會。

「我用嘅唔係刀。」他的聲音低沉而平靜。

師父微微曲膝，氣聚丹田整個人彷彿與大地融為一體，左手拇指輕推刀鐔，發出幾乎不可聞的「哢」聲，刀身露出一寸寒光。

「鏗！」

「吓？」

蛇輝在看到以後也驚呆了，因為長刀出鞘後露出的不是白花花的刀刃，而是黑洞洞的槍管！原來這根本不是什麼正經的日本刀，而是一把長刀外型的改造槍！

「砰！」

槍聲炸響，蛇輝突然僵在原地，手中染血的小刀「噹啷」落地。

他茫然地摸了摸臉頰，指尖傳來了一陣溫熱黏膩的觸感。

月光下，他低頭看著自己染紅的手指，表情十分困惑。

鮮血從眉心彈洞中汩汩流出，在鼻樑上分叉成兩道細流，最後在下巴匯聚滴落。

心有不甘的他張嘴欲言，眼中的生氣卻在此時快速渙散。

「啪。」

蛇輝倒地後，師父輕吹槍口硝煙，淡然道：「係槍。」

許淵源與阿龍目睹這荒誕的一幕後也是愣住了，然後興奮對望，齊聲喊道：「嘩——好犀利啊！！！」

師父拍拍道服上的塵土，慢條斯理地將「刀」收回鞘內，許淵源和阿龍衝上前，眼中滿是崇拜。

「師父！你唔係用居合斬咩？」阿龍指著蛇輝屍體問：「呢招係？」

師父輕撫刀鞘雕紋，嘴角微揚：「此乃……」

「美式居合斬。」

夜風吹過，現場一片寂靜。

Alex 在旁邊突然「噗」地笑出聲，小詩則捣著嘴，肩膀抖個不停。

許淵源低頭看了看死不瞑目的蛇輝，再抬頭望向一臉正氣凜然的師父好奇：「但係……但係你唔係修道學法嘅道士嚟咩？咁樣陰佢都得？」

「冇錯！彈道都係道，槍法都係法，呢樣就係道家崇尚嘅『道法自然』！」

「呢個時勢，同喪屍或者壞人講道理係冇用，講物理就最實際。」師父整理著衣領淡定道：「時代變咗啦，後生仔。」

而在遠處山崖之下，黑暗深處，某種紅色的東西正在蠕動著……

昏暗的消防局休息室里，眾人圍著微弱的燭光，疲憊卻難以入眠。

師父坐在角落，正用布擦拭著他的愛刀——或者更準確地說，是愛槍，燭光映在他滿是皺紋的臉上，勾勒出深邃的輪廓。

「話時話，師父，點解你一個算命嘅，槍法會咁犀利嘅？」阿龍忍不住問：「頭先嗰一槍，簡直神準。」

師父頭也不抬，得意洋洋道：「貧道後生喺美國留學嗰時，曾經拎過幾個射擊比賽冠軍。」

「幾個？」許淵源驚訝道。

「十幾個掛？我記唔清啦。」師父的語氣平靜得像在討論今天的天氣。

經過師父剛才那番華麗的表現後，Alex 作為徒弟也感到自豪，嘴角壓不住上揚道：「我咪講過師父好準！你又唔信！」

許淵源無奈道：「我以為你講嘅係算命好準，點鬼知你係話佢槍法好準！」

「你咁講就唔啱啦。」師父很是得意道：「貧道無論係紫微八卦抑或百米射擊都一樣咁準。」

阿龍想也不想就脫口道：「咁點解你冇算到條友會出賣你？」

師父聽到後睜大雙眼愣住了，過了良久才緩緩解釋道：「我哋算命有三不算，不算死人，不算同行，不算自身。」

「但係……」

許淵源見阿龍還想深究下去，為免對方難堪，主動把話先搶了過去。

「師父，你係咪有熟人喺希望之光入邊？」

CHAPTER 31 半人半屍

師父抬眼看他：「做咩？仲想加入希望之光啊？你見到安全屋嘅下場啦，佢哋唔係咩救世主嚟。」

「但我父母可能喺入邊。」許淵源眼神堅定道：「佢哋係我最重要嘅家人，無論如何我都要搵返佢哋。」

師父看著他沉默良久，最終嘆了口氣：「……我確實有認識嘅人喺入邊做緊後勤。」

「真嘅？！」許淵源眼睛一亮。

「一個老朋友，以前喺美國留學時識嘅。」師父收起槍，神情複雜道：「但佢末日之後變成點，我就唔確定，如果你堅持要去嘅話，我可以幫手引薦一下。」

「要！我一定要去！」許淵源眼神堅定道：「咁麻煩你啦，師父。」

阿龍也拍了拍他的肩道：「放心，你要去，我都跟埋你一齊！」

師父看著兩人堅定的眼神，終於點頭：「咁聽日先去醫院嘅撤離點睇下，佢哋可能仲未走。」

翌日，一行人在出發前商量怎麼前往撤離點，師父說前方的路段是兩個勢力的地盤，一個是佔據了左側教堂的再生教會，以及右側廢棄軍事基地的鐵血盟。

再生教會由其教主統領，號稱是免疫者，神的第二個獨生子，在病毒爆發後廣泛收留民眾，透過展現「聖跡」以及洗腦手段將他們收編成信徒，基本上就係一個邪教。

「神嘅第二個獨生子？？？」阿龍詫異道：「第二個仲點算獨生子？如果入到去係都唔信教，佢哋會點？」

「你估下點解嗰邊會有咁多喪屍？全部都係唔聽話嘅人變。」師父哼笑一聲道。

「鐵血盟就好少少，聽講個首領係個女人嚟，只要唔好搞到佢哋，一般唔會同人起衝突。」

在放出無人機確認路況良好後，一行人以前三後三的陣形前進，許淵源，師父與 Alex 打頭陣，阿龍則負責守在女孩旁邊以防突發狀況，阿 Bu 則被小詩背在背包中方便行動。

附近的喪屍都在昨天的屍潮中被清除，所以他們路上幾乎暢通無阻，沿著漫長的廢棄車龍不斷推進。

Alex 沿途觀察環境時，眼角忽然瞥見幾個走路跟人一樣快的喪屍在遠處一閃而過，於是驚慌地指著前方提醒道：「師父，我好似見到有奇怪嘅嘢。」

「係咩？」師父順著他指的方向望去，但卻什麼都沒看到，隨即便道：「有啊？嗰度乜嘢都冇。」

Alex 堅持自己沒有眼花，又道：「我講真㗎！頭先真係有奇怪嘢……」

忽然間一名全副武裝的士兵從廢棄車輛後方跳了出來，手裡端著一把全自動步槍瞄準許淵源等人命令道：「我係希望之光嘅士兵，我嘅小隊遭遇畀怪物襲擊飛機失事墜毀咗，宜家強制徵用你哋送我去附

近嘅撤離點，事後組織一定會對你哋重重有賞！」

許淵源推斷對方所說的直升應該就是昨天被強哥擊墜那一台，他大概是中途被甩了下來，所以才保住一命，沒有死於墜機的爆炸之中。

雖說他們一行人就是準備前往撤離點的，捎上他也不過是順路，可這種強硬的態度實在讓人不敢恭維。

「師父你招居合斬仲用唔用得？」許淵源不悅地在師父耳邊低聲問。

他勉強撐起一個笑容，用腹語從牙縫中擠出幾個字：「冇子彈啊，大佬。」

「吓？把槍得一嘢咁渣㗎？師父你開唔到槍同一個普通阿叔有乜分別？」許淵源聽罷訝異道。

「……」

「喂！咪再自己係度講嘢，信唔信我開槍吖喇！」

面對槍口，師父沒有絲毫慌張，始終淡定自若道：「槍聲咁響，你開槍咪盞引晒附近嘅喪屍過嚟，你一樣走唔到。」

士兵聽到後也是陷入了沉思之中，要是開槍吧，確實會如他所說的把附近的喪屍引來，可是不開槍根本壓不住眼前這幾人，更遑論讓他們乖乖服從自己？

他再三思考後還是沒想到更好的方法，於是便想硬來，抬起槍口對準許淵源命令道：「咪再廢話，呢次係最後一次警告，你哋服唔服從！」

許淵源臉色一沉，手也悄悄握住腰間的戰術匕首，阿龍站在旁邊，暗暗摸向插在腰後的消防斧，隨時準備開戰，沒什麼作用的師父也一聲不吭的冷眼旁觀，手指輕輕搭在刀柄上，假裝在評估局勢。

就在這時，Alex 突然皺眉，死死盯著遠處的樹叢。

「……好似有嘢嚟緊啊！」

士兵嗤笑一聲，槍口轉向 Alex：「細路，你以為咁樣我就會上當喇咩？天真！」

「唔係啊！我講真㗎！」他惶恐不安道：「我真係見到有幾隻奇怪嘢！」

眾人連同士兵在內都順著他指的方向望去，然而那裡只有幾隻普通喪屍在廢棄汽車旁邊緩慢移動，根本沒甚麼異常。

士兵的耐性被徹底耗盡，手指扣上扳機再次對準 Alex：「真係以為我唔敢開槍啊？咁我就先拎你嚟殺雞儆——」

一道黑影猛然從側面的廢棄車輛後衝了出來，瞬間就把士兵給撲倒在地。

這種速度與力量以及其特殊的行為模式，跟一般喪屍不一樣！

它把士兵撲倒以後整個人跨坐在其身上，後者拚命掙扎想要擺脫束縛，沒想到對方在壓制自己後沒有第一時間啃咬，而是詭異地從腰間抽出一把彎曲短刀，倒握著準備朝士兵的心窩刺去。

「特殊感染者！？」士兵看到喪屍居然會使用武器後也是被嚇了一大跳。

眼看明晃晃的刀尖就要刺下來，他眼疾手快拿起步槍護在胸前，用結實的金屬槍身把這一刀給硬扛了下來。

喪屍沒有就此放棄，相反更把彎曲短刀高高舉起準備換個地方再刺。

可士兵終究是受過訓練的，眼見對方中門大開，二話不說舉起槍托對準喪屍的面門用力一撞，接著腰腿用力就把跨坐在身上的喪屍給扳倒在地，自己則順利地抽身爬了起來。

喪屍吃疼後變得更加暴怒，揮舞著手中的匕首又準備朝士兵砍去。

這一次士兵沒有給它機會，舉起全自動步槍就是標準的莫桑比克射擊法，正所謂兩槍胸口一槍頭，閻王見到都搖頭。

砰砰砰三聲槍響過後，腦門胸口中彈的喪屍雙腿發軟的跪倒在地，隨後重重倒下，嫣紅色的鮮血從傷口中汩汩而流，在地上形成了一個血泊。

許淵源注意到異常之處，因為一般來說，喪屍體內的血液被感染後都會慢慢變成黑色或者暗紅色，如此鮮艷的血紅色還是頭一回見到。

「仆你個街！嚇我一跳！吔屎啦你！」士兵在解決掉喪屍後還不解恨，又往地上的屍體狠狠地踹了幾腳才叫消氣。

他踹掉屍體手臂上的一層皮後，忽然狐疑地發出了一聲：「咦？」

CHAPTER 32 真假屍潮

士兵蹲下來用手在屍體的下巴上輕輕一拉，一張腐爛的臉皮就被完整地揭了下來，而底下則是健康的人類膚色，經過檢查後更發現全身外露的位置幾乎都是偽裝的假皮。

「我屌！係人嚟嘅？？？」士兵瞳孔驟縮，怒吼中混著驚恐破音。

原來那根本不是什麼特殊感染者，而是一名假裝成喪屍的活人，那腐爛的外皮只是精心製作的偽裝。

此時，四周的陰影中緩緩走出更多「喪屍」，他們雖然都有著腐爛的外表，異常清澈的雙眼正直勾勾盯著他們，詭異的目光把人盯得心裡發毛。

士兵知道他們是人後就抬起槍，厲聲喝道：「咪埋嚟！唔係我就開槍㗎喇！」

偽裝者們仗著人多，絲毫沒有退縮的意思，其中一人甚至歪了歪頭，喉嚨裡發出了嘲弄的笑聲。

就在這時，遠處傳來低沉的嘶吼——真正的屍群被士兵先前的槍聲吸引，正大量地從身後湧來！

「係屍潮……」 阿龍臉色慘白道：「快啲走啊！！！」

面對著可怕的屍潮來襲，偽裝者們竟然沒有絲毫驚慌，更緩緩退入了逼近的屍群之中，腐爛的外皮以及濃烈的屍臭讓喪屍對他們視若無睹，非但不會攻擊，更會主動讓路。

「佢哋……連喪屍都呃到？！」 Lily 的聲音發顫道。

一行人為了逃命，沿著道路不斷狂奔。

下一秒，偽裝者們借著屍群的掩護突然加速沖向許淵源一行人！所有人動作迅猛如豹，完全沒有普通喪屍的遲緩，每個人手上都握著一把彎曲短刀，刀刃邊緣泛著帶有屍毒的詭異藍光。

師父邊跑邊對著身邊的士兵厲喝道：「開槍啦！仲等咩啊！」

士兵不忿被師父指揮，於是駁斥道：「又係你話咁樣會引晒啲屍過嚟！」

「咁你唔引都引咗咯！仲有咩好顧慮？」師父沒好氣道。

士兵想了想覺得好像也不無道理，於是咬咬牙立定轉身，舉起步槍就朝著屍潮傾瀉火力，噠噠噠的火光之中，子彈只打中了幾具普通的喪屍，偽裝者們則利用它們充當肉盾，靈活地在屍群中穿梭，以極快的速度逼近許淵源等人。

Lily回頭看到後就像見到蟑螂般尖叫道：「佢哋嚟緊啦！！！！」

眾人跑著跑著來到一個荒廢的小區中，幾座高樓出現在面前，狂奔的腳步聲在廢棄街道上迴盪。

眼看著身後的屍潮怎麼也甩不掉，阿龍焦灼道：「阿源，我哋宜家去邊？」

許淵源掃視了四周的樓房一眼，然後指著其中一座大門敞開的大廈。

「嗰邊！我哋入去避一避風……」許淵源的喊聲戛然而止。

話說到一半，三名偽裝者冷不防就從旁邊二樓的雨棚中躍下，手裡握著淬毒的彎曲短刀精準落在眾人之間，硬生生將隊伍劈成兩半。

「阿源！」小詩伸手想抓住許淵源的戰術背心，奈何指尖只勾到飄散的背帶，接著便被逼得倒退三步。

同樣的情況也發生在Lily與Alex身上，他們被逼跟各自重要的人分開後也緊張地叫道：「阿龍！」

「師父！」

三名偽裝者歪著腦袋互相交換了眼神，屍皮面具上露出了一個詭異的笑容，其中兩人率先朝許淵源、阿龍與師父撲去，剩下一名則壞笑著慢慢地步向小詩，Lily和Alex。

偽裝者鎖定了三人中看著最好對付的師父，二話不說就舉起匕首朝他心窩猛刺而去。

師父見狀舉起日本刀橫擋在胸前，剎那過後金屬碰撞聲刺耳響起，結實的刀鞘把這帶毒的致命一擊給成功格開。

「師父！讓開！！！」阿龍將消防斧高舉過頭並怒吼道。

師父很是配合，側身閃開讓出空間，讓阿龍能無所顧慮掄起斧頭猛劈而下。

這一擊雖然勢大力沉但卻被偽裝者後退一步輕鬆避過，對方更如鬼魅一個滑步繞到他身後，準備用鋒利匕首直取後心。

幸虧旁邊的師父及時揮動長刀，用刀鞘劈向偽裝者，這才勉強逼退了他。

另一邊的許淵源也陷入了苦戰之中，偽裝者的動作遠比正常人要更快和敏捷，他嘗試好幾次發動進攻都被躲開。

某一次他找準機會發動進攻，戰術匕首在陽光下劃出一道銀光直刺向偽裝者的胸口，不料對方輕蔑一笑便舉刀輕鬆擋下，刀刃碰撞的瞬間，不但濺起了零星火花，更把許淵源震得虎口發麻，匕首都差點脫手。

「咁慢嘅？」 偽裝者帶著戲謔的聲音從腐爛的面具下傳來。

許淵源還沒反應過來，對方的第二刀已經襲來，直取心臟。

許淵源側身勉強躲開這致命的一擊，但短刀還是在戰術背心上劃開了一道口子，偽裝者沒有給他喘息的機會，提起腳對準沒有保護的下腹猛地踹去。

許淵源被巨大的力道震退數步，不但呼吸開始紊亂，視線亦因劇痛而變得模糊。

「咁多戰利品，聖主大人見到之後一定會好高興。」 偽裝者冷笑道。

許淵源被冷汗打濕了後背，顫抖的手仍然握緊著匕首，沒有想要放棄的樣子，但實際上他心裡十分清楚自己打不過眼前這人不人，屍不屍的傢伙。

對方的每一招都精準狠辣，沒有多餘動作，完全是職業殺手的風格。而他，只是一個在末世中勉強活下來的普通人。

三人被徹底纏住，寸步難行。

另一邊的戰況也同樣緊湊，負責殿後的士兵正忙於用步槍清除靠近的喪屍以及偽裝者，無暇照顧小詩她們。

第三名偽裝者逼近時，Alex 作為這三人小隊中唯一一名男人，選擇主動扛下戰鬥的責任。

然而他把箭剛搭上弓弦後才發現，雙方之間的距離太近，根本來不及拉弓，偽裝者也毫不客氣俯身前衝，一下就來到 Alex 面前，腐臭的屍皮面具幾乎貼到臉上，手肘狠狠撞在胸口上發出一聲悶響。

Alex 悶哼一聲，複合弓與箭矢脫手飛出，偽裝者的匕首高高舉起，刃尖泛著幽藍的毒光獰笑道：「得手啦！」

小詩與 Lily 也緊張得大叫：「Alex！」

——砰！

就在 Alex 以為自己要一命嗚呼之際，一聲槍響突然炸裂，偽裝者的瞳孔瞬間收縮成針孔大小，腦袋猛地後仰，表情也被永遠凝固在這一刻，屍皮混著腦漿和鮮血飛濺在 Alex 臉上，接著便逕直倒下壓在他的身上。

CHAPTER 33 被迫分開

Alex 驚魂未定地喘著粗氣把屍體推開，一抬頭就看到那名希望之光的士兵站在幾步外，手中的步槍正冒著硝煙。

「屍潮嚟啦！數量太多，我一個人嘅火力根本頂唔到！」士兵臉色慘白，指向一條通往山上沒有偽裝者也沒有喪屍的路說：「趁宜家快啲走！」

Lily 拉著士兵指著正在與偽裝者纏鬥中的許淵源三人叫道：「等等！幫手搞掂埋佢哋先！」

士兵回頭看了正在湧來的屍潮一眼，縱使心不甘情不願，但看在同樣是人類的份上便咬牙舉槍瞄準另外兩名偽裝者。

他們的速度實在太快，而且還一直動來動去不好瞄準，士兵花了一點時間發現無果後索性大喊：「趴低！」

許淵源等人意識到士兵是想舉槍掃射，聞訊後很是配合地趴了下來。

不料當他扣動扳機時，槍身中傳來了「咔咔」兩聲，這空膛的聲響讓所有人不由得心裡一沉。

「冇……冇晒子彈喇！」士兵無奈道。

屍潮如黑色的海嘯般從身後不斷湧來，嘶吼聲不絕於耳。

許淵源審視情況後當機立斷，咬牙對著小詩她們大吼道：「走！趁宜家分開走！」

「阿源！」

小詩的眼眶瞬間紅了，不想分開的她想冒死前往許淵源身邊，但Lily已經拽著她的手腕衝向岔路，期間她也最後回頭看了阿龍，後者也很堅定朝她點了點頭，表示她作出了正確的選擇。

畢竟死在一起還不如分開在某個地方苟活，大家只要還有一口氣在，早晚一定會再遇的。

Alex也看了師父一眼，但在士兵的催促下，把複合弓和散落的箭矢撿回來就跟著一起快步離開。

許淵源等人在她們離開以後也不再跟這些偽裝者糾纏，決定趁在屍潮還沒過來前撒腿就跑。

兩名偽裝者並沒有著急追趕，冷笑著融入了湧來的屍群之中與同伴匯合，腐爛的外皮讓他們能完美隱匿其中。

三人的腳步聲在廢棄街道上回蕩，背後是此起彼伏的嘶吼聲以及詭異的笑聲——那些披著喪屍皮的獵殺者正在屍群中穿梭，像狼群驅趕羊群般將他們逼向絕路。

遇到繞不開的喪屍攔路時，阿龍掄起消防斧一斧子下去讓它的腦袋開了花，然後用斧頭指著身後說：「班仆街似係當我哋玩具咁玩！」

偽裝者們明明沿途上有多次機會能夠截殺，卻故意放慢腳步，像在欣賞獵物面對死亡時的恐懼。

在路過一座大廈時，轉角處突然伸出來一條腐爛手臂差點就抓住了許淵源，他反手就用戰術匕首刺進對方的眼窩之中，確實地把大腦

組織都給搗碎了。

喪屍無力地倒下時，長時間的急奔讓許淵源感覺肺部變得像被火燒般疼痛，嘴裡也出現了鐵鏽的味道，為了活下去找回父母，他硬是咬牙忍下來。

反倒是年紀老邁的師父快要撐不住，被屍潮追到上氣不接下氣，一副快要羽化飛昇的樣子。

「我……我就嚟唔掂啦……」師父唇乾舌燥，嗓子眼乾涸得快要噴火。

「頂住啊！」阿龍用消防斧奮力地掃蕩著喪屍鼓勵道。

許淵源也加入道：「加油啊，過埋呢段路可能就賣得甩佢哋！」

走著走著，四周不但變得荒涼起來，路上也開始多了一些由木頭和鐵絲所造的路障，雖然無法攔下數量如此龐大的喪屍大軍，但多少還是為他們爭取了一些寶貴的時間。

屍潮獨有的濃烈腐臭味始終揮之不去，如同實體化的死亡般一直如影相隨，緊追不放。

「阿源！」阿龍指著前方突然驚喜道：「前面有個營地！」

許淵源的視線越過面前最後一個路障後，表情驟然凝固。

三百米外，一座五米高的混凝土圍牆出現在眼前，上方滿佈著風乾的黑血以及抓痕，頂端纏繞著帶刺的蛇腹形鐵絲網，大門是兩扇鏽跡斑斑的大鐵門，牆後有兩座高高的哨塔，裡頭分別安置了四名機槍手負責守衛。

許淵源眼神中再次煥發出生機，加緊腳步朝著大門的方向奔去。

本來已經快要油盡燈枯的師父此刻忽然精神百倍，前一刻還半死不活的，現在馬上又變得生龍活虎地朝著大門奔去，邊跑邊叫：「救命啊！」

兩人面面相覷，然後也緊隨其後來到了營地大門前，不料一直跟在身後追擊的偽裝者們在發現三人進入營地範圍後也很是警惕，紛紛在屍潮中停下腳步，遙遙地靜觀其變。

許淵源等人抵達後，鐵門上的紅色警示燈忽然亮起，掛在牆上的擴音器也傳來了一把機械女聲：「企喺度！再行前一步即刻射斷你對腳！」

「唔好開槍啊！我哋係人嚟！」阿龍舉起顫抖的雙手道：「我哋遇到屍潮，想入嚟暫避一下，冇事就會即刻離開，保證唔會打擾你哋！」

「你當呢度你屋企啊？話嚟就嚟，話走就走？」機械女聲冷笑道：「你哋將屍潮引過嚟分明靠害，仲想我畀你入嚟？」

四支黑洞洞的槍管從哨塔中伸出，紅點激光精準地鎖住三人眉心，獨唯師父腦門上有兩個紅點。

「開火！」

「砰砰砰砰——！」

震耳欲聾的槍聲在頭頂上炸開，許淵源第一時間抱頭蜷縮在地上，然而預料中的劇痛卻沒有降臨，相反身後不斷傳來腦袋被子彈轟碎的聲音。

他顫抖著抬頭回望，驚訝地發現身後的喪屍正像割麥子般大批倒下。

遠處的偽裝者們發現營地對屍潮發起打擊後，紛紛選擇不再追擊，慢慢退到屍潮之中消失。

喪屍在哨塔的火力壓制中一排又一排倒下，但奈何數量實在太多，黑壓壓的屍海還是源源不絕地慢慢朝營地大門湧來。

隨著牆內生銹的齒輪發出刺耳摩擦聲，眾人面前的鐵門終於緩緩開啟，打開一條僅容一人側身通過的縫隙。

屍潮已經逼近至十米之內，許淵源甚至能看清楚它們的長相。

「入去！快！」師父指著門縫催促道。

三人幾乎是摔進門內的，許淵源作為最後一人剛進去就聽到鐵門在身後「轟」地閉合，一隻伸進來的喪屍手臂被生生夾斷，腐爛的手在落地後還在不斷抽搐蠕動。

他們趴在地上還沒緩過氣來就聽到靴子碾碎砂礫的聲響逼近，接著一道遮天蔽日的黑影便籠罩在身上。

「咪郁。」雖然能辨別出是女聲，但聲線卻十分低沉粗獷。

許淵源一抬頭就看見一座人形堡壘矗立在面前——女人身高至少一米八五，寬闊的肩膀將戰術背心撐得緊繃，迷彩褲管塞進厚重的軍靴裡，她單手舉著的沙漠之鷹在陽光下泛著銀光，槍口穩得像是焊死在半空中。

CHAPTER 34 再生教會

防毒面具的橡膠管隨著呼吸微微起伏，灰綠色鏡片後那雙銳利的眼睛讓許淵源聯想起老鷹。

她一把扯下防毒面具，左臉有道從額角貫穿到下巴的疤痕，像是被利爪撕開的。

「講！」冰冷的槍管抵住許淵源的腦門，女人厲聲責問道：「你哋係咪再生教會嘅人？點解要將屍潮引過嚟？？？」

「唔係啊！我哋只係想避開屍潮先……」阿龍見好友被人用槍指著連忙開口幫忙解釋。

女人沒等他說完就突然抬腳把他狠狠踢翻在地並怒道：「講大話！我明明就見到你哋同『屍皮部隊』班『半屍』走埋一齊！你哋嘅目的到底係咩？」

屍皮部隊與半屍，想必這就是那群偽裝者的正名。

「我哋唔係一齊，係畀佢哋追殺。」許淵源向女人展示戰術背心上的被半屍用匕首劃出來的破口說：「你睇。」

單單是一條劃痕當然是無法說服眼前這名剽悍的女人，她原本還想說些什麼，但哨塔上的機槍手忽然大叫：「大家姐！感染者數目越嚟越多！我哋四個就快守唔住！」

「叫防衛隊所有人拎槍嚟大門集合！」女人嗓門很大而且作風果斷。

「收到！」

「你哋最好祈禱道鐵門夠硬淨。」她的眼神變得十分凶狠，一副想要把許淵源他們生吞活剝的樣子咬牙切齒地說：「唔係我會親手將你哋扔出去餵喪屍！」

山風呼嘯，碎石從陡峭的坡面不斷滾落。

小詩緊緊抓著Lily的手，兩人跌跌撞撞地沿著陡峭的斜坡不斷向上走，這條通往教堂的狹窄山徑，如今成了他們唯一的生路。

Alex走在最後，臉色雖然蒼白但眼神依舊銳利，手中緊握著一根從路邊撿來的鐵棍，棍身沾滿了黑褐色的血跡。

「就快到教堂！頂住呀！」士兵怒吼著把沒有子彈的步槍當作鈍器，猛地砸向最近的那隻喪屍，它的下顎被槍托擊碎，瞬間腐肉飛濺，只剩下半張臉。

「啊！！！！」

一隻登山客打扮的喪屍突然從路邊竄出，腐爛的手指勾住了Lily的背包帶不放，惹得她尖叫連連。

「放開佢！」Alex抄起路邊生鏽的鐵管猛擊，喪屍的頭顱像過熟的南瓜般爆開，黑稠的血液噴濺在三人身上。

身後的屍潮沒有停下，Lily回頭看了一眼，差點被恐懼釘在原地。

「唔好停！繼續跑！」Alex猛地推了她一把，這才讓Lily回過神來，但更多的喪屍已經從山路下方湧來。

「前面！教堂就到啦！」小詩指著山頂，那座灰白色的建築在綠林中顯得格外陰森，但至少是個可以防守的地方。

眾人拼盡最後一絲力氣衝向教堂，來到大門時小詩喘著粗氣回頭，瞳孔驟然緊縮，一度還以為眼花看錯了，因為那些喪屍居然在教堂外圍三十米的界碑處就停了下來，彷彿一下就看不見他們。

最前排的幾只腐爛程度較輕的，甚至顯露出某種詭異的躊躇，腳掌在泥土上反覆抬起又放下，始終逗留在教堂周圍不肯離去。

忽然間，教堂厚重的橡木大門微微開啟一條縫隙，一隻蒼白的手從黑暗中伸出朝他們緩緩揮動。

那隻手瘦削修長，皮膚下隱約可見青紫色的血管，揮動的動作很慢，像是在召喚，又像是在試探。

「吓？原來入邊已經有人。」士兵失望道。

小詩等人猶豫片刻後，最終還是選擇邁步走近。

門縫逐漸擴大，一名身穿破舊黑色神父袍的男人站在昏暗的門口，面容蒼白如紙，眼窩深陷，瞳孔像是蒙著一層灰霧般毫無生氣。

他用死魚般無神的雙目靜靜地看著她們，嘴角微微抽動，沒有發出任何聲音。

接著神父緩緩轉身，示意他們跟上。

眾人踏入教堂的瞬間，一股濃烈的血腥味混合著焚香的刺鼻氣息撲面而來，女孩們皺眉捣住了鼻子，男人們則瞬間提高了警覺。

大家都不安地交換眼神，彼此都不太想進去，但無奈外頭的喪屍還沒散去，這裡是唯一可以投靠的地方，所以也只能硬著頭皮跟上去。

教堂高聳的穹頂下，彩繪玻璃透進來的光線被血紅色的布幔過濾，神聖的十字架如今倒置掛在牆上，整個大廳籠罩在一片詭異的暗紅之中。

一百多名信徒跪坐在長椅上把祭壇周圍給圍得水泄不通，他們衣衫襤褸，面容憔悴，但眼神卻異常狂熱，嘴唇也不斷蠕動，重複頌唱著某種低沉的禱詞，聲音在教堂內回蕩，形成令人不安的嗡鳴。

祭壇上，蠟燭燃燒的不是普通的蠟，而是某種渾濁的油脂，火焰呈現出不自然的青綠色。

教堂沉重的橡木大門在身後轟然關閉，把最後一縷陽光隔絕在外，眾人的眼睛尚未適應昏暗的環境，祭壇上十二支蠟燭突然爆燃，青綠色的火苗竄起半米高。

這彷彿是某種存在即將登場的預兆，信徒們的情緒變得亢奮激昂起來，滿佈血絲的眼球凸出，枯瘦的手指瘋狂抓撓著胸前破爛的衣料，嘴裡不斷在大聲叫喊。

「聖主永恒！聖主永恒！」

在信徒們整齊劃一的呼喚中，祭壇後的陰影中緩緩浮現一襲猩紅，整個空間的溫度彷彿驟然降低，使眾人的後頸汗毛直豎。

祂走得很慢。

猩紅法衣下擺拖過地面，金線繡成的倒十字架在燭光中蠕動，當祂完全站在祭壇中央出現在眾人面前時，小詩看到了一名戴著黃金面具的紅衣主教，純金打造的面具在火光中流淌著液態的光澤。

面具眼部鏤空的孔洞後，一雙完全漆黑的瞳孔正緩緩轉動，最終落在信徒群後方的眾人身上。

祂發現教堂來了新人後便緩緩抬起手，整個教堂瞬間安靜下來，所有人連大氣都不敢喘一口。

「歡迎嚟到再生教會。」當祂開口時喉嚨裡所發出的是一把極為沙啞的聲線。

「迷途嘅羔羊啊。」

祂朝眾人招招手示意讓她們走上前來，信徒們也相當配合，馬上像摩西分紅海般左右分出一條通往祭壇的路。

眾人面面相覷，表現得十分猶豫，而聖主則再次開口安撫道：「唔洗怕，我唔會傷害你哋，放心過嚟。」

信徒們狂熱的目光正死死盯著眾人，彷彿只要拒絕聽從祂的命令就會馬上撲過來把他們撕碎。

在巨大的群眾壓力下，四人只能硬著頭皮從眾多信徒之中來到祭壇前，昂首望著台上的聖主。

「迷途嘅羔羊啊，話畀我聽你哋嚟嘅目的。」祂黑色的眼睛在掃視過眾人後便落在小詩身上。

CHAPTER 35 沒收物資

小詩原本還有點害怕，但這陣子跟在許淵源身邊經歷了這麼多事情後，她已經變得不像以前那樣膽小怕事。

在鼓起勇氣後，她勇敢地代大家回答：「我……我哋被一班奇怪嘅人同喪屍追殺，走投無路先過嚟避下。」

她說完後又連忙補上一句：「只要外面嘅屍潮一散，我哋就會即刻離開，唔會打擾咁多位。」

「原來係咁。」聖主聽罷又道：「喺末日之中，大家都知道互相幫助嘅重要性，呢度仲有好多空房，你哋想留到幾時都得，有咩需要即管開聲。」

眾人聽到後便鬆了一口氣，看來是她們以貌取人多慮了。

「但係……」

聖主以低沉沙啞的聲線說：「我哋教會需要分出更多人手嚟保護咁多位，呢部份嘅費用希望你哋可以用物資嚟支付。」

Lily心裡雖然十分不悅但為了大局還是強顏歡笑道：「應該嘅，我哋分啲物資畀佢當費用又好，租金又好，起碼有瓦遮頭，唔洗同班喪屍拚殺。」

接著她又用半討好的語氣問：「唔知需要幾多呢？」

聖主的眼睛一直在打量兩名女孩身後那脹鼓鼓的背包，能被屍潮追趕都不願捨棄的，除了珍貴的物資……還能有什麼？

「唔多。」打起物資主意的祂輕描淡寫道：「在場咁多位都會出一分力保護你哋，每人畀一份食物當係酬勞就得。」

「吓？」Lily 以為自己聽錯，笑容僵住又問：「每人……一份？」

「冇錯。」聖主確定道。

這裡在場少說都上百個人，每人一份豈不是直接就把他們掏光？原本是想找個地方避難的，現在看來大家是跑到賊窩裡頭了。

「放你媽個屁！我一路上咁辛苦先保住嘅物資，你話拎就拎？」Lily 被這無理的要求給氣壞了，指著聖主就破口大罵，聲音在教堂內回蕩，尖銳而刺耳。

一瞬間，整個大廳陷入死寂之中。

罵的時候卻是很解氣，然而她卻沒留意到信徒們的表情變了。

原本麻木、狂熱的眼神，此刻全都凝聚成冰冷的殺意，身體微微前傾，手指不自覺地抽搐。

幾個壯碩的信徒甚至已經摸向了腰間的砍刀，眼中閃爍著野獸般的兇光。

小詩的心臟狂跳，她一把拉住 Lily 的手臂，低聲喝道：「夠啦！唔好再講！」

Lily 還想反駁，但當她看到周圍信徒們猙獰的表情時，終於意識到事情的嚴重性，嘴唇顫抖著，最終死死咬住不再出聲。

聖主的目光緩緩掃過她們，嘴角微微上揚，露出一個近乎憐憫的微笑。

「聰明嘅選擇。」

他抬手一揮，兩名信徒走上前，伸手示意他們交出背包和武器。

小詩深吸一口氣，緩緩把物資從背包中取出，而 Alex 也默默把複合弓和箭筒放到地上，士兵也把沒有子彈的步槍送到信徒手中，期間他還嘴硬道：「挑！都冇子彈嘅，你咪拎走囉！」

唯獨 Lily 仍然死死攥著自己的背包帶，一臉不情願的樣子，她能感覺到周圍信徒的目光像刀子般刺在身上，渾濁的眼球裡翻湧著無盡的殺意。

「交出嚟。」站在最前面的信徒命令道。

小詩悄悄捏了捏 Lily 的手腕，搖了搖頭。

Lily 的胸口劇烈起伏，背包裡裝著他們最後的醫療用品和食物，一旦交出去就真的一無所有了。

正當她猶豫之際，眼角的餘光瞥見一個信徒正用生銹的鐵鉤刮擦著地面，某種原始的恐懼終於戰勝了憤怒。

「……拎飽佢啦你！」她語帶泣聲，心不甘情不願地解開背包。

在把所有物資都收繳之後，聖主滿意地拍了拍手，三名穿著修士袍的信徒立即來到眾人面前。

「帶我哋嘅新朋友去休息。」聖主的聲音突然變得溫柔道：「東側客房，要好好招待。」

祂吩咐要好好招待，但信徒們的態度還是十分惡劣，不斷推擁並催促他們從教堂中離開。

他們穿過昏暗的走廊，牆上掛滿了點燃的燭台來照明，跳動的火光將他們的影子扭曲成怪誕的形狀。

「到啦。」領頭的信徒推開一扇木門。

小詩等人馬上堆在門口探頭而望，想看看房間裡的狀況。

房內只有一張鐵架床和三個鋪在地上的草墊，窗戶被木板釘死，唯一的光源是放在房中央地上的一盞油燈，整個房間裡都散發著發霉的臭味。

Lily 一臉不悅，轉頭就跟信徒抱怨：「搞錯啊！咁污糟叫人點住啊！我唔理！我要換房！」

信徒們理都不理她，強行把眾人用力推進房裡後就把木門重重關上，當門鎖「咔嚓」一聲鎖上的瞬間，Lily 終於崩潰地跪了下來。

「我唔制啊……我唔要留喺呢度，阿龍……你喺邊啊？快啲嚟救我……」她哭哭啼啼地叫嚷著。

這一叫就把其他人的情緒也帶動起來，紛紛開始擔心失散了的同伴安危。

「師父……」Alex 也坐到草墊上，憂心忡忡道。

小詩本想鼓勵大家振作，但在這死氣沉沉的氣氛影響下也漸漸變得消沉起來，她抱腿而坐把頭埋在兩膝之間，腦海中逐漸浮現出許淵源的身影。

「阿源……你冇事吖嘛？」小詩黯然道。

士兵由於無所牽掛的緣故，在這哀傷的氣氛中顯得格格不入，每個人都在暗自神傷，唯獨他一個像沒事那樣。

為了讓氣氛不要太沉重，他選擇在這時跟其他人自我介紹：「我叫 Oscar，你哋點稱呼？」

可大家根本沒心情搭理他，Oscar 只能躺在床上百無聊賴地看著天花，心裡開始盤算接下來怎麼才能活下去。

在營地全體人員的努力下，屍潮總算在消耗了一大批彈藥後被勉強擊退。

鋼鐵圍牆外堆積的喪屍殘骸仍在冒煙，偶爾有漏網之魚從屍堆中站起來，很快就被牆上的人一槍轟碎腦袋，身體頓時失去控制，徑直倒下。

被眾人尊稱為大家姐的女人在戰鬥結束後甩了甩短髮，把冒著熱氣的沙漠之鷹被別回腰間的槍套中，大聲問：「冇兄弟受傷吖嘛？」

「冇！」眾人齊聲應道。

「好！」她滿意地點點頭又下令道：「將呢幾隻老鼠帶去審問室。」

許淵源一行人隨即被人沒收掉所有武器然後用槍頂著背部，跟著女人被押解至營地之中。

CHAPTER 36 和盤托出

審訊室內空氣凝滯，牆上的血漬在昏暗燈光下更顯刺目，阿龍被按在角落，師父則沉默地盯著她，眼神中沒有恐懼，只有冷靜的評估。

審訊剛開始，女人就直接把沙漠之鷹抵在許淵源的腦門上惡狠狠地質問：「講！再生教會到底派你哋嚟做乜？」

阿龍護友心切，連忙用肩膊將他頂開，想也不想就脫口而出：「放開佢！要射就射師父！」

「有錯！」師父認同後忽然發現哪裡不對，睜大雙眼，一臉難以置信地望向阿龍。

「？？？」

「我哋同你口入邊講嘅教會冇任何關係！我冇任何宗教信仰，乜神都唔信！」許淵源道。

「我同佢一樣！」阿龍馬上附和道。

女人的目光最終落在身穿道士袍的師父身上，指著他問：「咁你呢？」

「大佬啊，我咁嘅款擺明道教㗎啦，教會關我乜事？」

女人再次用槍口抵住許淵源的眉心，冰冷金屬緊貼皮膚，彷彿下一秒就會炸開他的頭顱。

她的眼神銳利如刀，聲音低沉而危險：「唔好再詐傻扮懵，聖主到底派你哋嚟做咩！」

「邊鬼個聖主？」許淵源緩緩望向阿龍。

「我識佢老鼠。」阿龍說完後又望向師父。

「又望我？？？」師父沒好氣道：「貧道拜嘅係太上老君，全稱『一炁化三清太清居火赤天仙登太清境玄氣所成日神寶君道德天尊混元上帝』。」

「喔！聽到啦！『上帝』啊！」阿龍像找到師父把柄般又道。

「……你玩嘢啊？三十二個字你淨係聽最尾兩個！」

女人聽完後眉毛微微挑起，思忖這三人是否在撒謊。

要知道再生教會的信徒被洗腦極深，寧可自盡也不會褻瀆「聖主」，更遑論如此直接的辱罵。

「……有意思。」她的聲音罕見地帶上一絲欣賞。

她收起沙漠之鷹，從胸前取出香煙點燃，深深吸了一口，白煙在審訊室內繚繞。

「我暫且可以信住你哋。」女人呼出一大口煙氣，用夾著香煙的手指著他們說。

三人相視而笑，不約而同鬆了一口氣。

「呢度係鐵血盟，我喺呢個營地嘅負責人，羅俐，大家賞臉所以都尊稱我做大家姐。」女人自我介紹道：「未請教？」

「阿源。」

「阿龍。」

「賈師父。」

「曾經有人嚟投靠我哋，我枝槍啱啱指住佢個頭，佢就即刻嚇到瀨尿，跪喺度求饒。」

羅俐頗為欣賞地打量許淵源，讚賞道：「睇唔出你都幾夠薑，成枝槍頂喺額頭都唔怕。」

許淵源揉了揉眉心被槍口壓出的紅印，無奈道：「過獎……」

阿龍忽然搭話道：「既然屍潮都完咗，誤會又解開埋，咁不如我哋趁宜家走咯？」

許淵源知道好友擔心 Lily 的安危，想儘早離開與她會合，於是幫腔道：「冇錯，無謂打擾你哋咁耐……」

羅俐將沙漠之鷹「喀」一聲拍在鐵桌上，金屬撞擊聲在狹小空間內格外刺耳，整個審訊室瞬間安靜。

她眼神冷冽，掃過許淵源一行人，皮笑肉不笑：「我冇聽錯吖嘛？」

羅俐一口氣將大半根煙吸成灰，將煙蒂在煙灰缸中摁熄，猛地噴出一大口白煙：「你們可能同再生教會無關，但將屍潮引嚟始終都係你哋。」

「喺咁嘅末世，子彈用一粒就少一粒，你們知唔知今次消耗咗我哋幾多珍貴嘅彈藥嗎？」

「想走？」她冷笑：「你當鐵血盟係東華三院啊？」

阿龍猛地站起來，拳頭攥緊：「我女朋友仲等緊我去救佢！我哋冇時間留喺度——」

羅俐連眉毛都沒動，從腰間抽出一把軍用匕首猛地插入桌面之中直到沒柄。

「發緊緊夢吖你？」她站起身以居高臨下的姿態盯著他們說：「你三條磨碌嘅命是我哋救嘅，彈藥是你哋浪費嘅，宜家出面仲堆住幾百具屍體，唔處理嘅話，咁大量嘅屍體腐爛會引起瘟疫影響我哋。」

「想走？得，有問題！」她豎起兩根手指道：「第一，同我清乾淨外邊，我唔要見到有一具屍體喺度；第二搵返等值嘅物資畀我哋，唔理係食物、彈藥、藥品，我都冇所謂，數量足以抵債就得。」

許淵源稍作思考，最終無奈交出背包中的物資及無人機，想以此換取自由。

羅俐瞥了一眼背包：「呢度連十分之一都唔夠。」

「但係我哋得咁多……求你通融下。」阿龍苦苦哀求道。

「唔緊要，今日畀你哋休息埋最後一日，聽朝天光就即刻同我開始做嘢。」羅俐嗤笑道：「喺還清晒之前，你哋條命係屬於鐵血盟，聽到未？」

房間內溫度彷彿驟降。

阿龍嘆氣，不情願地說：「聽到……」

「大聲啲！我聽唔到！」羅俐惡狠狠命令。

「聽到！」

「仲有兩個呢？啞撚咗吖？把口唔用使唔使我叫人用針幫你縫起佢？」

許淵源和師父被點名後，立即像犯錯士兵般大聲回應：「聽到！」

羅俐滿意地收起匕首，轉身走向門口，離開前丟下一句：「咪諗住走佬啊，畀我捉到腳都同你打跛佢。」

門關上後，阿龍煩躁地抓亂頭髮：「點算……Lily 佢哋等唔到咁耐！」

許淵源拍拍他的肩膀，低聲道：「我哋都要執返條命先有本錢去救人。」

「放心啦，佢哋有我徒弟仔傍住，一時三刻應該唔會有事嘅。」師父安慰道。

雖然他知道 Alex 箭術高超，但在無窮無盡的屍潮面前，這又能有多大作用？

「望就咁望啦……」阿龍失落道。

片刻後，審訊室鐵門「砰」一聲被粗暴撞開，一名滿臉戴著墨鏡、手臂刺著骷髏紋身的壯漢持槍走進。

「行啦，帶你哋去休息。」他嚼著口香糖，槍口不耐煩地朝門口擺動，用毫無溫度的語氣警告：「咪諗住玩嘢。」

基地由廢棄軍事設施改造而成，內部結構比想像中複雜。三人被墨鏡壯漢帶出陰森的審訊區，穿過狹窄走廊，牆上貼滿手寫規章和血漬斑斑的警告標語。

「到啦。」

墨鏡壯漢停在一排宿舍門前，三人抬頭一看，這些房間顯然是昔日的軍人宿舍，門牌號碼被刮花，取而代之的是噴漆寫的編號。

他推開一扇門：「呢間就係。」

阿龍和師父率先進入，發現房內比預期好：兩張簡陋但乾淨的單人床，一張金屬桌，牆邊有小窗戶，雖只能看到圍牆，但至少讓房間透進自然光。

「阿源！你嚟睇下，呢度好似還好啵！」阿龍興奮回頭喊。

許淵源打算踏入房間時，壯漢卻突然伸手攔住。

「你唔係呢間。」壯漢嚼著口香糖道：「你間房喺另一邊。」

CHAPTER 37
晴天霹靂

阿龍皺眉抱怨道：「點解啊？呢度明明瞓到三個人，頂多師父捱義氣瞓地下！」

「吓？」剛躺床上的師父茫然抬頭。

「大家姐嘅吩咐嚟。」壯漢冷笑：「再阿吱阿咗，信唔信我扔你三個出去同喪屍瞓？」

許淵源望著阿龍搖頭，讓他切勿輕舉妄動，深吸一口氣平復情緒：「咁我間房喺邊？」

壯漢沒回答，示意他跟上。

他們穿過走廊，爬上樓梯，來到更高層區域，這裡燈光更暗，空氣瀰漫霉味和汗臭。

壯漢拿著手電筒領路，兩人在一扇生鏽鐵門前停下。

「呢度？」許淵源打量四周，抱怨：「呢度似監房多過宿舍啵！」

「入去喇。」壯漢推開門，嘴角勾起一抹嘲諷的笑容：「冇錯㗎啦。」

許淵源硬著頭皮走進房間，發現牆壁白漆剝落，露出斑駁水泥，天花板角落結滿蜘蛛網，搖搖欲墜的裸燈泡掛在中央，隨開門氣流微微晃動，投下令人不安的陰影。

房內僅有兩張生鏽鐵架床，床墊發黃變形，佈滿可疑污漬，像是乾涸血跡與嘔吐物的混合體，床腳堆著幾個空罐頭，裡面爬滿螞蟻。

其中一張床上，一名肥胖男子正在呼呼大睡，聽到開門聲後睡眼惺忪地坐起，撫摸光頭，露出滿口黃牙，迷糊笑問：「放飯啦？」

壯漢嚼著口香糖應道：「你繼續瞓啦，夢入邊乜都有得食。」

看清對方長相後，許淵源猛地睜大雙眼，血液彷彿瞬間凍結。

眼前這光頭肥佬是當初霸佔師父道觀的掠奪者之一，沒想到在希望之光的攻堅行動中，他不但未死於槍戰，還逃到鐵血盟！

墨鏡壯漢完成任務後就鎖上鐵門，頭也不回地離開，光頭肥佬見來了新人便笑嘻嘻走來，伸出友誼之手自我介紹。

「哥仔你都係新嚟㗎？我都係呀。」光頭肥佬像找到酒友的孤獨醉漢，咧嘴笑道：「我叫肥威，你點稱呼？」

許淵源扯了扯嘴角，淡笑道：「阿源。」

「哈哈哈，你唔洗咁拘謹，難得你同我都係新人。」他微笑：「你嚟之前一直住邊？」

他刻意放鬆姿態，搔頭假裝不好意思：「一直以嚟我都居無定所，去到邊就住到邊。」

許淵源稍作停頓後問：「咁你呢？」

「我？講起就威咯。」肥威春風滿面，像戰場老兵回憶當年般陶醉：「一日前我仲住喺間豪宅入邊，點知希望之光班仆街失驚無神突襲我哋，我見勢色唔對就即刻騎上架電單車走佬，跟住就嚟咗呢度。」

他注意到許淵源視線落在自己胸口上，一條翡翠項鏈正從骯髒的領口中滑出，名貴翠綠墜子與滿身污穢的氣形成鮮明對比。

宛如鮮花插在牛糞上。

「哦？你對呢個有興趣啊？？」肥威得意地捏起項鏈，翡翠在他指間晃動道：「早兩日嘅戰利品，靚唔靚？」

聽到是剛得手時，許淵源的心忽然拽了一下，但理智仍在安慰自己：可能只係物有相似。

他能聽見心跳聲在耳膜裡鼓動，拳頭因憤怒而攥緊，但臉上的笑容始終絲毫未變：「幾靚呀，呢啲藝術品真係唔多見，你喺邊度搵到條咁嘅好嘢？」

「哈！講起就精彩！」肥威眼睛一亮，用肥厚的手掌拍打大腿，床架發出不堪重負的依呀聲：「前日我出去搜刮物資嗰陣搵到一間大屋，入邊得個阿婆，瘦到得棚骨咁仲諗住趕我走，哈哈哈！」

他笑得渾身肥肉亂顫，項鏈也跟著晃動。

「我見佢手上有唔少食物，咪一次過搶晒囉！臨走前就順手拉埋條鏈走。」肥威理直氣壯道：「呢個世界係咁㗎啦，弱肉強食，我唔搶佢，遲早都會有其他人搶，啱唔啱先？」

「咁當然啦。」許淵源假笑著附和道：「但你起碼留返少少畀人。」

「留返少少？」肥威一臉詫異地看著他，隨即又擺手道：「佢用唔著啦。」

「……用唔著？」許淵源的指甲深深掐進掌心，笑容也變得僵硬起來：「點解？」

肥威瞇起那雙被肥肉擠成細縫的眼睛，露出一個油膩而狡黠的笑容。

「你想知個老太婆最尾點樣？」他忽然壓低聲音，故作神秘地眨眨眼：「嘿嘿嘿，呢單就真係爆咯。」

許淵源的手指在陰影中微微收緊，指節泛白，但語調依然輕鬆地催促對方：「唔好賣關子啦，快啲講啦！」

「個老嘢當初好似你咁講跪喺度求我留少少食物畀佢等個仔返嚟。」肥威模仿著老太太顫抖的嗓音，隨即臉色一獰：「我一腳就踢斷咗佢幾條肋骨，佢即刻好似隻蝦咁喺地下典嚟典去，哈哈哈。」

許淵源在聽到以後，胸口裡彷彿有一座火山即將噴發，但表面上還是保持著一個僵硬的笑容：「跟住呢？」

「跟住？」肥威露出一個令人作嘔的得意表情，然後舔了舔嘴唇說：「我將佢綁咗起嚟。」

房間裡的溫度驟降。

「綁住佢做乜？」許淵源睜大雙眼一臉愕然道：「佢都冇反抗能力啦！」

「你知嘛喇……」他眼中閃著病態的光，聲音因興奮而發顫：「喺呢個末世幾咁難搵到女人。」

「……你講笑啫吓嘛？」他聽見自己輕笑著附和，聲音平靜得不像話：「老人家你都唔放過？」

「鬼得閒同你講笑。」肥威擠了擠眼睛：「阿婆都係肉，好過要自瀆，係咪先？」

他突然湊近，橫飛的口沫全噴在許淵源臉上，咧嘴壞笑：「你想唔想知佢當時叫得幾慘？」

許淵源的視線落在肥威胸前那條翡翠頸鏈之上，聲音帶著笑意說：「……你儘管講嚟聽下。」

肥威渾然不覺他的用意，繼續興奮地描述著老太太最後的慘狀。

許淵源時而點頭，時而發出讚嘆的嘖嘖聲，彷彿在聽什麼有趣的冒險故事。

這條項鏈的主人他認得。

兩天前他在潛入某間大屋時不慎暈倒，當時就是蔣老太救下了他和收留了同伴。

許淵源為了了解老太太的下場，才忍著強烈的反胃感聽肥威眉飛色舞，滔滔不絕講述整個過程。

他好不容易才聽完，肥威那雙被肥肉擠成細縫的眼睛突然亮了起來。

「阿源……你係第一個願意聽晒我講呢啲嘅人。」他油膩的聲音突然帶上幾分真誠的顫抖，肥厚的手掌重重拍在他的肩上：「明明呢個世界已經冇法律去約束我哋！但個個都仲係要扮清高！懶係有道德咁！」

翡翠項鏈隨著他的動作晃動，在微弱的陽光下折射出詭異的光芒。

「但你同其他人唔一樣！」肥威突然激動地抓住許淵源的手腕，眼泛淚光：「我好肯定！你一定係我同類嚟！呢個世界得你先明白我！」

許淵源嘴角勾起完美的弧度，甚至反手拍了拍對方的手背。

「我當然明白。」他的聲音輕柔得如同哄孩子入睡：「講返個阿婆，佢之後點？」

CHAPTER 38
意外撞破

肥威陶醉在這虛假的認同感中，絲毫沒有注意到當他眉飛色舞地描述自己如何侵犯老太太時，許淵源瞳孔深處那團冰冷的火焰。

當他炫耀地晃動翡翠項鏈時，許淵源太陽穴青筋暴起。

當他講述對方是如何在痛苦中嚥下最後一口氣時，許淵源拳頭緊握。

轉眼間，夜已深，房間內只剩下肥威如雷的鼾聲。

他四仰八叉地躺在床上，肥厚的肚皮隨著呼吸起伏，翡翠項鏈鬆鬆垮垮地掛在脖子上，在窗外透進的慘白月光下，泛著幽幽的綠光。

許淵源靜立在床邊，被月光拉長的影子籠罩在肥威臉上，冰冷的表情就像屠夫在端詳待宰的牲畜。

他手中握著一根從床架拆下的尖銳鐵條，尖端距離肥威暴露的咽喉只有一寸，只需要一個簡單的突刺，這個渣滓就會在睡夢中毫無痛苦地死去。

許淵源遲遲沒有下手，站在床邊陷入了強烈的內心掙扎之中，不是因為他擔心在這裡殺人會有什麼後果，只是……

這樣的死法未免太便宜他了。

肥威在夢中咂了咂嘴，翻了個身，露出滿是黑色污垢的後頸。

許淵源的視線落在那條翡翠項鏈上，腦海中閃過老太太慈祥的笑

容，那一晚大家圍在院子裡吃麵的畫面至今仍然鮮活，那是他在末日中少有能感受到家庭溫暖的時刻。

而現在，這條最被蔣老太珍視的項鏈正掛在殺害她的兇手脖子上。

鐵條在許淵源手中微微顫抖，他閉上眼睛，不斷大口呼吸來讓自己冷靜下來。

當他再次睜開眼時，眼中的迷茫與動搖已經消失殆盡，取而代之的是某種更為可怕的冷靜。

許淵源輕輕放下鐵條，轉身回到床上就寢。

死亡在某方面來說是一種解脫。

他要讓肥威真正體會到，什麼叫生不如死。

晚上，教堂客房內。

Lily 一行人雖然得到再生教會收留，但他們似乎只管住，不管吃的，被關在房間裡整整一天都沒人搭理。

Alex 又飢又渴的躺在地上輾轉反側無法入睡，剛從地上坐了起來就看到同樣難受的小詩和 Lily。

她們面容憔悴地坐在床上，本想著睡著以後就不餓了，但強烈的飢餓感卻讓人根本睡不著，Lily 甚至還希望有人能幫忙打暈她。

Alex 想為她們做點什麼，可全身上下卻連一點食物都摸不出來。

正犯愁之際，他突然注意到木門上方有一扇換氣窗，窗框佈滿蛛網，看起來已經多年無人清理。

Alex 眼中閃過一絲希望，輕手輕腳地搬來房內唯一一張搖搖欲墜的木椅，墊著腳尖站上去。

當他的手指觸碰到生鏽的鐵窗框時，心臟猛地一跳——窗框竟是鬆動的！

經過幾番小心翼翼的嘗試，小窗被成功打開，Alex 深吸一口氣，將頭探出窗外。

在確認外頭走廊裡沒人後，他便像貓一樣想從小窗裡鑽出去，小詩見狀連忙制止：「Alex ？你想做乜？」

他回頭看了 Lily 一眼，隨即應道：「我去睇下搵唔搵到嘢食，你哋喺度等我。」

說完後 Alex 就像條脫水的魚般艱難地扭動身體從小窗裡鑽了出去，然後輕盈落地，沒發出任何聲音。

深夜的教堂靜得可怕，他沿著走廊往外走，想要看看能不能找到廚房的位置，然後偷偷給女孩們帶點食物回去。

走著走著，遠處忽然傳來模糊的說話聲，Alex 順著聲音潛行，最終又被引領回教堂之中。

他悄悄地躲在一根石柱後，偷看祭壇裡的景象。

聖主正站在逆十字架前，猩紅的教袍在燭光中宛如流動的鮮血，而整齊劃一跪在祭壇下的，赫然是當初襲擊他們的屍皮部隊！

那些半人半屍的怪物此刻竟溫順如羔羊，虔誠地親吻著聖主的足尖。

Alex 目睹後嚇得雙目圓睜，雙手死死捣住嘴巴，生怕自己因此發出半點聲響。

當他想悄悄後退離開時，手肘卻不慎碰倒了一支燭台！

「邊個！」聖主猛地轉身，金面具在黑暗中閃著寒光。

Alex 頭也不回地一路狂奔，心跳聲大得彷彿要震破耳膜。

在憑著記憶衝回客房並手忙腳亂地將小窗裝回原處後，他整個人馬上癱軟在地，身上的衣服也被冷汗給打濕了，阿 Bu 則親熱地不斷舔拭他的臉，尾巴也搖得飛快的。

Lily 見狀便問：「做咩事咁騰雞？畀人發現咗啊？」

「應該冇見到我。」Alex 掙扎著坐了起來，氣喘吁吁道：「我頭先唔小心撞見聖主同人密會，原來佢同襲擊我哋嗰班半人半屍係一伙㗎！」

睡在牆角的 Oscar 一聽馬上坐了起來皺眉道：「吓？咁睇嚟當初佢哋根本係特登將我哋趕過嚟教會呢度。」

小詩不解道：「呢度嘅資源睇落都唔係好充足，點解仲要不斷收人入嚟。」

「咁就好難講啦……雖知道『人』係死之前其實有好多用途。」

他瞥了在場的兩名女性一眼又隱晦道：「你見呢度嘅信徒幾乎都係男人嚟。」

小詩和 Lily 聽到後也是害怕極了，為前來教堂這個決定感到後悔。

外頭忽然傳來了吵嘈聲，沒多久後一名凶神惡煞的信徒忽然推開房門突擊檢查，在確認人數沒少後便問：「頭先有冇人係門口經過？」

小詩搶先回答：「冇，一直都好安靜。」

信徒沒有就此罷休，用狐疑的目光打量所有人，最終目光落在滿頭大汗的 Alex 身上，指著便問：「做乜佢會咁多汗㗎？做賊嚟啊？」

「當然唔係啦。」Lily 也幫腔道：「佢成日冇食嘢，太肚餓所以胃痛，你可唔可以做下好心畀啲嘢食我哋？」

信徒當即沒好氣道：「係教會要勞動先會有嘢食，呢度係冇不勞而獲！」

「但係⋯⋯」

信徒大概是擔心被 Lily 纏著要食物，確認沒找到線索後便匆忙離開。

在木門被鎖上那一刻，所有人都鬆了一口氣，整個教堂都燈火通明，眾多信徒都在尋找著竊聽者的下落。

那一晚大家都過得提心吊膽的，完全無法入夢。

CHAPTER 39
設局暗算

黎明的霧氣中，許淵源和肥威戴著簡陋的防毒面具，手持鐵鉤站在圍牆外，他們的任務很簡單，只要把屍體拖到集中點澆上汽油，然後一把火燒乾淨就行。

空氣中瀰漫著腐肉焚燒的焦臭味，喪屍殘骸像小山般被堆放在一起。

哨塔上的狙擊手不時會用狙擊槍的紅點掃過他們後背，用無聲的方式提醒逃跑的下場。

「唉，一朝早起身就叫人抬屍，班友都唔係人嚟嘅！」肥威一邊抱怨一邊用鐵鉤勾住一具腐爛屍體的腋下，發現拽不動後就喊道：「兄弟，過嚟幫下手——」

他像看到甚麼般，聲音戛然而止。

不遠處，阿龍和師父正合力抬著一具無頭屍骸走來，當師父走近看清楚肥威的臉時，屍體被震驚得掉在地上。

「係你！」師父警惕道。

肥威先是一愣，隨即露出恍然大悟的表情：「哦？賈師父，乜你都走咗出嚟啊？我以為你仲喺安全屋入邊添！」

他說完後就自顧自地笑了起來，肥肉把眼睛給擠成兩道細縫，在發現師父一臉嚴肅不為所動後，便攤開雙手聳聳肩無奈道：「我哋野狼幫都有咗啦，過去嘅事算數好嘛？」

師父氣得捲起道袍的袖子，準備上前好好教訓一下這光頭肥佬，殊不知剛有所行動，許淵源便側身搶先擋在中間把兩人隔開。

「師父。」許淵源的聲音平靜得可怕，面帶微笑地當起和事佬：「佢講得冇錯，都過咗去，由佢啦。」

師父難以置信地瞪大眼睛，阿龍更是直接罵出聲：「阿源，你癲咗啊？手指拗出唔拗入！」

面對著好友的質問，許淵源什麼都沒有說，只是以堅定的眼神望著對方。

「咦？」阿龍似乎察覺到什麼。

兩人多年的默契已經到達無需多言，只要一個眼神便明白對方的心意。

雖然不知道許淵源在暗地裡盤算著什麼，但阿龍還是很識趣地繼續演下去，罵罵咧咧地拉著師父離開：「師父，我哋走！唔好同呢啲冇義氣嘅人講嘢！」

肥威對此一無所知，他只看到阿源為了保護他而擋在面前，所以在把阿龍和師父兩人趕走以後，殺人如麻的他竟然感動得紅了眼眶。

「兄弟……好兄弟！」肥威肥厚的手掌死死抓住許淵源肩膀，翡翠項鏈隨著他激動的喘息不斷晃動：「你同野狼幫班仆街唔同！見過咁多人係得你會幫我出頭，你先係真兄弟！」

「我見你好似鍾意呢條鏈。」他一把扯下脖子上的翡翠項鏈，塞進許淵源手裡：「我送畀你！拎住！唔好同我客氣！」

項鏈入手冰涼，許淵源攤開手掌凝視著翡翠上所雕刻的佛像，

那一臉慈祥的樣子像極了溫柔接待他們的蔣老太。

「咁我唔客氣……」許淵源微笑著收起項鏈說。

「砰——！」

一發子彈突然炸在兩人腳尖前三十公分處，濺起的碎石打在肥威的鞋子上。

哨塔上的狙擊手通過擴音器傳來冰冷的警告：「再傾計唔做嘢，下一槍就打頭。」

肥威嚇得渾身肥肉一顫，連忙舉起雙手做出投降姿勢，轉頭對許淵源擠出一個難看的笑容，壓低聲音道：「我哋做完嘢再講。」

在令人窒息的沉默中，兩人繼續把屍體拖拽去焚燒，許淵源在處理其中一具屍體時，無意間發現它雖然被子彈打掉了半顆腦袋，但只要被觸碰就會有反應，也就是陷入了一般人所說的「假死」狀態。

這種喪屍看似無害，可一旦大意又會冷不防的被咬上一口，上一輩子他就看到有不少歷盡千辛活下來的倖存者最後就栽在這種假死的喪屍手上。

「肥威。」

許淵源眼睛一轉，心生一計，於是便大聲喊道：「呢條屍太重，過嚟幫手抬下。」

「收到，即刻到。」

完全把許淵源當好兄弟的肥威不疑有詐，二話不說就走了過來，就在他毫無防備彎腰抓住屍體腳踝的瞬間，屍體突然詐屍，張開大嘴就咬了過來。

「哇！！！」肥威被嚇了一跳，後退時一個踉蹌跌坐在地。

許淵源一副計劃通的樣子站在旁邊，準備在最近的距離欣賞他被喪屍活活啃食的畫面，聆聽他臨死前痛苦的慘叫聲。

他覺得唯有讓這殺人凶手在極端的痛苦中死去，才能慰藉蔣老太在天之靈。

沒想到這胖子雖然肥得跟豬一樣，但身手靈活得像猴似的，這大概也是他能從安全屋裡活下來的原因。

面對喪屍來襲，肥威很快就反應過來，側身一閃後就讓它撲了個空，然後一溜煙的遠離現場。

目標丟失後，喪屍又把注意力轉向最近的許淵源。

「咦？」一臉茫然的他還沒反應過來發生什麼事。

一切發生得太快，就在喪屍即將把許淵源撲倒在地啃咬之際，逃跑的肥威突然又折返回來，把手中的鐵鉤狠狠捅進喪屍外露的大腦之中。

它整個身體像是觸電般被停在原地不斷抽搐，隨著肥威用力把僅餘的大腦組織全部搗碎，喪屍隨即發軟倒下。

黑色的污血混雜著白色的腦漿飛濺在兩人防毒面具上。

「兄弟，你冇事吖嘛！？」肥威的聲音罕見地透著緊張，肥厚的

手掌抓著許淵源的肩膀上下檢查：「點啊？有冇畀佢整到？」

他本該為還活著而感到慶幸，可胸腔裡卻有一股灼燒般的噁心感在翻湧。

因為自己居然被眼前這個連老太太都不放過的畜生救了他一命！而且還是在他想害死對方為前提下發生的。

許淵源只能假裝感激道：「我欠你一個人情。」

「哈哈哈哈哈！！！」肥威卻大笑起來，用力拍打他的後背：「講呢啲！」

哨塔上再次傳來狙擊手不耐煩的催促聲，兩人只好繼續埋首搬屍，整個過程許淵源都表現得神不守舍，心情十分複雜。

在許淵源四人和其他鐵血盟的成員合力下，從清晨忙到日落西山總算把所有的屍體都處理乾淨，屍山經過烈火焚燒後只剩下一堆焦黑交錯的骨頭。

這些骨頭最終會被回收研磨成骨粉，然後拿到種植場裡充當肥料使用，也算是喪屍死後唯數不多的用途。

許淵源等人忙活了一整天，每個人都累得只想回去房間倒頭就睡，連飯都沒胃口吃。

不料負責押送的墨鏡壯漢卻沒有往宿舍方向走，反而把他們帶到了作戰會議室中。

由於基地內存有汽油和發電機，所以入黑後還能藉此發電，開燈照明。

從黑暗步入光明的許淵源剛踩入門內就被閃爍的日光燈給刺得睜不開眼，過了好一會兒眼睛才適應。

鐵血盟的女首領羅俐正背著他們站在一塊滿是刮痕的白板前，白板上用紅色馬克筆畫著詳細的地形圖，上方寫滿了各種標記。

CHAPTER 40 作戰會議

羅俐轉身看到他們後道：「你哋坐低先。」

眾人只好像上學聽課那樣各自拉了一張椅子坐下，羅俐隨即道：「聽講你哋用咗一日時間就清理晒所有屍體。唔錯！做得好。」

阿龍舉手發問：「咁我哋係咪走得啦？」

「發你嘅夢。」羅俐微笑又道：「爭我咁多物資想就咁走咗去？傳出去以後邊個仲會將我哋鐵血盟放喺眼內？」

阿龍頓時像霜打的茄子般遲疑著把手收了回去。

「哼！唔好話我唔畀機會你哋。」羅俐用紅筆敲了敲白板：「希望之光有架運輸機墜落咗喺後山倉庫，聽聞機內裝滿佢哋搜刮返嚟嘅武器同彈藥，只要你哋幫手將武器運返嚟，事成之後我哋互不相欠，各走各路。」

「淨係幫手搬武器就無數？」

許淵源想了想覺得這條件未免太過優待，當中肯定有什麼不為人知的內情，於是便狐疑道：「冇咁簡單吖嘛？」

「哼，果然醒目。」羅俐見瞞不了他索性和盤托出。

「今次任務冇想像中咁易，因為……」她拿起一支藍色馬克筆，在倉庫內部畫了個大叉：「倉庫內部已經變成咗 S 級特殊感染者，外號女王蜂嘅巢穴。」

根據羅俐的了解，女王蜂由於體內寄宿著受病毒感染的寄生蟲，產生的變異也跟尋常的特殊感染者不一樣。

它除了能夠散播寄生蟲感染正常人，也能夠感染其他感染者把它們從一般喪屍轉化成低級工蜂。

低級工蜂除了眼睛會發出詭異的紅光，外貌就跟尋常的喪屍沒兩樣，不同之處是工蜂會遵從女王蜂的指示行動。

隨著時間推移，低級工蜂為了守衛女王也會慢慢進化蛻變成中級甚至高級，外貌也會逐漸趨近昆蟲，而捨棄人形的代價換來的便是不亞於Ｂ級與Ａ級特殊感染者的戰鬥力。

聽完講解後，師父舉手發問：「你哋咁多人，咁多武器，直接衝過去殺咗佢咪得？」

羅俐搖搖頭：「分太多人手出去，再生教會班神棍好有可能會乘機進攻，到時我哋會陷入兩難嘅局面，所以只能派少部人出去執行任務，更何況……」

她長嘆一口十分婉惜道：「我哋有一次差啲就殺咗女王蜂。」

原來女王蜂初期的巢穴建立在基地附近，把小區裡一百多人和喪屍都轉化成了工蜂，其地盤擴張直接就壓縮了鐵血盟的生存空間。

為了剷除目標，羅俐親自帶隊殺入巢穴深處，在重火力壓制下，他們成功把巢穴搗毀並重創了女王蜂，結果在最後關頭卻因為某成員大意而不小心讓它跑了。

這一跑就給了它休養生息的機會，在沒人察覺的情況下霸佔倉庫，然後源源不絕地產出大量工蜂。

後來因為再生教會視所有異教徒和無神論者為敵人，雙方關係交惡經常會發生火拼，導致基地的彈藥資源十分吃緊，女王蜂由於身處後山不會威脅到鐵血盟的安全，故此成為了次要敵人。

所以羅俐決定放任它不管，把注意力集中在主要敵人身上。

「我哋可以做到嘅就係將佢哋限制喺後山範圍，只要一有工蜂試圖走出嚟就會即刻擊殺。」羅俐道。

三方一直維持一個微妙的平衡，直到某一天一架裝滿武器的運輸機墜落在倉庫之中。

「點？」羅俐銳利的目光掃過在場每個人問：「有邊個願意去？」

大家在聽完後都面面相覷，遲遲未有表態。

翌日，再生教會。

Lily 等人一大清早就被放了出來自由活動，看來昨天 Alex 闖出來的禍並沒有懷疑到他們身上，所有人在踏出房門的瞬間都不由得放下心頭大石。

根據昨晚的信徒所言，根據他們的教義，想要食物就必須勞動才行，所以餓得不行的眾人向教堂內的人尋求工作來換取食物。

可不管找誰搭話，對方都表示沒有工作可以分給他們，而且態度還十分惡劣和不耐煩，整整問了一個早上都毫無收獲。

一行人實在是累到不行了，於是便在中午時回到房間稍作休息，不曾想回房後沒多久，木門便被人敲開了。

一名信徒推門而入，只見他留有一頭長髮和大鬍子，一來就用友善的語氣向眾人問好：「你哋還好嘛？搵到嘢做未？」

Lily 見對方跟其他人不同，似乎有點希望，於是便上前說：「搵咗成朝都冇人理我哋。」

「當然啦。」大鬍子信徒微笑道：「教義入邊只容許派工作畀信徒，你哋決定受洗入教前都唔會搵到。」

「吓？」Oscar 不悅道：「咁咪即係逼人入教？」

「咁又唔好用『逼』咁難聽，有資源當然喺優先分配畀自己人，換著你都可能會咁做，啱唔啱先？」

此話一出，Oscar 也沒話好說了，畢竟地方是別人的，規矩也是別人定的，自己一個外人來到除了遵從外就根本別無二選。

根據他們對邪教的理解，受洗入教後就別想離開，不受洗又有可能被活活餓死在這裡。

大家當初來這裡只是為了躲避屍潮，根本沒有入教的打算，所以在聽到找工作的條件前置條件後紛紛犯起難來。

大鬍子信徒見他們面有難色，於是便在恰到好處的時機向他們遞出了橄欖枝：「雖然教義唔容許分派工作畀你哋，但就容許信徒同外人做交易。」

「交易？」Lily 著急地追問：「咩交易？」

大鬍子信徒向她拋了一個魅眼又說：「你明嘅。」

「哦——我明啦。」Oscar 瞬間就領會了，一拍腦門扭頭就跟 Lily 說：「你去同佢瞓啦。」

CHAPTER 41 出賣肉體

「你都痴孖筋！」Lily 難以置信地睜大雙眼，破口大罵道：「我有男朋友㗎！」

「男乜鬼朋友啫？佢喺度咩？你唔講佢又點知？」他為了有東西能下肚，苦口婆心道：「你試下啦，話唔定你會享受都未定呢？」

Lily 當場生氣，惱火地質問他：「你當我係乜嘢人？」

Oscar 還是不肯放棄，繼續死纏爛打道：「咁你唔試過，又點知自己鍾唔鍾意啫？」

大鬍子也看熱鬧不嫌事大，偏偏在他們內部吵起來時提出報酬：「只要肯同我瞓，我就提供你哋四人一日份量嘅食物。」

Oscar 餓到實在受不了，於是便滿口大義地向 Lily 曉之以理：「呢啲時候就唔好咁計較呢啲虛嘅嘢啦！你一個去完，大家都有嘢食，你做人唔好咁自私先得㗎！要有啲團隊精神！犧牲精神！你咪當畀鬼砸囉，好快就過去㗎喇。」

「唔得！死都唔制！」Lily 拉緊衣領，誓死不從。

眼見 Lily 不肯就範，Oscar 便想來硬的強迫她去，殊不知小詩卻在這時來到大鬍子信徒面前低著頭說：「……我仲係處女，可唔可以換多一日糧食？」

「學嘢啦！呢啲先係真正嘅女人。」Oscar 立即指著小詩教訓 Lily：「你呢啲正一自私精！」

就在 Oscar 不斷咒罵奚落 Lily 時，大鬍子卻笑著搖頭拒絕了她的提案：「唔好意思，加唔到畀你。」

小詩聽到後很是失落，原本是想把第一次留給那傢伙的，難道自己就真的那麼沒有魅力嗎？

但為了不讓大家餓肚子，她準備妥協跟著大鬍子離去，殊不知對方卻冷不防的湊到她耳邊小聲低語。

她在聽到後一臉錯愕地瞪大了雙眼，Oscar 見兩人在秘密交頭接耳便問：「喂！佢講咩啊？係咪打算偷偷畀多啲食物你？」

小詩看著 Oscar，支支吾吾的欲言又止。

沒想到他卻不耐煩道：「咁細聲，搵鬼聽！大聲啲啦！」

小詩沒有辦法只好閉上眼睛深呼吸，然後大聲轉述道：「佢話佢睇中嘅係你，叫我哋兩個女仔唔好晒心機啦！」

「吓？」Oscar 大腦馬上當機，很快就意識到對方提出了一個多麼炸裂的要求。

他望向門口的大鬍子，對方正風情萬種地朝他擠眉弄眼，還貼心地送了一個飛吻過來。

Oscar 當堂打了個冷顫，人也不自覺地後退了兩步。

撿到槍，不，是撿到火箭炮的 Lily 決定以彼之道還施彼身，把 Oscar 剛才的話原封不動送回去。

「做咩？咁難得有個機會畀你為團隊犧牲，你想走去邊？」她攔住了 Oscar 的退路並以冰冷的語氣說。

「咪痴線啦！」Oscar 把聲音壓低道：「我男人嚟㗎㗎。」

「咁你唔試下又唔知啫？話唔定試完你會鍾意都唔定呢？」Lily 嘴角上揚道。

Oscar 面對自己曾經說過的話時完全沒有招架之力，站在原地啞口無言。

「唔好咁自私，要有啲團隊精神先得㗎，你頭先係唔係咁講？」Lily 不打算放過他繼續連珠炮發道：「宜家機會嚟啦，你一個人捱下義氣，大家都有嘢食，你咪當畀鬼砸囉，好快就過去㗎喇。」

「欸……」Oscar 汗如雨下，腦袋中一片空白，不知道該如何處理這種情況。

「唔好欸欸欸啦，一陣人哋反口就大家都冇得食！」Lily 催促著把 Oscar 強行推到大鬍子身旁。

對方顯然是十分鍾意 Oscar 高大強壯的外形，一靠近就滿心歡喜地把他擁入懷中大口親了一下，還在其耳邊溫柔地說：「放心啦，好快就會結束。」

Oscar 一臉絕望地望向房中的眾人，似乎是在說不管誰也好，趕快出來救救他。

殊不知大家都像在過節一樣高興，拍著手歡送他離開，沒有半點想要挽留的意思。

就在惶恐的 Oscar 跟著大鬍子離開以後，心善的 Alex 抱膝坐在地上憂心忡忡道：「咁樣會唔會唔係幾好？」

「唔係幾好？」Lily 翻了翻白眼就說：「佢唔係想夾硬推我同

小詩出去陪人瞓嘅話，我都可能會同情佢嘅。」

過了沒多久後，Oscar 撕心裂肺的慘叫聲從教堂內傳出，響徹整個山頭，把附近樹上的鳥兒都驚飛了。從此世界少了一朵菊花，多了一朵燦爛的向日葵。

在將近凌晨時分，衣衫不整的 Oscar 才哽咽著被春光滿面的大鬍子送回房間裡，後者在臨別前還不忘用柔情似水的目光凝望著他，湊到耳邊用溫柔的語氣說：「下次肚餓嗰時再嚟搵我。」

說完還不忘在其屁股上狠狠地拍上一下，Oscar 像是驚弓之鳥般從大鬍子身邊逃離，一頭扎進在床鋪底下就不斷抽泣，死活不肯出來。

大鬍子也說話算話，按照承諾給了房間裡所有人一天份量的壓縮餅乾，爾後他又把目光投向了 Alex 身上。

Lily 見他似乎在打 Alex 主意，挺身擋在他面前呵責大鬍子：「喂！鬍鬚佬你好啦喎！唔好諗住得一想二！」

「你又唔好咁睇我，佢呢挺唔啱我口味。」大鬍子不屑地撇了她一眼又柔聲柔氣跟 Alex 說：「聖主大人召見你，麻煩跟我嚟。」

Alex 詫異地指著自己說：「我？」

「有錯，就係你。」大鬍子風情萬種地單了一下眼後就催促著他離開：「好啦，要聖主大人等太耐佢會嬲㗎，佢嬲起上嚟我都唔知會發生咩事。」

對方都拿聖主大人來說事了，Alex 也很識趣，主動上前跟在背後並笑著安慰眾人：「唔緊要，我去一去好快就返。」

大鬍子提著燭燈走在前頭帶領 Alex 穿過陰森的迴廊，再次回到了教堂之中，由於夜已深，其他信徒早已入睡的緣故，只剩下身穿紅袍的聖主一人站在祭壇之上背對著門口，面朝逆十字在念念有辭，詭異的呢喃聲在空盪的教堂中不斷回蕩。

「聖主大人。」大鬍子恭敬地低著頭說：「你要嘅人嚟咗。」

呢喃聲戛然而止，聖主緩緩轉過身，視線穿過金面具落在 Alex 身上，直把他盯得渾身不自在。

祂只是稍微一擺手，大鬍子就很識趣的自行退下，讓兩人獨處。

CHAPTER 42 深入虎穴

「知唔知點解我會搵你？」聖主冷不防就問。

「唔……唔太清楚。」Alex 緊張得口吃起來。

「哼。」聖主也不跟他廢話，冷笑一聲後就直接開門見山道：「你真係以為我唔知道，琴日你偷偷嚟過咩？」

Alex 的肌肉瞬間繃緊，面部表情也隨之失控，心中所想全都躍然於面上。

聖主只是輕笑一聲，並沒有為難他。

「放心啦，今次搵你嚟係因為我欣賞你嘅膽識同身手。」祂抬手示意，一名信徒從祭壇捧著一個托盤來到 Alex 面前。

他低頭一看馬上嚇得倒吸一口涼氣，因為托盤上放著一套由喪屍皮縫製而成的套裝，頭套也是從某具倒霉的喪屍頭上剝下來製成的，穿上去後驟眼望就跟尋常的喪屍無異。

「屍皮隊出現空缺，我希望你可以填補呢個位置，聽日去幫手執行一個特別任務。」聖主在祭壇上居高臨下道。

Alex 的瞳孔微縮，心想：「加入屍皮隊？咁同信佢嘅教有乜分別？之後佢仲會肯放我走咩？」

「如果我拒絕呢？」他故作鎮靜道。

聖主忽然放聲大笑，笑聲在空蕩的教堂內顯得份外響亮，隨著祂打了一個響指，十多名屍皮部隊的半屍便手握粗糙的繩索與刀刃，搶先恐後地湧入了教堂之中把 Alex 重重包圍起來。

「我記得你間房好似仲有兩個女人，有錯吖嘛？」聖主不懷好意地笑道：「咁啱呢班弟兄已經餓咗好耐。」

空氣中瀰漫著血腥與瘋狂，從來沒見識過這種場面的 Alex 被嚇得牙關打顫，不知如何是好，就在他看到信徒們那渴求女性身體的眼神時，腦海中忽然閃過 Lily 為自己挺身而出的畫面。

終於他下定決心深吸一口氣——

「……我加入。」

聖主滿意地一點頭，其他半屍馬上也來到台下聚集在 Alex 的身邊，每個人都恭敬地跪在地上，雙手抱拳垂下腦袋像是在等候什麼降臨。

後者被嚇了一大跳，還沒理解發生什麼事時，祭壇上的聖主解開猩紅教袍的腰帶，半屍們的呼吸頓時變得急促，眼中閃爍著病態的狂熱。

他們跪伏在地，仰起頭，張開嘴，彷彿等待天降甘霖。

聖主發出低沉的笑聲，用手撥開衣袍下襬。

「嚟喇大家！喺時候接受聖水嘅加持！」

——溫熱的液體濺灑在 Alex 頭頂，黏膩的觸感順著髮絲滑落，

滴在臉頰，滲入衣領。

聖主一邊噴灑著聖水，一邊向眾多半屍道：

「只要有我嘅聖水加持，喪屍將會視你哋為同類，外出執行任務將會如入無人之境！就好似得到不死之身一樣！」

周遭的信徒瘋狂爭搶著「聖水」，有人甚至伸出舌頭去接，發出陶醉的呻吟。

Alex 的胃部劇烈翻攪，但他死死咬緊牙關，好不容易才強忍了下來。

鐵血盟營地，翌日清晨。

晨霧未散，一個五人小隊就已經在門口集結。鐵血盟的女首領羅俐正站在一輛吉普車改裝成的裝甲車上，以洪亮的聲音向眾人講述這次行動的目的以及注意事項。

「聽住，根據情報，運輸機墜落嘅位置係後山上一個倉庫，今次你哋嘅目的係去偵察女王蜂目前嘅狀況，處於結繭期我哋就趁機入去搬走武器，聽到未？」

許淵源、阿龍、師父，以及肥威四人與墨鏡壯漢大聲應道：「聽到！」

「記住，今次任務主要係偵察，盡可能避免發生衝突，節省彈藥。」

「明白！」

她掃視眾人，目光在許淵源臉上多停留了一秒。

「嚀！乖乖地幫手搵到武器返嚟，大家就當無數。你哋期間夠膽同我玩嘢或者唔聽指揮……」她拍了拍腰間的沙漠之鷹。

演講結束後，基地大門便緩緩打開。裝甲吉普車衝破晨霧，朝著後山倉庫的方向疾馳而去，車子由鐵血盟的墨鏡壯漢駕駛，許淵源、阿龍、師父以及肥威則坐在後座上。

途中許淵源檢查了各自分配到的武器，他跟阿龍是自己原本的戰術匕首和消防斧，肥威拿到的是一根金屬球棒，而作為刀客的師父則因為武器短缺只分配到一把帶有鋸齒的水果刀。

「前面就係。」墨鏡壯漢的聲音低沉而沙啞：「陣間醒定啲，我哋今次只係嚟偵察，唔好主動挑起麻煩。」

在他說話的期間，此行的目的地倉庫總算出現在眾人面前。

只見一架軍用運輸機斜插在倉庫二樓位置，尾翼斷裂，顯然就是情報中提到的那架裝滿武器的飛機。

眼見距離倉庫還有一段距離，墨鏡壯漢卻在這裡就下了車，阿龍不解道：「仲有咁遠路，點解呢度就落車？」

墨鏡壯漢拿起望遠鏡朝倉庫方向看了一眼說：「前面就喺女王蜂嘅地盤，再行入去就會遭到工蜂襲擊，就好似一般蜜蜂會保護蜂巢咁。」

「但距離咁遠點偵察？」

墨鏡壯漢笑了笑，打開車尾並取出一個箱子扔到許淵源面前。

他一眼就認出來那是自己進來鐵血盟時被沒收的無人機！

墨鏡壯漢得意洋洋道：「利用佢嘅話，我哋今次就可以避免唔少麻煩。」

「話就咁講。」許淵源打開箱子檢查無人機的電量。

由於無人機都沒有充過電，如今只剩下不到 10% 的電量，不知道這點電量能不能撐到偵察結束。

許淵源蹲踞在裝甲吉普車後方，無人機的螺旋槳發出細微的嗡嗚緩緩升至空中，然後劃破晨霧飛向倉庫並從頂部的破損處悄然潛入。

鏡頭穿透昏暗的空間，將倉庫裡的情況即時傳回控制器的螢幕上。

「成功入咗去。」許淵源低聲說道。四周所有人都紛紛湊上來想要一窺畫面，差點把他擠得喘不過氣來。

無人機在飛過運輸機時，鏡頭捕捉到機身上印著代表著希望之光的光明標誌。透過敞開的艙門能看到他們需要的武器箱就凌亂地堆放在其中。

「搵到啦！」

許淵源一行人十分高興，紛紛開始慶祝，沒想到這麼順利就找到了武器的位置。但墨鏡壯漢卻潑了他們一盆冷水：「唔好開心得咁早住，我哋仲要確認女王蜂宜家咩狀態先決定入唔入去。」

許淵源只好繼續操控無人機深入倉庫，發現內部結構在經過女王蜂的改造後變得面目全非，宛如一座由鋼鐵與腐肉構成的迷宮。倒塌的貨架上爬滿暗紅色的蜂巢狀組織，地面覆蓋著一層黏稠的蟲苔。

數十具屍體被紅色線狀物包裹成肉繭，透過一根紅色的線狀物懸掛在天花板鋼樑上，看樣子是被當作成食物儲存起來，當中不乏希望之光的士兵。

許淵源判斷這裡是工蜂用來儲存食物的地方，女王蜂所在的位置應該要比這裡更加深入，由於倉庫內滿佈蜂巢狀組織，無人機穿梭其中時需要十分留神，稍有不慎就會撞到障礙物而墜毀。

正當大家的注意力都集中在那小小的螢幕上，一股不懷好意的視線已經悄悄地盯上了他們。

一名屍皮部隊的半屍趴伏在一棵大樹上，透過望遠鏡觀察著許淵源一行人的一舉一動。

發現他們完全忽略四周狀況後，他馬上咧嘴一笑，露出一口黃黑的爛牙，低聲對著無線電說：「搵到啦，喺鐵血盟嘅老鼠。」

CHAPTER 43
攻其不備

無線電那頭傳來沙啞的笑聲：「咁陪佢哋玩玩。」

說罷，爛牙半屍壞笑著拿起胸前的骨製哨子用力吹響。

「咻——」

尖銳的哨聲劃破寂靜，遠處的叢林間立刻傳來騷動響應。

「嘿嘿，今次睇你哋點走！」爛牙半屍獰笑著繼續用望遠鏡觀察目標的動向。

正在專注操控無人機的許淵源被突如其來的哨聲給嚇了一跳，倉庫裡的無人機差點因此撞到暗紅色的蜂巢組織上而墜毀。

好不容易才穩定住無人機的他還沒開口，肥威就驚慌地喊道：「屍潮嚟喇！！！！」

黑壓壓的屍潮從四方八面如同潮水般湧來，數量至少有上百隻喪屍！

「仆街！係再生教會嘅屍皮部隊！」墨鏡壯漢立刻跳上裝甲吉普車並催促其他人：「快啲上車！我哋五丁友打唔過咁多喪屍！」

其他人第一反應也是上車，唯獨許淵源還留在原地拿著控制器遲遲不肯離開。

「阿源！走啦！」阿龍著急地催促道：「再唔走就走唔到！」

許淵源雙眼始終在螢幕上沒離開過，說道：「咁樣走咗嘅話，無人機嘅電量根本唔足以維持返航，況且我哋仲未搵到女王蜂嘅位置，唔確認佢嘅狀態，呢趟偵察根本冇任何意義！」

阿龍跟師父互看了一眼，覺得他說的也不無道理。但對於著急離開去找女朋友的前者而言，能越早離開那當然越好。

為了爭取時間，他手持消防斧下了車來到許淵源身邊問：「你仲要幾耐時間？」

「……一分鐘！我盡快搵完返航！」

此時屍潮先鋒已經來到了吉普車前，一隻狂暴的喪屍張開腐爛的大嘴就朝許淵源咬去，還沒靠近腦袋就被鋒利的消防斧重重地劈開，身體頓時無力地癱軟下來。

「一分三十秒！我幫你爭取多三十秒！」阿龍雙手握緊消防斧道。

話音剛落，車上也接連傳來了機關槍開火聲，緊接著為首的幾隻喪屍便在槍聲中爆頭倒下。

許淵源與阿龍抬頭一看，只見墨鏡壯漢嘴裡叼著一根雪茄，端著機關槍對準屍群就是一通掃射。

他在吞雲吐霧間跟兩人說：「兩分鐘！搵唔搵到都要走！」

屍潮的主力部隊已經逼近至五十公尺內，墨鏡壯漢的機關槍咆哮不斷，子彈掃過前排喪屍，爆開一顆顆頭顱，但喪屍的數量實在太多，前方倒下了，後方則會踩著同伴的屍體繼續前進。

遠處的山坡，五名屍皮部隊的半屍正悠閒地坐在岩石上，像是欣賞一場表演般看著許淵源一行人陷入苦戰。

而其中一人正是被派來執行回收任務的Alex，在接受過聖主的聖水加持後，他也成為了半屍的一員，跟其他半屍同伴一樣身穿屍皮套裝，外觀上乍看就跟一般感染者無疑。

不安的他在狂喜的半屍之中顯得分外現眼，爾後更壯起膽子問其他成員：「我哋唔係嚟回收武器嘅咩？點解要襲擊佢哋？」

領隊的半屍白了他一眼說：「佢哋係鐵血盟嘅老鼠，不知有幾多弟兄死咗喺佢哋手上，呢班人根本死不足惜。」

「新嚟嘅。」他把手中的望遠鏡遞給了Alex並說：「睇清楚聖主嘅敵人係咩樣，以後係野外見到格殺勿論！」

Alex雖然不太情願，但礙於身份地位只好接過望遠鏡，結果看到被圍攻的居然是許淵源一行人時，心中那是又喜又驚。

喜是失散的師父還活著，驚是他在屍群的圍攻下可能活不久了。

「點啊？」領隊的半屍獰笑著問：「認清楚佢哋咩樣未？」

「認得啦。」Alex很快就冷靜下來，故意問道：「我哋幾時上？」

身邊的半屍冷笑道：「急咩？等佢哋彈藥耗盡，我哋再出手都未遲。」

「……好嘅。」Alex 心裡祈求許淵源他們能夠盡快撤離，另一邊則不斷想辦法拖延這群半屍。

由於師父沒有槍在手就跟一個普通人沒區別，為了安全起見大家一直讓他待在吉普車內，對抗屍潮的重任就落在阿龍，肥威與墨鏡壯漢身上。

墨鏡壯漢端著機關槍朝著屍群傾瀉火力，槍口火光不斷，高溫把槍管也給燒紅了，彈殼在腳邊堆成小山，屍群也成批的接連倒下。

「放心啦兄弟！有我喺度，保證一定冇喪屍埋到你身！」

一身橫肉的肥威像古代的戰將般不斷掄動手中的金屬球棒，所到之處，喪屍無一不腦漿迸裂，爆頭而亡。許淵源在其守護下，基本上沒有喪屍能接近五米範圍內。

阿龍也揮舞著消防斧，一下一個地清理來犯的喪屍，隨著時間過去，體力漸漸不支的他咬牙朝身後問道：「阿源！你得未啊？」

「頂多陣！好快！」許淵源的聲音冷靜得可怕。

儘管屍潮都殺到附近了，唯獨他紋絲不動。

許淵源蜷縮在吉普車旁，雙眼仍然死死盯著螢幕，沒有離開過，對無人機的操作並沒有因為受到壓力而變形，指尖穩穩操控著搖桿。

螢幕上的畫面在蜂巢狀的倉庫通道間靈活穿梭，鏡頭擦過倒吊著的屍蛹，它們可怕的死狀近得彷彿能穿透螢幕。

無人機一個急轉彎鑽入通風管道，當穿過最後一道黏稠的膜狀物後，畫面驟然開闊——

直徑四米的暗紅色肉繭懸掛在倉庫中央，表面佈滿搏動的血管，更駭人的是繭壁的透明度，能清晰看見內部蜷縮的類人形生物。

「搵到啦！」許淵源瞳孔收縮道：「女王蜂目前正處於結繭期！」

既然任務已經完成，他便立即操控無人機返航，然而就在無人機轉向的瞬間，螢幕突然被某個黑影遮蔽！最後傳回的畫面裡，一隻黑色的尖銳肢節冷不防地劈向鏡頭。

「啪！」

螢幕因失去通訊而變得一片漆黑。

「咩嚟㗎？」許淵源一臉愕然道。

他沒空為失去無人機而感到悲哀，把沒用的控制器扔掉後就跟其他人說：「行啦！已經得到女王蜂嘅情報！」

阿龍奮力地一斧子把喪屍的腦袋劈開後又問：「咁無人機呢？」

許淵源嘆息道：「已經返唔到嚟，唔好理啦！撤退返去基地再講！」

車頂上的墨鏡壯漢也剛好打光了子彈，二話不說就從車窗翻進駕駛座：「冇晒彈藥，頂唔順，快啲走！」

CHAPTER 44 有驚無險

三百公尺外的土坡上，領隊的半屍見時機成熟便奸笑道：「對面已經冇晒彈藥，係時候喇。」

站在屍皮部隊後方的 Alex，面罩下的雙眼緊盯形勢發展，手指緩緩摸向腰間，那裡掛著一枚半屍撤退時用的煙霧彈。

他緊張地嚥了口口水，心想：「機會只有一次。」

當領隊半屍取出淬毒的彎曲短刀，準備帶領其他半屍發動總攻時——

「滋——」

Alex 假裝不小心被石塊絆倒，在混亂中拔掉煙霧彈插銷並無聲無息地將它滾到隊伍中央。

濃厚的白色煙霧瞬間炸開，遮蔽了整個山坡！

「咳咳……發生咩事？！」屍皮隊長在煙霧中怒吼。

「有人粒煙霧彈走火！」Alex 假裝慌亂地大喊。

煙霧不僅阻擋了屍皮部隊的視線，更打亂他們進攻的佈署。

等到所有人都回到裝甲吉普車上時，墨鏡壯漢猛踩油門，吉普車撞開屍群輾過撲來的喪屍衝出一條血路，成功趕在被屍潮淹沒前揚長而去。

遠處，煙霧慢慢散去，領隊半屍站在山坡上對著遠去的吉普車背影，不滿地啐了一口：「算你哋好彩。」

但他沒注意到的是，Alex 悄悄藏在背後的手指間，夾著一枚煙霧彈的插銷。

鐵血盟基地的會議室內，空氣中瀰漫著濃厚的火藥與金屬味，許淵源一行人和其他基地的成員都聚集在一起。

女首領羅俐正豪邁地坐在椅子上聚精會神地聽取墨鏡壯漢的報告，在確認女王蜂正處於結繭期後便扭頭問身旁的眼鏡女參謀：「女王蜂結繭期一般會維持幾耐？」

一臉冷峻的她推了推眼鏡的鼻樑架應道：「根據之前嘅記錄，一般會維持一個星期至半個月不到，每次破繭而出，佢都會變得更加強大同難對付。」

「問題係我哋唔清楚佢已經結咗繭幾耐，一陣入到去咁啱破繭而出，睇怕一場惡戰在所難免。」羅俐憂心忡忡地站了起來，雙手背在身後並於指揮室來回踱步。

「而且再生教會班癲佬似乎都對武器有興趣，你哋今日見到佢哋未必係偶然嚟。」女參謀面無表情地說：「如果武器落入佢哋手上，咁我哋唯一優勢都會冇埋。」

羅俐對此似乎毫不擔心道：「佢哋手頭上得冷兵器作為武器，應付唔到巢穴內部嘅中級同高級工蜂，根本不足為懼，唯一要擔心嘅係女王蜂會唔會突然破繭。」

經過一輪沉思後，她轉身走到畫有倉庫結構圖的白板前，拿起白板筆就在板上畫畫寫寫起來，並在關鍵位置用紅筆加粗標示出來。

「今次回收武器嘅行動由我親自帶隊，到時將會兵分兩路分別行動。」羅俐的聲音不容質疑，紅筆用力戳在白板上道：「首先A隊負責係倉庫東側製造聲音，盡可能將低級嘅工蜂引出嚟，然後B隊同我一齊趁機入去，上第二層搬運武器離開。」

說罷她的目光落在許淵源身上說：「你哋只要加入B隊將武器運返嚟，屍潮浪費嘅子彈就一筆勾銷，以後想去邊就去邊，我唔會加以干預。」

房間內一片死寂，因為大家都知道在外頭負責製造混亂的A隊才是最安全的，一見情況不妙直接一腳油門逃跑就是，不像深入巢穴的B隊，遇到危險時根本無處可逃。

「我選擇加入B隊。」心急想去找女友的阿龍二話不說就舉手加入了。

許淵源勸他三思：「入去巢穴唔係講笑㗎，隨時會冇命，入邊除咗女王蜂仲有其他怪物，你要諗清楚。」

阿龍眼神堅定道：「冇時間喇！阿源！Lily仲等緊我去救佢，我唔可以繼續喺度浪費時間！」

「我都想儘快離開去搵徒弟仔。」師父此時也舉起了手：「我都要入B隊。」

眼見兩人去意已決，許淵源只好也跟著舉手表示：「我都加入B隊。」

肥威看到後也高興地跟著舉手：「既然兄弟你揀去Ｂ隊，咁我都入！」

許淵源一聽心想再好不過，那種環境想弄死一個人還不是輕輕鬆鬆的？表面上他還是假裝關心對方：「你又唔趕住走，唔洗冒險跟住我哋去Ｂ隊。」

肥威大笑著拍了拍他的肩膀說:「唔緊要，難得係末世搵到知己，之後你去邊，兄弟我都跟硬你㗎喇。」

許淵源表面上雖然維持著禮貌的笑容，但內心卻是在想：「咁仲得了嘅？」

＊＊＊＊＊＊

再生教堂，房間內。

Oscar一直躲在床底下哽咽不肯出來，小詩則趴在床邊拿著一包打開的壓縮餅乾不斷遞給他：「聽話啦，唔食嘢唔得㗎，呢啲都係你辛苦換返嚟嘅食物，你食喇。」

他一聽到辛苦兩字，腦海馬上想起昨晚的痛苦回憶，頓時一陣乾嘔然後嚎啕大哭，嘴裡還不斷唸叨著：「我唔乾淨喇……」

小詩耐心地安慰道：「唔會啦，我覺得甘願為大家犧牲嘅你好偉大。」

Oscar聽到後抽泣著問：「……真嘅？」

「當然……」

小詩才說到一半就被 Lily 打斷，她躺在床上一邊享用著壓縮餅乾一邊幸災樂禍地說：「你由佢喇小詩，佢果份唔食就畀我，擔心佢不如擔心 Alex 仔好過。」

「Lily 啊，你唔好咁啦。」她無可奈何道。

「咩唔好咁？」Lily 一聽就從床上坐了起來，一臉不悅道：「你唔記得佢當初點樣推我哋出去？一個唔好彩宜家喺床下底喊緊嘅係我同你啊！唔好咁？」

她越說越來氣，朝著床底下的 Oscar 就是一頓連珠炮轟：「我真係未見過人咁 on9，回力鏢可以咁快打到自己身上，不如你以後唔好叫 Oscar，叫 On9scar 喇。」

面對著嘴巴毒辣的 Lily，Oscar 完全反駁不了，「哇」的一聲又埋頭哭了起來。

小詩只好勸她：「佢點都叫幫我哋爭取咗一日嘅食物，算啦。」

Lily 顯然不打算輕易放過對方，蓄勢待發剛想開口時，木門忽然猛地被人推開，在場所有人都愣住了，因為站在門口的居然是一隻全身腐爛的喪屍！

CHAPTER 45 任務開始

潮濕的霉味混雜著血腥氣撲面而來，小詩和 Lily 都看呆住了，一時間不知道如何反應。

沒想到她們還沒開口，喪屍卻自己主動講話了：「係我啊！」

少年青澀的嗓音一下就喚醒兩人的記憶，她們不約而同地詫異道：「Alex？」

喪屍這時才意識到自己還戴著屍皮面罩，連忙摘下露出原本俊俏的面孔。

小詩猛地抬頭，眼中閃過一絲光亮：「你返嚟喇？」

「你成晚到宜家到底去咗邊？」Lily 不解地上下打量他又道：「做乜搞成咁？」

「講起真係一匹布咁長。」

Alex 確認外面沒有守衛後迅速關上門，然後壓低聲音，語氣中帶著掩不住的興奮：「我畀佢哋帶咗出去執行任務，你估下途中我遇到邊個？」

Lily 與小詩聽到後頓時變得緊張起來，小心翼翼地追問道：「邊個？」

「我見到佢哋……阿源、阿龍同師父，佢哋仲未死！」

Lily 原本緊繃的肩膀終於鬆懈下來，她閉上眼睛，深深吸了一口氣，彷彿這幾個字給了她無盡的力量。

「我就知道……」她低聲呢喃，嘴角微微上揚：「個衰佬冇容易會死。」

小詩的眼中泛起淚光，感動道：「阿源冇事就好咯，咁佢哋宜家去咗邊？」

「我唔清楚詳細位置，但聽其他成員講，好似係去咗一個叫做『鐵血盟』嘅組織，同再生教會屬於敵對關係。」

Alex 鼓勵著她們：「大家千祈唔好放棄希望，我相信佢哋好快就會嚟救我哋，無論遇到咩事都一定要堅持住！」

話音未落，房門又咚咚的被人敲響了，三人都變得十分緊張，擔心剛剛想要離開的對話會被外頭的人聽到。

Alex 小心翼翼地把門打開後也是一驚，因為大鬍子信徒今天又一身騷氣的出現在門口，只見他穿著低領的衣服，露出了一身濃密的胸毛，左手扶著門框，右手叉腰，嘴裡還叼著一根白玫瑰。

「Baby，我又嚟啦。」大鬍子望著 Alex 滿臉淫笑道。

「喂！鬍鬚佬你好啦喎！」Lily 連忙把他護在身後並呵斥對方：「叫咗你唔好打佢主意！」

「放心啦。」大鬍子笑吟吟道：「我唔係嚟搵佢。」

「吓？」三人異口同聲道。

就在眾人一陣困惑，不知道大鬍子這一次的來意是什麼時，一個人影冷不防的從三人面前掠過，轉眼就來到大鬍子身旁。

她們赫然驚覺那居然是 Oscar，一秒前他明明還在床底下哭哭啼啼，要死要活的，這下卻神不知鬼不覺的來到面前，而且還低著頭表現得十分嬌羞。

三人面面相覷，不知如何是好時，大鬍子一把將 Oscar 摟入懷中並用力在其額頭上用力親了一口後看著她們說：「我都話係嚟搵我嘅 baby 咯，哼，照舊！」

他把足夠四人一日份量的壓縮餅乾交到小詩手中，然後就用力拍了拍 Oscar 的屁股，後者也很配合地把腦袋倚偎在其肩膊之上，兩人就這樣親親熱熱地離開。

「……我到底睇咗啲乜？」Alex 一臉茫然道。

「我都唔太清楚。」小詩驚訝得連嘴巴也合不攏。

Lily 也表現得十分困惑，探頭望向門外兩人逐漸遠去的背影迷惑道：「佢唔通真係試完先知自己係？」

晨霧未散，三輛鐵血盟的裝甲車已在倉庫外集結。

羅俐站在其中一輛車頂，黑色戰術套裝完美地貼合著她高挑強壯的身形，上身穿著一件防彈背心，左肩上掛有一把倒懸的戰術匕首，右臂上套著一副由水渠蓋改造的圓盾，足足有五十公斤重，邊緣磨得鋒利，表面雖然滿佈彈痕與爪印，但依舊堅不可摧。

正常人光是拿著這面盾牌站著不動就已經累得不行，然而她不但能雲淡風輕的帶著這面沉重的鐵塊自如行動，還能帶著它參與實戰。

許淵源看著羅俐魁梧的身影，不難明白為什麼她能統領整個鐵血盟，整個人光是站在那裡不動就已經充滿了領袖風範。

「聽住喇！你班廢物！」她的聲音洪亮地喊道：「今日嘅任務好簡單，入去倉庫，搬武器走，係咁多！有冇人唔清楚自己係嚟做乜嘅？」

所有成員齊聲應道：「有！」

「好！按照計劃行事，A隊負責引開低級工蜂，B隊跟我入倉庫。」她的目光掃過隊伍，在許淵源等人身上短暫停留後又說：「宜家後悔仲嚟得切，有冇人想舉手？」

此話一出，場面頓時一片沉默，鐵血盟的成員每個都自認是鐵骨錚錚的硬漢，沒有一個是會臨陣退縮的懦夫。

「唔錯！」羅俐滿意地點點頭宣佈：「咁任務正式開始！各單位分頭行動！」

三輛裝甲車馬上分頭行動，兩輛駛向倉庫東側的山坡，一輛悄然靠近倉庫入口。

當A隊的裝甲車駛至山坡上時，墨鏡壯漢打開後廂門，一腳把武器箱踹下車子並喊道：「佈置地雷同埋誘餌裝置！」

鐵血盟的精銳下車後迅速在斜坡裡埋下地雷，然後又在車子旁邊架設高功率的擴音器，隨著他按下開關，擴音器內馬上發出了一陣高頻聲波！

「嗡——」

許淵源等人即使身處遠處在聽到後也會感到耳膜一陣發痛，即使把耳朵捂住還是會隱隱作痛。

隨著刺耳的聲波擴散開來，倉庫東側黑暗的入口中忽然亮起了大量紅點，那一瞬間就連空氣都彷彿凝固起來，緊接著數十隻普通喪屍外型的低級工蜂便怪叫著衝了出來，並以驚人速度朝 A 隊的方向瘋狂撲去！

眼見低級工蜂們已經來到了山坡底下，但墨鏡壯漢還是舉起一手示意眾人繼續按兵不動，等到第一隻衝入地雷區的工蜂被炸得四分五裂散落一地，他馬上用力向下揮手並大聲命令道：「開火！」

機關槍的咆哮撕裂空氣，子彈如暴雨般傾瀉在工蜂群之上，前排負責衝鋒的工蜂即使沒有被地雷炸碎，後續也難逃爆頭的命運，黑血濺滿山坡，殘缺的屍體不斷沿著斜坡滾落。

然而即使十人已經互相配合到極致，但還是有漏網之魚突破防線，揮舞著鋒利的爪子朝正在換彈中的墨鏡壯漢衝去。

他的反應極快，一個後撤步躲開攻擊後，反手就從身後拿出一把霰彈槍，「咔嚓」一聲把工蜂的腦袋給轟成碎片。

工蜂無頭的屍體倒下後，他拿著對講機大吼：「B 隊，大部份低級工蜂已經引晒出嚟！趁宜家快啲入去！」

CHAPTER 46 蝗螂兵

倉庫東側入口，裝甲車旁邊的羅俐正舉著巨盾護在身前，在聽到墨鏡壯漢的消息後拿起無線電對講機回覆道：「收到。」

當最後一隻工蜂被 A 隊引走時——

「任務開始！」她左手比了一個前進的手勢，接著便帶頭衝了進去，包含許淵源在內的成員全都緊隨其後，魚貫而入。

踏入倉庫的瞬間，許淵源的呼吸幾乎停滯——

這裡早已不是人類認知中的倉儲空間，而是被改造成了一座活體巢穴。

牆壁完全被暗紅色的蜂巢組織覆蓋，表面布滿搏動的血管，黏液如活物般緩慢流淌，天花板垂落著無數臍帶般的肉管，末端懸掛著半透明的卵囊，內部蜷縮著未成形的工蜂幼蟲。

地面上也是布滿了類似蟲苔的物質，每走一步都黏黏的，十分不利於行動。

「呢啲到底係乜嘢嚟，好核突啊……」阿龍一臉厭惡地環顧四周，聲音發顫道。

一行人在倒塌的貨架間穿梭，上方同樣長滿了暗紅色的血肉組織，導致存放在上方的物資也遭到污染，無法供人使用。

眾人看著貨架上那一箱箱被污染的薯片、餅乾和巧克力感到十分可惜，要知道這樣高熱量又不健康的食物放在末日可是珍貴的營養補充品，如今就只能望洋興嘆。

忽然間，走在最前方的羅俐停了下來並作了一個停止的手勢，然後指著天花板上一根垂下來的卵囊說：「小心。」

話音剛落，卵囊突然破裂，一隻透明中帶著一點藍光的工蜂幼蟲從天花板掉落至羅俐不遠前的地面。

幼蟲的外形長得就像是一隻毛毛蟲，剛落地就不斷前後挪動身體，拚了命想要接近她。

累死累活好不容易才爬到跟前，沒想到迎接它的卻是一片無盡的漆黑。

「啪滋！」

羅俐毫不猶豫抬起腳一下把工蜂幼蟲給踩爆了，透明的蟲汁從軍靴底下飛濺至四周。

對此不以為然的她向眾人解釋道：「呢啲就係工蜂嘅本體，佢係以人類呢個物種嚟寄生，唔理係喪屍抑或正常人都係佢潛在嘅宿主，一旦被寄生就會成為女王蜂嘅奴隸，所以千祈要小心，時刻留意頭上嘅情……」

她還沒講解完，通道的拐角處冷不防冒出來三隻低級工蜂，冒著紅光的眼睛在昏暗的環境中尤其顯眼。

工蜂們大概也沒想到巢穴會遭到入侵，只是聽到這裡有動靜才循聲而來，不料就跟強壯魁梧的的羅俐碰個正著。

她二話不說掄起盾牌橫掃，五十公斤重的金屬鐵餅帶著摧枯拉朽的威力，一下就把最前方的低級工蜂給砸得腦漿迸裂，還沒來得及反應就命喪當場。

第二隻意識到不對了，剛想反撲就遭她一個旋身，盾牌銳利的邊緣頓時如同戰斧般把它的腦袋削飛。

第三隻想要嚎叫來警告其他同伴，可剛張開嘴巴，羅俐就直接把盾牌塞了進去，叫它發不出任何聲音來。

緊接著她狠咬牙把持盾的手用力往下一拽，硬生生把它的下顎給整個撕扯下來，然後又用盾牌上挑把它的腦袋砸爆。

眨眼的功夫，三隻低等工蜂就被瞬間解決了，羅俐的盾牌上沾滿了低級工蜂們的污血與腦漿，殊不知她根本沒把這當一回事，隨意把污物甩掉後說：「繼續前進。」

語氣的平淡程度讓許淵源覺得她剛才只是順手拍死了三隻蚊子而已。

隊伍在她的帶領下朝著巢穴深處進發，師父在路過三具工蜂屍體時忽然疑惑地叫了一聲：「咦？」

阿龍好奇地問：「做咩啊？」

師父指著其中一具屍體說：「我頭先好似見佢郁咗一下。」

阿龍皺起眉頭看了一下，但也沒看出個所以然來，於是便推搡著他繼續前進：「你眼花啦，快啲行啦，一陣跟唔上，隻女猩猩隨時扔低我哋唔理。」

師父沒有辦法只好緊貼隊伍的步伐，然而他倆剛離開，那具屍體的手指便冷不防地抽搐了一下。

隨著隊伍更加深入，四周的環境也因為光源受阻而逐漸變得昏暗起來，帶頭的羅俐為了看清楚路況不得不打開掛在胸前的戰術電筒來照明。

就像蟲子天生就有趨光性一樣，這晃眼的光源不知不覺間就把巢穴裡其他的守衛者都給吸引過來。

正當一行人尋找著通往二樓的路時，羅俐忽然在一個十字路口中駐足不前並一臉警惕道：「小心……」

她用拇指調整戰術電筒的位置照亮前方。

「唰！」

刺目的白光驟然撕裂黑暗，而就在光束盡頭處一張噩夢般的臉猛然浮現！戰術電筒的光線直接照進它裂開的兩瓣顎牙中。

「係螳螂兵！」羅俐脫口而出同時舉起手中盾牌防禦道：「小心，呢隻屬於中級工蜂，危險度相當於Ｂ級特殊感染者。」

在燈光的照射下，一隻半人半蟲的怪物出現在眾人面前，由於女王蜂的寄生蟲影響，低級工蜂開始異變出類似昆蟲的特徵。

上半身勉強保留人形，但皮膚已經覆蓋上一層褐色的幾丁質甲殼，原本人類的下頜也縱向裂成兩片變成彎刀形的獠牙，兩隻手也變成了一對螳螂刀般的骨刃，刃上還掛著人類的血肉。

下半身則徹底昆蟲化，膝關節反曲，足部也長出了鉤爪，能夠輕易在蟲苔上快速移動。

蝗螂兵對著光源發出高頻尖嘯，聲波震得眾人耳膜刺痛，貨架上的玻璃器皿也接連爆裂！

「唔好怯！保持陣形！」羅俐舉起盾牌擺出迎戰姿勢。

然而更可怕的事還在後頭，就在大家的注意力都集中在前方時，左右兩側的貨架上又跳下來兩隻螳螂兵，三隻怪物呈品字形逼近位於十字路口的隊伍。

這支七人隊伍裡擁有熱兵器的就只有鐵血盟的那三人，三隻螳螂兵順理成章的由他們來處理，許淵源等人拿著根本不夠看的近戰冷兵器弱小無助地躲在隊伍的後方。

「開火！」羅俐一聲令下，自己舉起巨盾朝著正前方的螳螂兵發動衝鋒。

另外兩名成員也立馬開火，左側的衝鋒槍不斷迸發著火光，子彈傾瀉在螳螂兵的甲殼上濺出火花；右側的則端起噴火器按下開關，烈焰瞬間噴湧而出將螳螂兵徹底淹沒。

CHAPTER 47 螳臂擋盾

當羅俐暴衝至螳螂兵面前時，後者二話不說就把骨刃高高舉起，然後劃破空氣朝著她猛劈而出。

羅俐雙手舉著盾牌，猛咬牙把這一刀給硬扛了下來，骨刃劈在盾牌上時濺起了零星的火花，由於水渠蓋為了能在馬路上長期承受壓力，一般都是選用優質的鋼材鑄造而成，堅硬程度甚至連狙擊槍的子彈也能擋下，這也是為什麼末日前有人會偷渠蓋拿去倒賣的原因。

螳螂兵的骨刃劈在結實無比的盾牌上非但沒有佔到任何便宜，相反又薄又鋒利的刃口因承受不住反衝而被崩斷。

它吃痛後張開顎牙發出高頻尖叫，同時不斷瘋狂揮舞骨刃想致羅俐於死地，而後者憑著強健的體魄將這一連串的攻勢全都硬扛了下來。

等到螳螂兵自己把骨刃劈鈍，一直堅守不攻的她終於露出笑容，舉起盾牌就來了一記野蠻衝鋒，把對方硬生生撞退了好幾步。

緊接著她咬緊牙關反手將盾牌橫掃而出，一記結實的盾擊猛地砸在螳螂兵的腦袋之上。

在堅硬的甲殼保護下，它的頭雖然沒有像低級工蜂那樣腦漿迸裂，但強大的衝擊也足以使之暈頭轉向，站立不穩。

而許淵源方本該是作壁上觀等待戰鬥結束的，就在眾人都把注意力都集中在眼前的三個戰場之上時，師父察覺到背後忽然傳來了黏膩的蠕動聲。

當他扭過頭馬上就被眼前的畫面給嚇了一跳，因為剛才已經被羅俐幹掉的低級工蜂居然又活了過來，脖子上歪歪斜斜地頂著一個腦花外露的腦袋，踉踉蹌蹌的出現在隊伍的後方。

「喂，你望下。」師父眼睛死死盯著對方不敢離開，顫抖的手則搭在身邊的阿龍身上。

後者被搭肩後很不耐煩地把他的手甩開並說：「唔得閒啊，你自己望啦。」

「唔係呢，我好似真係唔係眼花。」師父改為去扒拉另一邊的許淵源說：「你睇下先啦。」

許淵源也很在意三條戰線的結果，打算有哪一邊陷入不利的局面就第一時間上去幫忙，但驟眼望去他們根本不需要自己的幫忙，所以就勉為其難地扭頭想看看師父是怎麼一回事。

當許淵源猛地轉身，眼前的景象讓他寒毛直豎——

那隻低級工蜂已經趴伏在地，身體劇烈抽搐，皮膚下的肌肉如活物般蠕動，全身上下的骨骼都發出令人牙酸的「咯咯」聲，不斷扭曲變形。

「佢……佢進化緊啊！」師父用發顫的聲音指著它驚呼道。

此刻的低級工蜂的身體正以肉眼可見的速度蛻變著，不但受損的部位得到修補，原本只是腐爛的嘴部縱向撕開，露出環狀獠牙，兩柄銳利的骨刃刺破皮膚取代了原本的雙手，下半身也變成了類似昆蟲的肢節鉤爪。

最終把外層的幾丁質甲殼都長出來後，進化宣告完成。

它已經從低等工蜂徹底蛻變成中級的螳螂兵！

今非昔比的它展開雙臂揮舞著骨刃，裂開顎牙朝只有近戰武器的許淵源等人發出刺耳的尖嘯。

「唔係吖嘛！？」阿龍握著消防斧，雙手發顫道：「佢獨自升級！？」

沒有時間猶豫，新生的螳螂兵已經鎖定他們，眼中閃爍著嗜血的紅光，骨刃彼此摩擦發出刺耳的金屬音，接著雙膝微微彎曲累積力量，以迅雷之勢揮動骨刃飛撲向許淵源。

許淵源側身閃避，倒握的戰術匕首猛地刺向螳螂兵的後背，沒想到這一刀刺到甲殼上竟然迸發出火星！硬度比想象中更硬！不但擋下了這一刀，巨大的反衝擊力把他的虎口震得發麻。

「阿源！」阿龍見好友不敵，拿起消防斧就打算上前拚命。

可剛來到對方身後，螳螂兵就反手用刀背猛擊在他身上，整個人被巨大的力量抽飛出去，重重撞在貨架上後癱坐在地，苦不堪言。

「阿龍！」許淵源怒吼想為好友報仇，但螳螂兵已經轉向他，骨刃高舉準備斬下。

「弊！」

來不及回避的他舉起戰術匕首想要擋下這一刀時，一個碩大的身影卻搶先一步攔在面前，揮動金屬球棒砸向劈下的骨刃——

「鏗！」

刀棒交擊傳來了清脆的金屬碰撞聲，鋒利的骨刃因承受不住衝擊而直接被金屬球棒給砸斷，甲殼碎裂，黑血噴湧而出，螳螂兵捂住斷刃發出尖嘯並後退了好幾步。

「兄弟！你有事吖嘛？」肥威憂心忡忡地慰問許淵源。

許淵源沒想到自己居然又再一次被對方所救，心情很是複雜地應道：「我冇事，唔該你。」

「客乜氣！」肥威哈哈大笑道：「我哋兄弟嚟㗎嘛！」

螳螂兵重整旗鼓後怒不可遏的揮動著僅餘的骨刃劈向肥威，殊不知一聲槍響突然響起，緊接著一發子彈精準地命中了它的頭部，腦袋當場就炸了開來。

失去腦袋的螳螂兵身體晃動了幾下後就重重地倒下，這一次它死得不能再死，再也沒有復活的可能。

眾人愕然回頭，只見眼神冰冷的羅俐站在不遠處，手中的沙漠之鷹冒著硝煙。

另外兩邊的戰鬥也結束了，面對衝鋒槍的螳螂兵被掃成了篩子，而對上噴火器的已經被烤成了焦炭，在地上直冒白煙。

危險解決後，肥威本想跟許淵源再說點什麼，沒想到後者卻第一時間就衝到阿龍身邊，把對方從地上攙扶起來並慰問道：「你見點啊？有嘢吖嘛？」

阿龍揉著疼痛不已的胸口，苦笑著說：「死唔去，算係咁啦。」

「四個人對付一隻都搞唔掂。」她甩了甩手腕上的盾牌，皺眉不滿道：「冇鬼用！」

阿龍聽到則抗議道：「喂！你哋有槍用緊係快啦，我哋幾個得啲爛刀爛棍！師父嗰把仲離譜！係把得少少鋸齒嘅水果刀嚟！！！」

羅俐不發一語，只是慢慢挪開了身體，出現在她的身後的是一具被盾牌活生生砸死的螳螂兵屍體。

阿龍看到後頓時睜大雙眼感到一陣啞然，師父也輕輕搭著他的肩勸道：「算喇，我都唔出聲，你又何必同一個可以用坑渠蓋監粗打死怪物嘅人過唔去呢？」

「……你啱。」

CHAPTER 48
貨梯

激戰後的喘息尚未平復，眾人就趕忙離開，繼續在這座血肉迷宮中尋找著前往第二層的通道。

由於這裡的內部結構被改造得十分複雜，他們花費了許多時間才沿著牆壁找到了通往倉庫第二層的樓梯。

羅俐讓大家做好準備，自己也抽出了腰間的沙漠之鷹小心翼翼把門拉開。

許淵源等人站在隊伍後方十分安全，但在開門時也十分緊張，大家都生怕開門後又會突然蹦出幾隻怪物來。

然而門被拉開後卻什麼動靜都沒有，羅俐探頭一望後馬上惱火地罵了一聲：「屌！」

原來暗紅色的蜂巢組織猶如活物般纏繞在階梯上，幾乎把整條通往第二層的樓梯都堵塞起來，人走進去甚至會有一種誤入某種生物體內的錯覺，剩下的狹小空間根本無法讓人通過。

阿龍從貨架上拆下來一根鐵棒，走到血肉組織前捅了捅，黏稠的肉膜像是活物般立刻纏住棍尖，不但發出「滋滋」的溶解聲而且還在不斷冒白煙。

「呢條路行唔到。」羅俐冷聲道，語氣中帶著不悅說：「走，試下搵其他消防通道。」

雖然話是這麼說，但想在這錯綜複雜的迷宮中找到正確的道路又談何容易。

在經歷了幾場遭遇戰後，凶悍的鐵娘子羅俐的盾下亡魂又增添了幾名新成員，一行人在她的保護下硬是分毫無損來到了一座被半掩沒在血肉組織的貨梯前。

師父像是發現了新大陸般指著貨梯高興道：「喂！有粒啊！」

羅俐停下腳步瞄了一眼應道：「唔好傻啦，呢度斷咗電好耐，部粒開唔到㗎。」

「我緊係知斷電喇。」師父解釋道：「你擘開道門！然後我哋沿住條鋼纜爬上去第二層咪得囉！」

羅俐聽完後睜大雙眼，心裡也覺得師父所言也不無道理，於是跟另外兩名同伴交換了一個眼神後，她便主動走到了表面爬滿血管狀組織的貨梯門前。

阿龍本想把剛剛得到的鐵棒遞給她撬開貨梯門，沒想到對方直接用雙手扣住門縫，隨著雙臂肌肉繃緊，刺耳的金屬撕裂聲響起，電梯門在其怪力下被硬生生掰開。

除了成員們對此習以為常外，許淵源等人在看到後都驚呆了。

貨梯門打開後先是刮起了一陣腥臭的陰風，羅俐用戰術電筒一照發現裡頭一片漆黑，空蕩蕩的什麼都沒有。

她打著電筒探頭一看，這才發現貨梯正懸在高高的二樓，只剩銹蝕的鋼纜垂在深淵般的豎井中。

羅俐抬頭望著貨梯的底部直犯愁，這就像是一面鐵壁般將所有人都隔絕在下面，就算沿著鋼纜爬上去也會被它頂住。

「呢條路都係唔得。」她轉身搖搖頭跟眾人又道：「架貨粒喺上面頂住，除非整佢落嚟，唔係我哋都係爬唔到上去。」

就在她準備放棄，繼續尋找消防通道的位置時，師父的鞋子在劃過地面時忽然感到一塊異常的凸起物，感到好奇的他蹲下來扒開覆蓋在上方的蟲苔，一面畫有倉庫平面圖的指標牌便出現在眼前。

師父一陣竊喜，連忙用指甲刮開黏附的蟲苔，在快速查看後連忙開口叫住了羅俐：「等等。」

她停下腳步回首一望，師父正拿起平面圖指著其中一個位置興奮道：「配電機房就喺地下一層，我哋上唔到去啫！但落去嘅話應該冇問題啦？」

眾人聽罷陷入一片沉默。

地底意味著更封閉的空間、更少的逃生路線，以及更多未知的危險，而且地面的這裡都被改造得如此恐怖，天曉得地下又會是怎樣的一片可怕風景。

羅俐來到師父面前接過平面圖一看，果真如他所言，配電機房就在腳底下附近，要是發電機裡還有著油料殘餘，能成功把貨梯打開的話，這一路無疑是如今最好的選擇。

「但係下邊有乜危險都係未知之數，應該派邊個去呢？」羅俐的目光在隊伍中掃視，最終停在許淵源和肥威身上。

「你兩個，一陣負責落去啟動發電機。」她把兩人點出來道。

許淵源一聽頓時眉頭大皺，心想：「仆你個街，咁咪即係當我爛頭卒咁用？」

肥威倒是沒什麼所謂，聽到後反而興奮地搭著他的肩膀說：「兄弟，有我同你拍住上，一定有問題！」

許淵源雖然維持著皮笑肉不笑的表情，但阿龍被再三隔絕在外後終於忍不住走到羅俐面前大聲抱怨：「點解唔畀我同佢一組？我都要落去！」

羅俐眼中凶光一閃，拔出腰間的銀槍就對準了阿龍的腦門，身邊兩名成員也同時端起衝鋒槍和噴火器，後者頓時被嚇得沒了脾氣，舉手投降不敢再講話。

「宜家幼稚園玩煮飯仔啊？你！留喺度邊度都唔可以去！」羅俐用冰冷的語氣道：「呢個係命令，我係知會你，唔係同你商量，唔好搞錯！」

阿龍被嚇得大氣都不敢喘一口，許淵源見狀馬上衝出來把阿龍護在身邊並打圓場道：「人太多唔方便行動，你留喺上面喇，我同肥威落去就得。」

「哼。」羅俐的殺氣有所收斂，態度也有所軟化道：「算你識做。」

她把胸前的戰術電筒摘下來遞給許淵源道：「嗱，下面一定冇光，唔好話我唔幫你。」

許淵源心想：「你真係想幫我畀把槍咪得，落到去見到工蜂我唔通用電筒照佢咩……」

但有總比什麼都沒有，於是他便滿臉堆笑的收下了這份禮物。

許淵源來到貨梯口後打開了掛在胸前的戰術電筒，光束刺破黑暗，

照亮了原以為深不可測的底部，原來也不過五六米深而已。

在確認安全後，許淵源才順著鋼纜緩緩下降，電梯井內彌漫著鐵銹與腐肉的氣味，鋼纜偶爾傳來金屬疲勞的「吱呀」聲，彷彿隨時都會斷裂。

肥威緊隨其後，他粗重的呼吸在這狹窄的空間顯得尤其響亮，看樣子游繩對身體沉重的他來說不是件拿手的事。

就在兩人下降期間，羅俐的聲音自頭上的黑暗中落下：「有咩唔對路就即刻返嚟，唔好勉強。」

觸底的瞬間，戰術電筒的光照亮了地下一層，這裡的貨梯門不知為何敞開，許淵源兩人很輕鬆就爬了進去。

戰術電筒的光束照亮了地下一層的入口，令人出乎意料的是，電梯口周圍異常乾淨，光滑的大理石地面反射著冷光，不但沒有血跡也沒有屍體，甚至連蜂巢組織都尚未蔓延至此，給人一種時間在這裡停滯的錯覺。

CHAPTER 49 一觸即發

「小心。」許淵源警惕地掃視四周低聲道：「唔好大意。」

肥威聳了聳肩道：「可能呢層冇受到感染？」

兩人謹慎地向前推進，鞋子踩在地上發出清晰的回音，走廊兩側是磨砂玻璃的辦公隔間，有些門半掩著，裡面漆黑一片，像是隨時會有東西撲出來。

左側盡頭有一道厚重的防火門，門牌上的字跡已經模糊，但仍能辨認出「設備區」三個字。

「配電機房應該喺嗰邊。」許淵源壓低聲音朝著走廊左側走去。

肥威把金屬球棒扛在肩上，咧嘴笑道：「好！快啲搞掂早啲上去。」

他大步上前，用力把防火門推開，霎時間一陣腐臭的氣息撲面而來！

門後的景象與走廊截然不同，宛如地獄的延伸。

地上橫七豎八躺著數十具屍體，有些穿著保安制服，有些則是西裝筆挺的白領，死狀各異——有的蜷縮在角落，像是試圖躲避什麼；有的趴在地上，手指摳進地板，留下深深的抓痕；還有的仰面朝天，嘴巴大張，彷彿死前經歷了極度的恐懼。

空氣中彌漫著濃重的屍臭和黴味，牆壁上濺滿幹涸的血跡，天花板的熒光燈管破碎，只剩下幾根電線垂落。

「哇……」肥威皺了皺鼻子：「睇嚟呢度都唔好得幾多。」

兩人繼續前進，戰術電筒的光束在黑暗中劃出一道狹窄的光路。

忽然間遠處傳來輕微的摩擦聲，像是有什麼東西在拖行。

「噓……」許淵源停下腳步警惕道：「有動靜。」

兩人為了摸清楚狀況，躡手躡腳走了過去，輕輕把半掩的辦公室門推開，在電筒光的映照下，三隻普通的喪屍正漫無目的地在眾多辦公桌之間游蕩，腐爛的臉在微弱的燈光下顯得格外猙獰。

「係低級工蜂？」肥威湊到許淵源耳邊小聲地問。

由於距離過近引起了他的反感，許淵源不悅地把他從身邊推開並道：「佢哋對眼唔係紅色，應該只係普通嘅喪屍嚟。」

「吓？咁有咩好怕？」肥威聽罷直接就扛著金屬球棒就踹門走了進去。

「喂！你癲咗啊？」許淵源被他這突如其來的舉動給嚇了一跳。

肥威如此大動作，第一時間就把喪屍們的注意力給吸引過來，紛紛怪叫著朝他撲了過去。

許淵源見狀悄悄地把門關上想要趁機棄之不顧，房內霎時間亂作一團，可維持了沒多久後又恢復至原本的死寂。

「咦？」正當他一臉困惑想把門推開一道縫看看發生什麼事時，門卻先一步被打開了。

只見肥威扛著沾滿血污與腦漿的金屬球棒，一臉神清氣爽地說：「搞掂啦。」

許淵源詫異地側頭一看，那三隻喪屍已經被敲破了腦袋，東倒西歪的倒在不同的辦公桌上，再也沒了動靜。

「前後總共三棍就結束戰鬥。」肥威甩了甩球棒上的污物後笑道：「我哋繼續行啦，開埋部發電機就可以離開呢個鬼地方。」

「下次麻煩你唔好咁衝動。」許淵源對此很是不滿，然後又指著走廊末端一道標著「高壓危險」的鐵門說：「呢邊。」

兩人的腳步聲在寂靜的走廊中回蕩，在來到配電室時，房門同樣半掩著，門縫裡滲出淡淡的汽油味。

許淵源用腳尖緩緩頂開門，戰術手電的光束劃破黑暗，照亮了內部的設備。

一台作為工業備用電源的中型柴油發電機靜靜地矗立在牆邊，外殼上積滿灰塵，控制面板的指示燈早已熄滅，看起來還是完好無損。

「呼——搵到喇！」肥威吹了聲口哨，大步上前，粗壯的手指撥開油表上的灰塵後發現燃料還剩近半。

「睇嚟部嘢仲用得。」他胡亂地按下按鈕想要啟動發電機：「等我睇下點樣開先。」

許淵源沒有回應，目光落在牆角處一具身穿技工服的屍體上，屍身沒有腐爛，皮膚呈現詭異的灰白色，像是被抽幹了所有水分。

只見它頭顱低垂的癱坐在那裡，左手仍緊握著工具箱。

肥威把所有能按的按鈕都壓過一遍了，發電機始終不為所動，感到為難的他只能搔搔頭轉身去尋求許淵源的幫助。

「兄弟，你過嚟睇下部機點開。」

許淵源收回視線來到肥威身旁，在經過一番檢查後很快便發現是需要把左側的啟動桿拉下才行，在成功啟動後，發電機的轟鳴聲在密閉的配電室內炸開，震得人耳膜生疼，排氣口噴出濃黑的煙霧，機油味混雜著腐朽的氣息灌入鼻腔。

在這震耳欲聾的噪音中，天花板上的光管在經過一番閃爍後逐一亮起，刺眼的白光讓兩人下意識瞇起眼。

肥威高興地抱住許淵源咧嘴大笑道：「搞掂！我都話我同你拍住上一定所向無敵！係咪咁話先！」

然而隨著發電機啟動，被激活的除了燈光外還有別的東西。

就在許淵源厭惡地把肥威推開時，眼角不經意瞥向牆角，結果發現那具屍體居然動了！

穿著技工服的乾屍突然抬起低垂的頭，就像是一台多年未動的機械重新運轉般，關節發出「咔咔」的脆響搖搖晃晃地站了起來。

肥威根本沒把如此瘦小的對手放在眼裡，嗤笑一聲後大步上前，揮動金屬球棒直接砸向它的腦袋。

「呼！」

隨著一聲清脆的骨裂聲響起，喪屍的腦袋被直接砸開了花，腦漿與污血大量飛濺至牆上四散，屍體晃了晃後轟然倒地。

「哼！」肥威甩了甩棒上的血漬，滿臉不屑道：「仲以為落嚟會有幾危險，睇嚟都係冇乜料到。」

許淵源沒在聽他講話，眼睛一直盯著那具屍體來看，忽然間他瞳孔驟縮，一股不祥的預感立馬湧上心頭。

「有啲唔對路……」許淵源猛地轉身衝向配電室門口道：「快啲走！」

「咁急做咩啫？發電機都開咗喇！」肥威雖然皺眉但還是跟了上去。

當許淵源拉開鐵門的瞬間，體內的血液幾乎在一瞬間凝固——

走廊上的屍體，全都在動。

那些原本橫七豎八倒在地上的死屍，此刻關節正反轉成非人的角度，腐爛的手指摳進地板，扭曲的肢體撐起軀幹，數十雙渾濁的眼睛齊刷刷轉向他們。

CHAPTER 50 捨命相救

「哇屌！」肥威終於變了臉色：「發生咩事？」

「唔洗審。」許淵源望著陸續甦醒的喪屍咬牙道：「九成九係畀發電機嘈醒！」

距離最近的喪屍率先朝許淵源撲了過來，速度快得驚人，肥威見狀把他護在身後，左腳往前一踏，手中的金屬球棒對著來犯的喪屍腦袋便是一記全壘打，腦袋因承受不住而直接被砸飛。

失去腦袋的身體搖晃著還沒倒下，肥威順勢抓住喪屍的衣領，像拎破布娃娃般將它舉到身前，然後對身後的許淵源說：「兄弟，跟緊喇！」

他大吼一聲，竟將喪屍屍體當作肉盾，如同一輛踩盡油門的戰車般朝著屍群猛沖而去！腐爛的軀體起了良好的防護作用，不但將攔路的同類撞開，還保護他不受傷害。

許淵源緊隨其後，戰術匕首精準刺入從側面撲來的喪屍眼窩之中。

這裡的喪屍由於太久沒有活動過，身體都十分僵硬不太靈活，以致肥威這輛肉彈戰車能在走廊裡暢通無阻。

柴油發電機的轟鳴聲仍在耳邊回蕩，倉庫的燈光忽明忽暗，像是隨時會再次熄滅。

當出口的門映入眼簾時，兩人更是加快腳步狂奔，等到抵達後肥威便將已經沒用的肉盾砸向身後的追兵，為首的喪屍像保齡球般被砸倒，連帶著把身後的也一起碰倒在地。

趁著屍群短暫停滯，兩人拉開門回到了電梯口，肥威馬上轉身用肩膀頂住門框並叮囑許淵源：「撳粒！快！」

話音剛落，身後的屍潮如潮水般湧來，腐爛的嘶吼聲幾乎刺破耳膜，金屬門就因為受到衝擊而險些被推開，全靠肥威用肥碩的身體給硬頂了回去。

「快啲啊！我頂唔到幾耐！」肥威背靠在金屬門上，兩腳死命撐在地面用全身重量來頂住一次又一次的瘋狂撞擊。

「頂住啊！」許淵源用力按壓著按鈕，指尖幾乎要陷了進去，重新啟動的貨梯開始從二樓緩緩下降。

門後的喪屍變得越發狂暴，金屬門在屍群的撞擊下劇烈震顫，肥威的鞋子也在地面上留下深深的刹痕。

面板上的數字緩慢跳動——2 樓……1 樓……B1……

明明只是十多秒的等待，對兩人而言卻像是一個世紀般漫長。

期間，許淵源的目光落在不遠處正頂著金屬門在苦苦掙扎的肥威身上，那個殘忍殺害蔣老太的兇手，此刻正拼死為他爭取時間。

要是現在把他拋棄在這裡的話，想必他一定會在被背叛的悔恨以及不甘之中痛苦死去吧？

電梯「叮」的一聲抵達，門緩緩打開。

許淵源本想一聲不吭的就此離開，不料肥威卻在此時開口道：「兄弟，你快啲走！唔洗理我！」

他聽到後心裡頓時一個咯噔，扭頭看著已經快要撐不下去的肥威，此時的他已經滿頭大汗，汗水順著他的額頭滑落，手腳發顫，根本承受不住屍群的幾回衝擊。

肥威見他不走又再次催促道：「我走唔到㗎喇！我一走，門後啲屍就會衝入嚟，到時盞大家都死喺度！你快啲走喇！」

他的眼神里沒有恐懼，反而帶著某種扭曲的滿足——彷彿能為知己犧牲，是件值得驕傲的事。

許淵源沉默了一秒，隨後便邁步走進了電梯之中。

肥威笑了，儘管門後的撞擊越來越猛烈，他的笑容卻像是止不住般：「兄弟，你一定要好好生存落去……」

然而，就在電梯門即將關閉的瞬間，許淵源突然一臉不悅的開門衝了出來！

他一把拽過走廊旁的木長椅用力砸斷並取出一根斷裂椅腳，快步走到肥威身邊橫插在金屬門的把手上當作門栓，硬生生把門給卡住！

喪屍的爪子從縫隙中伸出瘋狂抓撓，一時半刻竟無法突破。

肥威愣住了，隨即用肥厚的手重重拍了拍許淵源的肩膀，眼中的感動幾乎滿溢：「我就知道你唔會拋棄我！」

他木著臉不置可否，但實際上只是不想再欠下更多人情，所以才改變主意折返的。

趁現在可以自由活動，兩人迅速退回貨梯之中。

就在貨梯門正緩緩合攏時，木椅腳終於承受不住壓力，在清脆的響聲中斷成兩截。

失去門栓後，屍潮如決堤的洪水般湧入電梯口！腐爛的手臂、猙獰的面孔，在門縫徹底關閉的前一刻，仍瘋狂地抓向他們——

貨梯緩緩上升期間，肥威喘著粗氣，咧嘴笑道：「好兄弟，我欠你一條命。」

在上升的金屬摩擦聲中，隱約夾雜著激烈的交火聲，許淵源和肥威對視一眼後，彼此心裡都泛起了不祥的預感。

「唔對路喎，佢哋好似開緊槍。」肥威握緊了手中的金屬球棒。

「一陣開門小心啲。」許淵源也把戰術匕首抽了出來，反握著護在身前。

當電梯門在一樓開啟的瞬間，兩人就看到陷入了同伴們苦戰的背影，火光交錯。

六隻螳螂兵從貨架間竄出，揮舞著骨刃不斷逼近電梯，奈何有熱兵器的成員就只有三個，火力上不足以徹底壓制它們，每當有螳螂兵逼近時，阿龍只能以消防斧近身應戰，身上已經有不少被骨刃劃出來的傷口。

而且戰鬥的槍火聲把更多工蜂都吸引過來，就在他們都快忙不過來時，又有三隻螳螂兵利用後足的鉤爪從天花板上爬了過來。

其中一隻先是放開雙手，透過腳上鉤爪像蝙蝠那樣倒懸，然後在鎖定目標後冷不防的從上方俯衝下來發動偷襲。

握有衝鋒槍的成員正忙於火力壓制地面的螳螂兵，絲毫沒有察覺到這來自空中的危險。

然而就在它的骨刃借助巨大的衝力即將把成員一分為二時，羅俐的巨盾搶先一步在空中把這致命的一擊擋了下來。

「小心！」

反應過來的成員立馬端起衝鋒槍在近距離開火，直接把偷襲的螳螂兵給打成了馬蜂窩。

羅俐發現身後的電梯門打開了，連忙厲聲喝道：「撤退！入粒！」

眾人在衝鋒槍的掃射掩護且戰且退，子彈殼叮叮噹噹落滿一地，但螳螂兵的數量實在太多，只能稍微拖慢它們的速度。

等到所有人都跌跌撞撞擠進電梯後，羅俐便催促道：「門門！快啲！」

許淵源自然不敢有誤，關門鍵都快被按冒煙了，但是關門的速度仍然慢得像是蝸牛過馬路似的。

CHAPTER 51 損失隊員

好不容易終於撐到電梯門被關上，眾人正要鬆一口氣時，一根骨刃卻冷不防從門縫中伸了進來，把電梯門強行掰開。

沒想到螳螂兵剛把腦袋探入電梯時，羅俐馬上暴喝一聲：「同我瓓出去！」

盾牌如戰錘般砸在它的頭上，隨著一聲清晰可聞的甲殼碎裂聲，螳螂兵被砸得腦漿迸裂，搖搖晃晃快要站不住。

羅俐抬起靴子對準它的胸口就是一腳，螳螂兵被踹得踉蹌後退，礙事的傢伙總算被趕走了，電梯門終於得以閉合。

然而這電梯門緩緩合攏的速度，在爭分奪秒的生死關頭更顯緩慢。

「太慢喇！！！」羅俐暴躁道。

實在等不下去的她在眾人錯愕的目光中，雙手直接抓住電梯門邊緣，臂肌如鋼筋般暴起，在其怪力之下，電梯門被「呯」的一聲粗暴地關上。

在門縫徹底合攏的前一刻，眾人看到更多螳螂兵正從黑暗深處不斷湧來，它們紅色的眼睛在昏暗的環境中形成一片猩紅浪潮……

電梯上升期間，鐵血盟的人都累得氣喘吁吁，當許淵源掃過人群時卻忽然發現少了一人，仔細一看發現師父不見了。

「阿龍，師父呢？」他一把拽住阿龍問。

「師……師父佢……」阿龍難過地垂下頭，攥緊拳頭，聲音發抖道：「……畀怪物捉走咗。」

時間回溯到五分鐘前。

由於許淵源成功啟動發電機恢復電力，當電梯的指示燈驟亮的瞬間，阿龍馬上興奮地揮拳：「阿源佢哋成功咗！」

羅俐對這樣的結果也不感到意外，當初就是覺得許淵源能成事才派他下去的，如今證明她的眼光果然沒有錯。

就在她因押對寶而沾沾自喜時，一旁的師父在抬頭觀看電梯的指示燈時忽然發現天花板的通風管道陰影處，一隻螳螂兵正倒吊而下，瞄準著羅俐的後頸。

說時遲，那時快，螳螂兵弓起雙腿像彈簧一樣蓄力，揮舞著骨刃以飛快的速度彈射向毫無防範的她。

「小心！」

師父用盡全力推開羅俐，這雖然使她避開了致命一擊，但是自己的肩膀卻被暴怒的螳螂兵用骨刃刺穿並挑了起來。

「啊———！！！！」

師父只感到傷口中傳來一陣撕心裂肺的痛，整個人被架在空中動彈不得，只能痛苦慘叫。

羅俐獲救後第一時間就用盾牌砸了過去想要解救師父，可螳螂兵卻沒了戰鬥的慾望，雙腳蓄力輕輕一躍便帶著師父一頭扎進通風管道之中，消失不見。

「師父！！！」阿龍對著天花大喊道。

然而還沒來得及為師父感到悲傷，其他螳螂兵已經聞風而至，從四方八面湧向電梯口。

眾人在羅俐的帶領下奮力抵抗，一直撐到了電梯開啟，緊接著便是剛才所發生的事了。

回到正在上升的電梯內，許淵源在聽到這消息後也是一陣黯然，雖然跟師父相識的時間不長，但這人還是挺有意思的，就這樣沒了難免有點可惜。

不知不覺間，貨梯已經抵達倉庫二樓，在門開的瞬間，所有人都屏住了呼吸。

然而預料中的襲擊並未到來，沒有蜂擁而至的工蜂，也沒有撕裂耳膜的尖嘯。

出奇的安靜。

這層的污染程度要比一樓更加嚴重，不但天花上垂下來的卵囊數量也更多，地面完全被厚厚的蟲苔覆蓋，每走一步都會感到軟軟的像是踩在肉上。

貨架上的蜂巢組織滿佈密密麻麻的血管，像是某種巨型的內臟般在不斷搏動。

抬頭透過蜂巢組織之間的縫隙，眾人總算看到目標——希望之光的運輸機殘骸正斜插在屋頂與貨架之間，頂上的旋翼在衝擊中斷裂，駕駛室的玻璃全都被震碎，機身雖然有所扭曲變形，但主體結構尚且完整。

「太好啦……」阿龍還沒從失去師父的悲傷中緩過來，幾乎是以哀求的語氣說：「我哋快啲拎完武器離開呢個鬼地方喇！」

羅俐沒有回答，抬起手示意所有人保持警戒，像鷹眼一樣銳利的目光正掃視著四周。

天花板上垂落的肉管微微蠕動，四周的蜂巢組織也像脈動般不斷起伏，雖然安靜得太過詭異，附近確實沒有工蜂試圖靠近。

「走！」她冷聲下令道：「趁守衛未跟上嚟。」

小隊朝著目標不斷進發，每一步都踩在黏稠的蟲苔上，發出令人不適的擠壓聲。

由於沒有工蜂的阻撓，一行人暢通無阻的就來到了運輸機的底下。

運輸機卡住的位置比想像中更高，機頭刺穿了倉庫頂部的鋼架，距離地面至少有十米。

貨架堆疊形成的斜坡成了唯一的攀登路徑，但那些金屬骨架早已被蜂巢組織包裹，表面佈滿黏液和蠕動的血管。

「啲武器咁重點樣運走？」許淵源仰頭望著運輸機，眉頭緊皺道：「呢度雖然冇事，但返去嘅路上肯定會畀班工蜂圍攻，更何況我哋連推車都冇。」

「簡單啦！」羅俐哼笑一聲，指著外露的機艙說：「我哋由駕駛艙爬入去機艙，然後將武器箱直接由機艙門推落去，底下會有我哋嘅人負責回收，返去嗰陣佢哋就會即刻用返嚟掩護我哋撤退。」

許淵源想了想覺得這辦法雖然粗暴了一點，但勝在確實能減輕大家的負擔，他實在不敢想像一邊押送著大量武器箱，一邊還要應付工蜂襲擊的畫面。

就在他沉思期間，羅俐的目光在眾人身上掃視一圈，最終落在他的身上。

「見你咁有興趣，一陣就你同我上去機艙推啲武器落去。」

就如同先前派許淵源下去開啟發電機一樣，這是命令，不是商量，而且她的話語中帶著不容人拒絕的威嚴，許淵源剛回神就已經被推著來到傾斜的貨架面前。

羅俐率先攀上貨架，她的軍靴踩進蜂巢組織時，黏液被擠壓出「啪嘰」的聲響，許淵源緊隨其後，手指扣進肉膜下的金屬縫隙牢牢抓緊，避免滑落。

爬到機首位置時能清楚看到駕駛艙的玻璃早已破碎，內部儀表盤上凝結著乾涸的血跡，一具士兵打扮的乾屍被安全帶固定在座椅上。

羅俐單手撐住機首，翻身躍進了駕駛室中，身後的許淵源也有樣學樣的跟著爬了進去。

在路過乾屍時，他看到飛行員的頭盔面罩上佈滿蛛網狀裂痕，內部的臉皮緊貼頭骨，嘴唇萎縮成猙獰的齜牙狀，看樣子還沒受到感染就已經死於墜機的衝擊之中。

但為了在搬運時能無後顧之憂，許淵源還是取出戰術匕首對著乾屍的下頷處往上捅了一刀，確保它的腦袋被徹底破壞。

他剛完事就聽到機艙內傳來了羅俐的驚呼聲，於是便連忙跟了上去，沒想到他剛進入機艙就被眼前的景象給震撼到了。

CHAPTER 52 如入寶山

整箱整箱的重火力武器像是未被染指的寶藏遍佈一地，羅俐在看到堆聚如山的彈藥箱都忍不住挑了挑眉。

「今鋪發達喇！」羅俐難得露出一絲笑意，抬起腳就直接踹開最近的一個武器箱，裡面躺著三把嶄新的衝鋒槍。

許淵源打開一個標著「高危」的黑色長箱，裡頭安放著一根火箭發射器，而像這樣的箱子還有四個。

十多個拆封的綠色彈藥箱裡，黃澄澄的子彈像穀物般流淌，另一個木箱裡則堆滿了破片手榴彈。

經過粗略點算後這裡還有著二十多把手槍，十多把霰彈槍和機關槍，還有兩把每分鐘六千發的加特林機槍。

羅俐用手兜起一捧子彈，全由它們像沙子一樣在指縫間滑落並笑道：「有咗呢批武器，以後唔洗再擔心再生教會過嚟騷擾，我哋甚至有能力直接鏟平佢哋間教堂！」

「咁我哋之前嘅約定……」許淵源擔心激怒對方於是小心翼翼地問。

「當然有效。」羅俐也不拐彎抹角，瞥了他一眼又道：「返到基地之後你哋想去邊就去邊，我哋已經兩清，大家冇拖冇欠。」

許淵源聽到後頓時鬆了一口氣，生怕她會在這關頭突然反悔或者追加條件。

羅俐雖然為人十分強勢，但在信守承諾這方面還是做得很到位的，要是經常反口覆舌，說話不算話，那她就很難成為大家都信服的老大了。

由於裝滿衝鋒槍的武器箱極重，需要兩人合力才把箱子推到艙門邊緣，金屬邊角在機艙的地板上刮出深深的痕跡。

「一、二、三——」

兩人用力一推，武器箱從艙門中墜落，重重砸在地面上發出一聲巨響，遠處負責搬運的成員馬上吹響哨子，示意看到。

按照計劃，他們不會第一時間來回收，而是等羅俐把物資全推下來才會有所行動。

「繼續！」羅俐轉身去拖第二個箱子。

就在兩人忙得不可開交，將沉重的武器箱接二連三的推下機艙時，其他人則負責待在貨架底下放哨，一有什麼狀況就通知機艙內等人逃跑

大家都沒有因為這片平靜而掉以輕心，眼睛不斷四處察看，生怕漏看任何情報。

然而這裡始終不是人類的主場，在眾人都看不見的陰影中，一雙猩紅色的複眼緩緩睜開。

當師父再次睜開眼睛，大口呼吸時，一股黏稠的血腥味隨即灌入鼻中。

「發……發生咩事？」

他發現全身被包裹在肉繭之中，只有臉部勉強露在外面，試圖掙扎卻連手指都動彈不得。

由於胸部受壓，每一次呼吸，都會感到肋骨受到擠壓，叫他難以呼吸。

「呢度喺邊度？阿源！阿龍！你哋喺邊啊？」他惶恐不安地叫道。

聲音被蜂巢組織所吸收，沒有傳到很遠的地方，師父喊了一陣子發現沒人搭理自己後只能作罷。

他努力去回憶發生什麼事，然而腦海裡只浮現出自己被螳螂兵刺穿肩膀的畫面，接著便眼前一黑，醒來後已經被包裹在肉繭之中。

師父冷靜下來後開始轉動眼睛觀察四周，發現有數十個跟自己一樣的暗紅色肉繭從天花下懸垂下來，看起來就像被蛛網捕獲的蟲蛹。

有些繭已經乾癟下來，透過半透明的繭壁能隱約看見裡面扭曲的骨架；另一些雖然表面凸起人形的輪廓，但卻一點動靜都沒有。

師父馬上就意識到那隻螳螂兵並非不殺自己，而是把抓到的獵物當作食物儲存起來等待女王蜂的享用，這裡應該就是它們用來儲存糧食的地方。

他曾經從紀錄片裡看過這些獵物的下場，不想也成為繭中白骨

的念頭滋生出強烈的逃生欲望。

師父咬緊牙關，忍著肩膀的劇痛不斷在繭中掙扎，但試過幾回還是徒勞無功。

他在黏液中艱難摸索著身上有什麼物件能幫忙，當指尖觸到腰間那把鋸齒水果刀時，他差點就笑了出來。

「果然天無絕人之路！老君誠不我欺！」在握到水果刀那一刻，師父瞬間就有了底氣。

這把破玩意用來殺喪屍或許不行，但作為金屬用來割開身上這層肉繭的話還是綽綽有餘。

他用彆扭的姿勢坐在繭中，手臂由於受到繭的限制只能作出小幅度的拉鋸。

刀刃割開繭壁的觸感如同切割腐敗的肉，他能感覺到肉繭內部被割開後流出了某種汁液，散發鐵銹般的腥氣。

繭中的裂縫被一點點擴大，等到整條手臂都能活動以後，他便小心地把水果刀從下巴底下的肉繭中刺出，然後開始切割最外層的部份。

當水果刀用力劃到底部時，肉繭便像水球般整個破開，師父隨著一堆腥臭的血漿一同摔落到地上。

幸好地面上長了厚厚一層蟲苔來緩衝並吸收了掉落時極大部份的衝擊力，但對年紀不小的師父來說還是把他摔得嗷嗷叫。

緩了一會兒回過氣來後，他握緊水果刀踉蹌爬起，趁著還沒有被守衛發現趕忙沿著肉壁通道摸索前進。

四周的蜂巢組織像呼吸般起伏，暗紅色的血管在肉膜下搏動，將養分輸送到巢穴深處。

師父沿著這些血管一直走，直到轉過一道彎，眼前豁然開朗——

然後，他看到了它。

女王蜂的繭如同心臟般懸掛在巢穴中央，那是一個足足有四米高的巨大暗紅色肉繭，繭殼上佈滿跳動的血管狀組織，會不斷發出規律的「噗通、噗通」聲響，半透明的繭壁隱約透出內部蜷縮的陰影。

師父瞇起眼睛凝神一看，赫然驚覺那是一個半人半怪物的輪廓，全身的血液瞬間凍結。

從這繭的大小以及血管最終匯聚於此這一點來看，繭中之物恐怕就是他們此行千方百計想要避開的女王蜂了。

「唔係吖嘛……點會好行唔行，行咗去大 boss 面前……」瘦弱的師父站在巨繭面前更顯渺小。

就在他一時間不知所措之際，遠處忽然傳來了某種怪物的悲鳴！

CHAPTER 53
蝎魔來襲

倉庫二樓天花的幽暗角落中，一隻黑色的怪物悄無聲息地倒吊在天花板的肉囊之間，它赤紅色的複眼閃爍著冰冷的光，長有鉤爪的前肢從肉囊中掏出一隻不斷蠕動的工蜂幼蟲。

在取得幼蟲後，怪物慢慢倒著從天花爬到了手持噴火器的成員頂上，後者正專心地環顧四周，唯獨忘記了檢查自己的頭頂，這恰恰就給了對方機會。

只見怪物的鉤爪一鬆開，幼蟲便從空中墜落。

「啪嗒。」

不偏不倚，正好落在了後頸上。

後頸忽然傳來一陣涼意，黏膩的觸感使他下意識伸手去摸。

「咦——啊！！！」

幼蟲不給他機會把自己摘掉，在接觸到人體的瞬間便用口器咬破皮膚並鑽入皮下。

他能清晰地感覺到那東西在肌肉層中蠕動，像一條毒蛇般正朝著大腦的方向爬行。

「幫……幫下我！」他一臉痛苦地踉蹌轉身，手指瘋狂抓撓後頸，卻只摸到皮膚下凸起的蠕動軌跡。

手持衝鋒槍的成員聞聲趕來後，見同伴一臉痛苦便緊張地問：

「發生咩事？」

就在下一秒，皮膚上的蠕動消失了，他的眼神驟然渙散，嘴角扭曲成詭異的弧度，冷不防地抬起噴火器對準著同伴並扣下了扳機。

「呼———轟！」

好心的同伴還沒來得反應就被極高溫的烈焰瞬間吞沒，慘叫聲撕心裂肺，整個人化作一團火球，先是瘋狂地跑來跑去，最後痛苦地倒在蟲苔上不斷打滾，然而火焰卻越燒越旺，絲毫沒有要被撲滅的跡象。

阿龍和肥威都被突如其來的變故給嚇到了，本能地舉起各自的武器護在身前。

「佢癲撚咗啊？自己人都燒！？」肥威看著痛苦的火人，一臉難以置信地握著金屬球棒道。

阿龍卻始終盯著始作俑者不放，聲音微微發抖：「喂……唔對路啵！」

對方此時緩緩轉身，他的眼球已經變成如同低級工蜂一般的血紅色，臉部肌肉不受控制地抽搐。

「殺……咗我……」他掙紮著吐出幾個字，但手臂卻再次抬起噴火器，瞄準了最近的阿龍。

機艙內的羅俐和許淵源也被火人的慘叫聲驚動，迅速經由機頭返回倉庫之中。

當羅俐駕駛室躍出的瞬間，映入眼簾的是自己帶進來的兩名同伴，一名突然間燒了起來在地上不斷抽搐，而另一個盯正痛苦地抓著自己的頭，噴火器卻不受控制地對準了阿龍。

「砰！」

貨架上羅俐拿著一把槍口冒煙的沙漠之鷹，子彈精準貫穿地上火人的眉心把腦袋徹底打碎，終結了他的痛苦。

接著羅俐一躍而下來到遭到寄生的同伴面前，對方因此主動放棄了阿龍改為望向她。

而知道自己闖下彌天大禍的他在看到羅俐後，大腦中最後一絲理智因此被喚醒，表情扭曲，變得一副似哭非哭地的樣子向她求救：「大家姐……求下你……」

然而身體在被幼蟲寄生後就不再受他控制，前腳才剛跟開口跟人求助完，後腳手就不自覺地扣下扳機朝羅俐噴射出一道炙熱的火柱。

「轟！」

噴火器再次咆哮，烈焰直撲羅俐！

面對著能把人活活燒死的火焰，她既不閃也不躲，舉起巨盾護在身前頂著火焰一步一步前行，高溫灼燒著金屬表面，熱浪扭曲了空氣。

羅俐能感覺到整個盾牌都在發燙，握把幾乎要烙進掌心，但她依然一步步向前推進。

「大家……姐……」他的手指瘋狂顫抖，卻無法阻止噴火器繼續噴射。

「我知㗎喇。」羅俐的聲音透過熱浪傳來，冷靜得近乎殘酷。

在距離兩米時，她突然側身，盾牌斜撞開噴火器槍管，烈焰擦著戰術服掠過！

同一瞬間，羅俐的沙漠之鷹已抵住了對方的下頜，整套動作行雲流水，沒有任何多餘的動作。

「砰！」

隨著她忍痛扣下扳機，子彈貫穿大腦，將幼蟲連同宿主一起粉碎。

他的屍體緩緩跪倒，手中的噴火器「咣噹」落地，羅俐看著仍在抽搐的殘軀，二話不說又補上了第二槍。

當第二聲槍聲響過後，成員的屍體便徹底沒了動靜。

許淵源等人也被這突如其來的一幕給嚇到了，愣了好一會兒阿龍才小心翼翼地問：「頭先到底發生乜事？」

原本羅俐還在為失去同伴一事而黯然，在聽到提問後馬上又變回平常那種強悍的模樣說：「佢應該係畀幼蟲寄生先會突然失控。」

「吓？」其他人聽到後馬上抬頭望向天花板，但是許淵源看著空空如也的天花疑惑道：「但係呢度都冇嗰啲一條條嘅嘢，佢到底

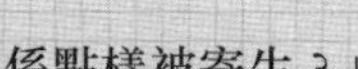

係點樣被寄生？」

羅俐聽到後馬上睜大雙眼也望了上去，果然沒看到有那些會產出幼蟲的肉囊垂掛下來。

她低頭用手指抵在下巴低聲呢喃道：「就算頭上有，我嘅人都唔應該犯咁低級嘅錯誤。」

就在這時——

「轟！！！」

一道黑影如砲彈般墜下，重重砸在眾人面前，巨大的衝擊力不但震得整層樓都在顫抖，同時也把地面的蟲苔震得四處飛濺，裸露出來的水泥地上，裂紋以它為中心如蛛網般擴散開來。

當黑影緩緩直立而起，許淵源清楚聽見羅俐倒抽了一口涼氣。

那東西足有四米高，油亮的黑色外殼在應急燈下泛著詭異的紫光，上半身勉強能看出人形輪廓，但手臂卻是昆蟲般的節肢，末端延伸出三十公分長的彎曲鉤爪。

腰部以下完全異變成蠍子的形態，六條尖銳的附肢支撐著龐大身軀，三節蝎尾高高翹起，末端的毒針泛著紫黑色金屬光澤，一滴毒液落下，立刻把地面腐蝕出一個小坑來。

「小心！呢隻係高級工蜂！係女王蜂嘅親衛隊！」羅俐的聲音低沉而緊繃：「我哋鐵血盟嘅人一般都叫佢做蝎魔！危險度係僅次於女王蜂嘅Ａ級。」

蝎魔的頭部緩緩轉動，暗紅色的複眼嵌在甲殼縫隙間，冰冷地鎖定在羅俐身上。

下一秒，它猛然張開四瓣口器——

「嘎啊————！！！」

那不是普通的咆哮，而是某種超高頻震盪波！貨架上的玻璃製品瞬間爆裂，碎片四濺。

許淵源一行人痛苦地摀住了耳朵，他們能感覺到內臟都在共振，膝蓋也不自覺地發軟。

尖銳的耳鳴不但讓所有人都失去戰鬥能力，就連羅俐掛在腰間的對講機也因為承受不住而炸出了火花，滋滋往外冒煙。

「弊！對機講冇咗！」羅俐咬牙頂著耳鳴把冒火的對講機扔掉。

這意味著他們失去了與外界的聯絡，無法藉此呼叫增援，接下來這隻蝎魔就只能自己應付了。

CHAPTER 54 致命弱點

然而聲波尚未停歇，蝎魔已經鎖定了羅俐，節肢在地面刮擦出刺耳噪音，像一輛失控的貨車般衝來。

羅俐舉起盾牌的瞬間，蝎魔的鉤爪已經狠砸在上面，巨大的衝擊力震得她雙臂發麻，鞋子在蟲苔上刮出兩道兩米長的深溝才停下。

長長的蝎尾繞開盾牌緊接著刺來，她勉強舉盾側身閃避，毒針只是擦過盾牌邊緣，就已經腐蝕出縷縷白煙。

「吔屎喇你！」肥威高舉著金屬球棒衝上前就砸在蝎魔的附肢之上。

「鏗」的一聲響起。

面對著蝎魔堅硬的甲殼，這根已經不知道敲碎過多少隻喪屍的頭顱的球棒竟然像打在橡膠輪胎上彈回，肥威虎口震裂，還沒來得及後退，蝎尾就像鞭子般抽來——

「啪嚓！」

肋骨斷裂的聲音清晰可聞，近百公斤重的肥威像布娃娃一樣被輕鬆掃飛，撞進十米外的貨架堆裡，貨物像積木般倒塌把他掩埋起來。

許淵源當機立斷衝到被燒成焦屍的成員旁邊，抓起掉落的衝鋒槍瞄準蝎魔頭部就扣下扳機。

槍口火花四濺，子彈傾瀉而出盡數打了在對方身上。

但萬萬沒想到蝎魔這一身黑色的幾丁質甲殼居然連子彈都能彈開，跳彈在倉庫內四處亂飛，其中一發流彈擦過羅俐的臉頰，溫熱的血液順著脖子流進衣領。

許淵源見狀擔心這樣下去子彈打光，蝎魔還是分毫無損，但是羅俐卻被自己打成了馬蜂窩，於是便急忙停火，不敢再胡亂開槍。

不知道是覺得子彈傷害不了自己，還是覺得羅俐才是最具威脅的人，蝎魔放著許淵源不顧，繼續朝她揮動鉤爪和蝎尾進攻。

就在羅俐應接不暇快要撐不下去，阿龍忽然朝著蝎魔大吼一聲：「喂！醜八怪！呢邊啊！」

他不知何時背著燃料罐拿著噴火槍繞到背後，當蝎魔的注意力被吸引過去，手馬上扣下扳機，炙熱的火柱瞬間朝著它噴射而出。

在高溫的炙燒下，蝎魔終於發出痛苦的尖嘯，幾丁質外殼在火焰中迅速變色，從油黑變成暗紅。

但下一秒，蝎魔便以不符合體型的速度橫移離開了火焰的範圍，阿龍不得不持續調整射擊角度，但對方六條附肢讓它能在任何角度突然變向，火焰屢次都只擦到它的邊緣。

「仆街！佢望落嗱蝎子，但快到好似曱甴咁！根本跟唔上佢嘅速度！」阿龍咬牙喊道：「機艙入邊有冇武器啱用？」

「有。」許淵源無力地應道：「但頭先已經畀我哋推晒落去……」

阿龍使用蝎魔怕火這一點不斷用噴火器來限制對方行動，同時喊道：「快啲諗下辦法，燃料支持唔到好耐！」

大家心裡都很清楚，一旦燃料罐被清空，那他們的性命也算是走到頭了。

眼見手上的武器都不起作用，許淵源著急地四處張望想要尋找破局之法，當視線掃過肥威被掩埋的貨架區，他被什麼東西給吸引了注意力。

「咦？」許淵源雖然潛意識察覺到不妥但一時間還是說不清哪裡有問題。

忽然間他腦海中靈光一閃，發現那個貨架周圍竟然沒有被暗紅色的蜂巢組織覆蓋，明明整座倉庫的一切都佈滿脈動的蟲苔和蜂巢組織，偏偏唯獨那片區域地面保持著灰白的水泥原色，像是被某種無形的屏障隔絕。

「阿龍！羅俐！你哋頂多陣！」許淵源獨自脫離戰場衝向貨架堆。

痛苦呻吟著的肥威剛從貨物堆爬出來時看到許淵源一臉緊張後，以為對方是在擔心自己，於是便感動萬分道：「兄弟，放心啦，我有——」

殊不知許淵源理都沒理他，抓起其中一個裝滿貨物的紙皮箱子翻看，上方清晰地寫著三個大字。

「殺蟲劑？」許淵源錯愕道

打開箱子後，裡頭整齊排列著數十罐工業用濃縮殺蟲劑，他拿起一罐握在手裡並用拇指擦過罐體表面，上方光滑如初，連一絲蟲苔的痕跡都沒有。

「兄弟，你冇事嘛？做乜對住啲殺蟲劑發呆？」肥威見他看得入神便問。

許淵源為了整理自己的思緒，這下總算回應他：「你唔覺得奇怪咩？周圍都生滿晒嘅組織，偏偏得呢一度冇。」

肥威經他這麼一提醒後也發現了此地的怪異之處，腦子不怎麼靈光的他也能把兩件事給連繫起來。

「唔通啲蟲苔避開呢度係因為……」肥威難以置信地呢喃道：「佢哋討厭殺蟲劑？」

許淵源沒有回答，抓起一罐殺蟲劑就用力朝蝎魔腳邊滾去。

殺蟲劑罐「啷噹噹」地滾過地面時，蝎魔的注意力被硬生生扯了過去，動作突然一滯，赤紅色的複眼同時轉向罐體。

許淵源舉起衝鋒槍瞄準，這一次他的目標不是蝎魔，而是地上的殺蟲劑罐。

「噠噠噠——」

槍聲接連響起，首幾發子彈落空後總算命中了目標，由於罐身破損導致高壓氣瓶內的氣體瞬間炸了起來！一團淡黃色霧氣在蝎魔面前爆開，將它整個都籠罩其中。

「嘶嘎——！！」

蝎魔六條尖足踉蹌後退並發出了開戰以來最淒厲的嚎叫，不但瘋狂揮動節肢，四瓣口器也在不斷開合，噴出混雜著黏液和血絲的泡沫。

「真係有用！」許淵源看得心跳加速，咧嘴笑道。

他低頭望向手裡那箱殺蟲劑，裡頭還有二十九罐，而像這裡的箱子貨架上還有好幾十個，足夠應付對方有餘了。

蝎魔很快就從混亂中恢復過來，但動作明顯變得遲緩許多，赤紅的複眼充滿怨毒地盯著許淵源，首次表現出忌憚的姿態。

「發生咩事？」阿龍端著槍口冒火的噴火器，一臉茫然道：「阿源頭先轆咗乜嘢過嚟？」

身邊的羅俐仰起鼻子用力吸了兩下，在聞到空氣中淡淡的雛菊清香後脫口而出：「係殺蟲劑！佢用咗殺蟲劑！」

她看著半人半蟲的蝎魔恍然大悟，這些特殊感染者都是普通喪屍被工蜂幼蟲寄生轉化而成，整個變異過程是捨棄人形逐漸昆蟲化，並發展出能輕易劈斷金屬的骨刃和能抵抗子彈的外殼。

而代價就是內部的呼吸系統也被變異成昆蟲的，而工業級殺蟲劑的吡蟲啉成分，正是專門針對昆蟲的神經毒素，吸入後中樞神經正常傳導會受阻，最終使其麻痹死亡。

但是眼前的蝎魔屬於高級工蜂，雖然吸入毒氣後動作變慢了，但其如同蟑螂般的移動速度還是難以捕捉。

阿龍拿著噴火器對著它噴來噴去還是沒中，白白浪費了不少燃料。

「唔得啊！仲未夠！嚟多幾下！」阿龍朝許淵源大聲喊道。

CHAPTER 55 成功擊殺

「收到！」他抓起殺蟲劑準備瞄準蝎魔扔過去，可想了想後突然改變策略，從箱子裡拿起殺蟲劑一罐接一罐往四方八面亂扔。

「兄弟，你做乜亂咁扰？」肥威不解地望著他問。

「你真係我兄弟就應該明我做緊乜。」許淵源冷笑著又把一罐殺蟲劑滾向根本沒有蝎魔的角落。

羅俐在看到珍貴的殺蟲劑被浪費在毫無意義的位置後眉頭緊鎖，拳頭捏得咯咯作響問：「佢傻咗啊？頭先明明仲好地地。」

「佢冇傻。」阿龍一看就明白好友想幹什麼。

兩人小時候曾經沉迷在電腦上一款叫「星際爭霸」的科幻即時戰略遊戲，作為蟲族玩家的阿龍向人族好手的許淵源發起了挑戰，期間他爆了一大批蟲海想直接剷平對方的大本營，結果軍隊走到一半就中了阿源的埋伏，被他提前埋下的「蜘蛛詭雷」給炸得潰不成軍，事後自尊心受挫從此退坑。

而許淵源現在所做的跟當年的一模一樣，於是他便開口道：「佢喺度佈緊『地雷陣』。」

「直接扰過去咪得囉！」

「唔得。」阿龍的火槍口緊隨著蝎魔移動，搖搖頭說：「隻嘢宜家學精咗，直接扰過去肯定會避開或者反擊。」

羅俐半信半疑抄起地上一罐殺蟲劑就扔了過去，蝎魔彷彿是在驗證他的說法，蝎尾像鞭子一樣猛地抽打在空中的殺蟲劑罐上，一下就抽飛至遠處。

此時已經把箱子清空完成佈陣的許淵源嘴角勾起冷笑，衝鋒槍抵在肩窩，槍口隨著蝎魔的移動快速平移。

「噠噠噠——」

倉庫內再次爆發出槍響，蝎魔舉起鉤爪擋在眼前，殊不知子彈一顆都沒落在身上，反而是腳邊傳來了連串爆裂聲，緊接著殺蟲劑罐爆開，淡黃色毒霧再度噴湧而出。

蝎魔向右閃避，結果又踩在許淵源預先佈置的另一罐殺蟲劑上，隨著槍聲響起，毒霧直接把它籠罩其中。

「嘶——！」蝎魔的尖叫帶著明顯的恐慌，赤紅的複眼瘋狂轉動，當它試圖後退時，腳邊第三、四、五罐殺蟲劑馬上又炸了開來。

蝎魔吸入大量毒氣後，動作變得遠比一開始遲緩，神色也虛弱起來。

「做得好！」羅俐興奮得把拳頭攥得勒勒作響道：「我果然冇睇錯你！」

她在吼出這句話的同時，微微俯下身體把全身的力量都集中在腿部，緊接著整個人如同砲彈般暴衝而出，衝刺途中抄起一罐殺蟲劑後踩著倒塌的貨架高高躍起。

還沉浸在毒霧折磨中的蝎魔完全沒注意到女戰士從天而降，羅俐在跳到它背上的瞬間就用盾牌狠狠砸在蝎魔後腦上！

不知道是毒氣削弱的緣故還是羅俐天生神力，這一砸下去竟然把子彈都打不穿的甲殼給打裂了。

雖然不至於碎裂，但盾擊所造成的巨大衝擊還是叫蝎魔張開四瓣口器發出尖嘯。

羅俐見機會來了便順勢將手中的殺蟲劑硬塞進它嘴裡，盾牌緊接著一個上勾擊！

「喀啦！」

金屬罐在巨力的衝擊下被蝎魔的顎牙刺穿，壓縮的殺蟲劑馬上在嘴裡爆發開來，淡黃色的毒煙源源不絕地從七竅中湧出。

近距離把大量的神經毒素都吸入體內後，蝎魔的上半身忽然就萎了下來，下半身的六條尖足則像斷電的機械般僵直。

這下它總算無法再到處亂跑了，阿龍自然不會放過好友為其爭取回來的機會，走到失去行動能力的蝎魔面前，端起火槍口對著它扣下了扳機。

蝎魔的身體旋即沐浴在烈火之中，炙熱的高溫把黑色甲殼給直接燒紅，未幾便發出了焦烤味，在神經毒素影響下無力反抗的它只能愣在原地任由宰割。

眼看著蝎魔即將化為焦炭，大家都十分高興，覺得總算可以趕快離開這可怕的鬼地方時，它的腦袋突然仰天長嘯，裂開的嘴裡發出了刺耳的尖嘯。

「嘰啊————————————！！」

倉庫所有玻璃製品瞬間粉碎，大家不得不掩住耳朵避免耳膜受損，牆壁上的蜂巢組織也微微亮起脈動的紅光，彷彿是在回應呼喚……

另一邊廂，位於蜂巢深處的師父一臉愕然地抬頭望著女王蜂的巨繭，額頭滲出豆大的汗珠，手握著那把帶有鋸齒的水果刀微微顫抖。

「呢舊嘢……唔通就係……」

突然，遠處傳來蝎魔臨死的尖嘯，聲音穿透層層蜂巢組織傳到了這裡。

接著，萬籟俱寂，師父彷彿能看見那悲鳴聲慢慢滲入繭中。

這一叫果然引起繭中女王的強烈反應，整個肉繭像心臟一樣瘋狂跳動，最終繭殼底部啪的一聲裂開一道細縫。

師父猛退三步，繭殼上的裂縫迅速蔓延，暗紅色的黏液從縫隙中滲出，隨著「嘩啦」一聲巨響，繭殼徹底裂開，一個龐大的身影像新生兒般重重地掉落在蟲苔之上，然後在黏液雨中緩緩站起。

「女……女王蜂！」師父嚇得屏住呼吸，趁沒被發現連忙躲到一堆蜂巢組織後方悄悄地探頭而出。

女王蜂的上半身保持著女性人類的輪廓，但皮膚卻是病態的蒼白色，六對沾滿黏液的透明蟲翼收納在背後，腰部以下連接著巨大的蜂類腹節，尾部有一根三十公分長的螫針，針尖滴落著紫黑色的毒液。

最駭人的是她的雙手，腕根處長出來兩根刺針，平常會收入手內，可根據情況如同撞針般把帶有幼蟲的針猛刺而出，只要目標被刺中就會馬上被寄生並馴服。

女王蜂破繭而出後第一件事就是望向尖嘯傳來的方向，嘴裡發出一聲人類無法辨別的語言，接著便震動蟲翼以驚人的速度朝聲源飛去。

「嗰個方向……肯定係阿源佢哋！」師父的直覺警告他即使危險也必須跟上，否則留在這裡也只是死路一條，為了跟許淵源他們匯合，他只好壯著膽子拿著唯一的武器悄悄跟了上去。

CHAPTER 56
女王降臨

倉庫內，在阿龍火力全開的焚燒下，蝎魔的殘骸已化作焦炭，僅剩一點餘火還在上方燃燒不息。

「趁宜家快啲撤退！」羅俐著急地催促三人：「我諗唔使好耐——」

話音未落，她的吼聲就被一陣刺耳的振翅聲切斷。

不遠處的貨架忽然倒塌，一道蒼白的身影出現在蜂巢組織的缺口之中，六隻蟲翼同時振動的聲音彷彿就像是蜂群振翅的轟鳴。

它振翅飛到眾人的頂上，懸停在離地四米處居高臨下俯視眾人，渾身上下都散發著王者的氣息。

女王蜂……降臨了。

當它發現自己的親衛隊已化作地上焦炭時，墨黑的眼珠瞬間變成暴怒的血紅色。

「嘶啊啊啊——！！」

這聲尖嘯讓所有人都忍不住摀住耳朵，唯獨許淵源強忍著刺痛地舉起衝鋒槍掃射，然而子彈打在女王蜂身上時卻全被彈開，只在甲殼上留下淺不可見的白痕。

「果然……隻嘢一直匿埋呢度結繭進化。」羅俐見狀咬牙道：「佢比起上一次交手又變強咗，宜家連子彈都打佢唔穿！」

原本蝎魔的外殼就是為了保護女王而特化而來的，沒想到如今它自身也長出了同樣強度的甲殼。

暴怒的女王蜂為了給自己的親衛隊報仇，第一個鎖定的就是手持噴火器的阿龍，背後蟲翼一振，尾巴的螫針如長矛般猛刺而去。

「哇！！！」阿龍被嚇了一跳，抄起噴火器就扣下扳機，槍口瞬間朝它噴出一道熾熱的烈焰。

令人意外的是，女王蜂在看到火焰後突然緊急側身閃避，然後一臉惱火地又回到半空中振翅。

「怕火？」許淵源腦中閃過一絲希望。

看來是它尚未徹底進化完成就提前破繭而出，所以身上還保留著一定原本的弱點。

然而下一秒希望就被粉碎，女王蜂突然改為伸出手中的刺針撲了過來，蟲翼振動所刮起的陣風把他吹得睜不開眼來。

正當它的螫針即將貫穿許淵源的身體時，羅俐忽然用盡全身氣力大吼一聲：「低頭！」

一面黑鐵色的盾牌從側面撞入，硬生生把這致命一擊給強行攔下，沒想到能擋下反器材狙擊槍的水渠蓋盾牌在女王蜂的螫針面前竟然像紙皮一樣被輕易刺穿。

「咔！」

多虧了盾牌優良的鋼材，針尖被強行停在羅俐眉心前三公分處，她甚至能看到針管裡蠕動的工蜂幼蟲。

肥威見許淵源有危險，第一時間也舉起金屬球棒前來助陣，用盡全力猛砸在女王蜂的腰間想藉此擊退對方，不料這一次卻像是打在鐵塊般，棒身也因而被折彎了。

眼見尋常的物理攻擊都對女王蜂不起作用，許淵源便舉起衝鋒槍朝著距離女王蜂最近的殺蟲劑罐開火。

淡黃色的毒霧炸開時，沐浴其中的女王蜂果然發出痛苦的嘶鳴，他見狀連忙又射爆了幾罐殺蟲劑，乘勝追擊。

其他人發現對付蝎魔的方法放在它身上也適用後，同樣也士氣大增，覺得眼前這怪物也並非不可戰勝之物。

然而高興還不到三秒，痛苦的女王蜂很快就找到解決之法，背後六隻蟲翼同時高頻振動，掀起狂風不但將殺蟲劑毒霧吹得四散，還有眾人最後的希望就這樣在它掀起的風壓中化為烏有。

「仆街！」許淵源氣得直咬牙，好不容易以為找到致勝方法，到頭來還是只能眼睜睜看著女王蜂再度站起，赤紅色的眼中閃爍著獵食者的凶光。

「繼續攻擊！唔好停！」羅俐發號施令並身先士卒率先衝了過去，咬緊牙關用盡全身氣力用盾牌狠狠砸向女王蜂的膝蓋內側。

「砰！」

還沒站穩陣腳的女王蜂被打得身形一晃，然後單膝跪地，但隨即又反手一爪掃向羅俐。

她馬上舉起盾牌防禦，鋒利的爪子在抓下去時不但迸發出大量火花，而且還在上方留下五道明顯的抓痕，同時間她也因為巨大的衝擊而被甩飛出去，在地上滑行了好幾米才停下來。

暴怒的女王蜂打算繼續追擊羅俐，然而沒想到對方剛才的那一記盾擊確實對脆弱的關節造成了傷害，它剛想站起來就發現左腳無法自如活動。

不過這樣對能夠飛翔的女王蜂來說根本不算什麼，走不方便，那就飛吧！

它展開背部的六翼準備起飛撲向羅俐之際，許淵源看準機會，端起衝鋒槍就瞄準最脆弱的蟲翼根部開火！

噠噠噠！

許淵源的子彈成功命中女王蜂的蟲翼根部，透明的翼膜被打出數個破洞！

女王蜂身形一晃頓時失去平衡，掙扎著把尖足深深插入地面撐起身體，赤紅的眼睛死死鎖定在許淵源身上，軀體微微前傾，像一張拉滿的弓。

「嘶啊啊啊——！」暴怒的女王蜂發出了刺耳的尖嘯聲。

許淵源餘光在瞥見身後那排堆滿殺蟲劑的貨架後開始緩緩後退，同時舉槍朝女王蜂射擊，又一發子彈從它的眼邊擦過。

這個舉動徹底點燃了怒火，女王蜂忘卻疼痛的影響，尖足猛地發力，龐大的身軀如炮彈般衝來。

許淵源轉身就跑，身後傳來貨架被撞翻的轟隆聲。

他不敢回頭，生怕一回頭就會見到女王蜂那張蒼白得如死人般的臉，儘管如此對方身上所散發著的強烈腐臭味還是變得越來越近。

倒塌的金屬貨架形成一道斜坡，上面全是裝滿了殺蟲劑的箱子。

許淵源在來到貨架後手腳並用向上攀爬，當他終於站在傾斜的貨架頂端，靴底下的金屬框架發出危險的「吱呀」聲。

從這個高度俯瞰下去，可以看到女王蜂如他所料，正沿著倒塌的貨架斜坡攀爬而來。

「就係宜家！」

立於頂端的他緩緩抬起右手，在眾人驚愕的目光中，從口袋裡掏出一個墨綠色的金屬物體——

「手榴彈？！」羅俐瞪大眼睛錯愕道：「你係幾時拎㗎？」

許淵源嘴角勾起一抹笑容，原來剛剛在機艙裡搬運裝備時，他就多留了個心眼，在羅俐不為意的情況下把這枚破片手榴彈悄悄藏到了口袋裡。

「叮！」

安全栓被拔掉的清脆聲響徹倉庫，女王蜂絲毫沒有察覺到危險，相反尖足加速攀爬，手裡的刺針也被高高揚起。

「喂！」許淵源戲謔道：「女王大人，我請你沖返個靚涼啦。」

CHAPTER 57 滅蟲專家

他手一鬆，手榴彈就旋轉著精準地從貨架的隙縫掉入了堆積如山的殺蟲劑中，同一時間許淵源縱身一躍撲向三米外的另一排貨架。

「轟——！！！」

下一秒女王蜂都還沒反應過來，爆炸的白光便瞬間籠罩全身，產生的衝擊波不但將整個斜坡夷為平地，貨架的殘骸也被掀飛至空中。

數千罐殺蟲劑同時爆裂，形成的淡黃色毒霧如海嘯般席捲開來，瞬間將女王蜂吞沒。

許淵源死死抓住貨架橫樑不讓自己掉下去時，不忘回頭看著毒霧中那個扭曲的身影。

此刻的女王蜂正在毒霧中瘋狂扭動，嘴裡發出了撕心裂肺的慘叫聲，彷彿是被潑了強酸般痛苦。

過度吸入殺蟲劑的它再也支撐不住，身體在神經毒素的影響下完全不聽使喚，先前那股狠勁一去不復返。

「阿龍！」許淵源大聲吼道。

「收到！」阿龍咬緊牙關扣下噴火器的扳機。

在眾人希冀的目光中，最後的燃料化作一條猙獰的火龍，咆哮著衝進淡黃色的毒霧中造成二次引爆——

那一瞬間，整個世界彷彿突然靜止下來。

緊接著，一聲震耳欲聾的爆炸響徹整個倉庫。

「轟隆隆——！！！」

比手榴彈猛烈十倍的衝擊波瞬間席捲整個空間，阿龍首當其衝整個人被掀飛出去，腰側重重撞在另一排的貨架上，痛得差點站不起來。

掛在貨架邊緣上的許淵源還沒來得及爬上去就被刮飛並掉落到地上，幸好落地時有蟲苔作緩衝，不然傷勢恐怕會更加嚴重。

衝擊波的威力之強，就連一百多公斤重的肥威也像斷線的風箏被吹進一堆蜂巢組織之中，羅俐選擇舉起盾牌防禦，但還是同樣被連人帶盾一起刮飛。

受到波及的人們尚且如此狼狽，位於爆炸中央的女王蜂所受到的傷害那就更大了。

熊熊燃燒的烈焰中，女王蜂因疼痛瘋狂扭動身體，堅硬的外殼被高溫融化，引以為傲的蟲翼也被燒成了焦黑的骨架。

「嘰啊啊啊——！！！」

她一邊發出刺耳的悲鳴，一邊胡亂揮舞手中的刺針，像是垂死掙扎般把周圍燃燒的貨架殘骸給劈得粉碎。

嘴角滲出血絲的許淵源艱難地撐起身子，透過扭曲的熱浪，能清楚看到女王蜂的軀體像一尊蠟像般融化著，尖叫聲也慢慢地弱了下去。

眾人目睹這畫面後以為勝券在握，正打算歡呼慶祝之際，刺耳的警報聲突然響起，紅色的應急燈開始不斷閃爍。

原來許淵源在啟動發電機後，不但恢復了倉庫的供電系統，就連用來防火的消防系統也一併被激活。

在探測器感應到有濃煙後，自動灑水系統的噴頭同時啟動。

許淵源忽然感到有水滴落在頭上，一抬頭就看到了啟動中的噴頭。

「弊！」他的心忽然一沉叫道：「我話沖涼唔係咁解啊！！！」

倉庫內隨即便下起了傾盆大雨，聲音之大把他的聲音都淹沒過去。

冰冷的水柱如瀑布般傾瀉而下，不消一會兒便澆滅了所有火焰，白色的蒸汽騰空而起，整個倉庫轉眼間就變成了水霧瀰漫的桑拿房。

然而最要命的是——

水幕中，那個本該化為灰燼的身影，竟然又動了起來。

女王蜂焦黑的身影搖搖晃晃地站了起來，被燒至焦黑的外殼隨著動作大塊大塊地剝落，露出底下蒼白的肌肉組織，僅剩的一隻紅眼依然閃爍著怨毒的光芒。

「仆街！畀自動灑水系統救咗佢一命！！！」肥威看到後馬上破口大罵，因為這意味著戰鬥還沒結束。

「呵……呵呵……」女王蜂居然發出了類似人類的冷笑，眼睛一直死死盯著許淵源不放。

「砰！砰！」

許淵源見它還沒死，二話不說就端起衝鋒槍開火，由於堅硬的防彈外殼已經燒掉，子彈終於成功穿透，在女王蜂胸口炸開兩團紫黑色的血花。

要是他能繼續火力壓制下去，用不了多久虛弱的女王蜂便會一命嗚呼，可偏偏就在這時候彈匣內發出「咔」的一聲空響。

子彈已經被打空了。

女王蜂似乎察覺到了獵物的絕望，殘破的身軀突然一顫，尚能活動的尖足緩緩撐起軀體，像一隻被剝了皮的蜘蛛般朝許淵源暴衝而來。

「小心！」阿龍掄起空噴火器砸向女王蜂，卻被一爪拍飛。

肥威趁機揮動球棒，狠狠砸在它暴露在外的腹部。

「砰！」

這一擊終於奏效，女王蜂的腹部整個凹陷下去，同時噴出紫黑色體液。

但它只是稍稍踉蹌，隨即以更兇猛的速度反擊，尾針如閃電般刺出，肥威勉強用球棒格擋，金屬球棒竟被直接刺穿，針尖距離他的咽喉不到十公分。

「你老母！燒成咁都未死？」肥威看著尾針所分泌出來的毒液順著球棒滴落，在上方腐蝕出縷縷白煙後拼命後仰。

許淵源見冷兵器也能奏效後便扔掉已經沒用的衝鋒槍，抽出戰術匕首加入戰團。

趁著女王蜂的注意力在肥威身上，許淵源倒握著戰術匕首全力捅向它的後背，刀刃刺入外露的肌肉組織時，輕鬆得像插入一塊豆腐般簡單，幾乎沒有阻力。

女王蜂甚至沒有回頭，只是隨意一個肘擊就把許淵源重重地擊飛至遠處。

即使重傷至此，它的速度和力量依然遠超人類極限，殘缺的尖足在地面刮擦出令人牙酸的聲響。

阿龍見好友被打，取出背後的消防斧就朝女王蜂劈了過去，誓要為其出一口氣。

一臉凶悍的他戰不到一回合就被打飛至許淵源身邊，掙扎爬起來後就搗住發痛的胳臂抱怨道：「你頭先既然都偷咯！做乜唔偷多兩粒手榴彈！宜家咪唔使咁辛苦！」

旁邊的許淵源愣了一下，無可奈何下只能沒好氣道：「對唔住囉！」

遠處的羅俐像是想起什麼，忽然從腰間抽出沙漠之鷹來檢查彈匣。

「仲有一粒子彈。」她的聲音很輕，卻讓所有人都安靜下來。

大家都意識到女王蜂沒有快速的自癒能力，身上的傷沒有痊癒便是最好的證明，如今堅硬的外殼已經被烈火焚燒毀，只要能往它腦袋上來一槍的話，很有可能徹底終結掉這場戰鬥。

肥威用球棒格擋著螯針，不但虎口震裂流血，體力也緩緩不支，於是大聲催促道：「開槍啦！仲等咩啊！」

羅俐很清楚機會只有一次，因為壓力太大導致雙手都微微顫抖起來，瞄準了半天還是無法鎖定在女王蜂的頭上。

「只有一次。」這四個字既像希望，又像詛咒，讓平日殺伐果斷的羅俐遲遲不敢開槍，怕自己承受不住失敗的代價。

CHAPTER 58 寄生轉移

「可惡……」她突然貓起腰朝女王蜂衝去。

為了萬無一失，羅俐決定近距離爆頭來確保這重要的一發不會打空。

她趁對方的注意力還在肥威身上偷偷來到女王蜂身後舉槍，正準備扣動扳機之際，女王蜂本能地感知到危險，手中的刺針突然改變軌跡，轉身重重掃在她的側腰。

被打個措手不及的羅俐整個人飛出三米遠，沙漠之鷹因此脫手，在空中劃出一道弧線，滑向倉庫深處的陰影之中。

羅俐掙扎著想去撿槍，不料剛爬起來就咳出一口鮮血，整個人也動彈不得。

女王蜂也隱約地察覺到這群人已經無法威脅自己，怨毒的眼睛死死鎖定著許淵源身上，似乎已經認定就是這個人類把它害到如此境地。

就在此時，一雙破舊的布鞋踩在水窪緩緩從黑暗中踏入眾人的視線。

「大家！我冇事啊！我返……咦？」

師父一臉欣喜地想和眾人會合，來到現場後卻發現氣氛似乎不太對勁。

「係咪嚟得唔係咁啱時候？」師父撓了撓頭，一臉尷尬地站在沙漠之鷹旁邊。

許淵源像是想起什麼朝他大喊道：「師父！解決佢啊！！！！」

「停手！咁重要嘅事等我嚟！」不信任師父的羅俐咬牙掙扎著爬起，厲聲喝道：「快啲畀返把槍我！」

「好啊。」師父漫不經心地彎腰撿起沙漠之鷹，甚至沒怎麼瞄準，只是隨手一抬——

「砰！」

子彈精準貫穿女王蜂的眉心，從它後腦處炸出一團混雜著腦漿和紫黑色的體液。

女王蜂的動作驟然僵住，眼中怨毒的紅光迅速黯淡，兩手的刺針也無力垂下，龐大的身軀緩緩跪倒，最終「轟」的一聲砸在積水中，再也沒了動靜。

死寂。

所有人都目瞪口呆地看著師父。

「嗱……」師父一臉不解地走到羅俐面前歸還沙漠之鷹：「你要嘅槍。」

在羅俐眼中，這個原本看著不起眼的瘦弱老頭突然間變得高大威猛，英俊瀟灑起來。

「你有事吖嘛？」美化後的師父用充滿磁性的嗓音說。

能徒手搏殺特殊感染者的鐵血盟女王，此刻竟像個情竇初開的小女孩般手足無措，雙頰發燙變紅。

她扭扭捏捏地整理身上的衣服和頭髮，並用輕得幾乎聽不見的聲音含羞答答道：「……人家冇事。」

「人家？」

許淵源，阿龍看到這一幕後無一不目瞪口呆，那個能用眼神殺人的女魔頭，此刻居然在……害羞？

就在眾人鬆懈之際，地上女王蜂的屍體忽然抽搐了一下。

「兄弟小心！」肥威的瞳孔驟縮。

話音未落，女王蜂殘破的身軀突然猛地彈起，腕根的刺針帶著最後的惡意，直取許淵源的後心。

肥威毫不猶豫地撲向許淵源，用身體將他狠狠撞開。

「噗嗤！」

刺針深深刺入肥威的腹部，針管內能看到有一隻碩大的寄生蟲被注入體內，女王蜂的紅眼中閃過最後一絲快意，在抽回刺針後隨即徹底癱軟下來再也沒有反應，這次是真的死透了。

「肥威！」許淵源扭頭後驚恐地發現對方肚子上被開了一個大洞，鮮血正止不住地汩汩往外流。

「我冇……我冇事。」肥威勉強擠出笑容，手嘗試按住傷口止血，但破口實在太大，根本止不住，中招後不到十秒，他的臉色就變得蒼白起來。

許淵源來到他的身邊不解地問：「你……你點解要救我？」

「有乜點解……」肥威虛弱地笑道：「我哋……好兄弟嚟㗎嘛……」

「嗚哇———」

肥威忽然瞪大雙眼，身體劇烈抽搐，傷口附近的血管開始變成詭異的紫黑色，同時還能看到皮膚底下有一隻巨大的蟲子在不斷爬往頭部。

「阿源！！！」羅俐臉色大變，大聲警告道：「快啲離開佢身邊！！！」

身邊的師父困惑地問：「到底發生咩事？隻怪物唔係死咗喇咩？」

羅俐又變回小女孩那樣，扭扭捏捏地解釋：「係王蟲傳承……女王蜂喺度搵緊新嘅宿主，而肥威將會變成下一任嘅女王蜂。」

「吓？」許淵源難以置信道：「但肥威男人嚟㗎啵！」

「女王蜂只係呢個種群首領嘅代稱！」羅俐急道：「王蟲根本唔在乎宿主嘅性別！只要係人類就得！」

肥威異變的速度快得嚇人，所有人都驚恐地看著他的皮膚開始不自然地蠕動，就像有無數蟲子在皮下鑽行。

「呃……啊啊啊——！」

他的慘叫突然變調，轉為一種高頻的尖嘯！下一秒，脊椎突然發出可怕的斷裂聲，像是一串鞭炮在體內炸開，最後「喀啦」一聲爆裂開來——六片沾滿黏液的蟲翼從脊椎處破體而出，尚未完全展開的翼膜在空氣中顫動。

「快啲……走啊……」他從牙縫擠出最後一句人話後，皮膚下像是有無數蟲子在蠕動，肌肉開始不自然地膨脹扭曲。

「走！」許淵源大吼。

眾人剛衝向貨梯方向，變異中的怪物突然發出一聲刺耳的尖嘯，龐大的身軀如砲彈般撞向貨架區。

「轟隆——！」

整排金屬貨架像骨牌般傾倒，徹底堵死了通往貨梯的路線。

「可惡。」

現在不但彈盡糧絕，就連逃跑的出口也被截斷了。

眾人經過連番血戰後已經筋疲力盡，眼看著就要交待在這裡時，大家都表現得心有不甘。

明明武器已經拿到手，女王蜂也被意外幹掉了，偏偏就在最後的關頭跑不掉。

怪物緩緩逼近，變異中的口器不斷有黏液滴落，就在它舉起手中的刺針的瞬間——

「呃……啊啊啊！」

怪物突然僵住然後抱住腦袋跪倒在地，人類的面孔扭曲抽搐，像是在跟某種東西在作鬥爭。

許淵源看懂了，這是肥威殘存的意識正在與王蟲爭奪身體控制權！

「冇時間喇！」許淵源當機立斷指著牆上的運輸機說：「我哋試下跳落去搏一搏喇！」

「跳……跳樓！？」師父臉色煞白，難以置信地看著他：「你講笑咋嘛？呢度十幾米高跳落去，唔死都一身潺！」

「留喺度就死撚硬！你揀啦！」阿龍已經朝著運輸機方向跑去。

怪物突然又動了，這次動作更加狂暴，它不斷用頭到處亂撞並發出淒厲的哀嚎，紅色的眼睛時而渙散時而兇殘，顯然身體的控制權之爭已來到關鍵時刻。

CHAPTER 59 女王對暴君

眾人趁機沿著貨架爬進牆洞上的運輸機中，四個人剛擠進空無一物的機艙內時，羅俐忽然發現機艙門底下不但放了幾個顯眼的橘黃色方塊，墨鏡壯漢此刻也在下方朝她揮手並大叫道：「大家姐！你冇事吖嘛？」

「係消防氣墊？」羅俐眼中閃過一絲驚喜然後朝他大聲喊道：「做乜今次又會咁醒目嘅？」

「醒少少咪唔使畀你屌！」墨鏡壯漢大聲應道：「我見你突然冇咗訊號，九成係出狀況，所以將武器搬走後就放啲氣墊喺度，方便你哋撤退。」

「哈哈哈！」羅俐豪邁地大聲笑道：「真不愧係我嘅得力猛將！做得好！」

她二話不說率先躍下，在空中調整姿勢，穩穩落在氣囊中央，剛落地就受到了鐵血盟成員的熱烈歡迎。

阿龍緊隨其後也是安全落地，輪到師父時，他死死抓著艙門邊沿，雙腿抖如篩糠：「喂！阿源，唔得啊⋯⋯我畏高⋯⋯」

「嘶啊啊啊——！！」

身後傳來甲殼完全硬化的脆響，肥威最後的一絲理智從眼中熄滅，新生的女王蜂徹底覺醒！它震動蟲翼，螯針高高揚起——

「冇時間喇！」許淵源怒吼著摟住師父便一起從艙門跳了下去：「跳啊！」

「哇！！！！」師父尖叫著與許淵源一起像顆砲彈般墜落。

許淵源抱著他在空中調整姿勢，消防氣墊在視野中急速放大，最終「蓬」的一聲，兩人重重摔在消防氣墊上，反衝力震得他五臟六腑都在翻騰。

他掙扎著爬起時，看到師父正以滑稽的姿勢陷在氣墊裡，老臉漲得通紅，一副半死的樣子。

「快！上車！」羅俐已經發動了裝甲吉普車，阿龍在副駕駛座拼命招手。

眾人狼狽地爬進車廂，引擎發出怒吼。就在輪胎即將轉動的瞬間——

「許——淵——源——！！」

一聲震耳欲聾的咆哮從天而降。

眾人抬頭，只見一道赤紅色的巨大身影從倉庫屋頂躍下，如同隕石般砸在車前五米處。

混凝土地面龜裂下陷，揚起的塵土中，一個四米高的赤色巨人緩緩站起，渾身赤紅的皮膚散發著白熱的蒸氣——是血吼！上回被希望之光的士兵用火箭炮轟下山後居然還沒死，而且還在傷勢痊癒後又變得更加強壯！

「唔係掛……佢居然追到嚟呢度。」阿龍的聲音發顫道。

羅俐一臉訝異道：「你哋識呢隻怪物？」

雖然不想承認，但兩人在無可奈何的情況下只能點頭承認。

她聽到後簡直就要瘋掉：「你班茂利真係冇好帶挈！先係屍潮，然後就特殊感染者！！！」

血吼張開血盆大口，露出滿嘴的獠牙，並且舉起肌肉虯結的手臂，準備一拳把吉普車掀翻。

「轟！」

倉庫外牆突然炸裂，新生女王蜂破牆而出！它的六片蟲翼完全展開，螯針閃著寒光，以驚人的速度俯衝而下，狠狠撞在血吼的背上！

兩頭怪物滾作一團，壓垮了路邊的電線桿。

女王蜂的複眼閃爍著瘋狂的光芒，它似乎將血吼當成了入侵領地的威脅，又或者……在那殘存的人性深處仍記得要保護什麼。

「趁宜家！開車！」許淵源拍打駕駛座椅背。

吉普車咆哮著衝出並在顛簸的路面上疾馳，許淵源透過後車窗回望這場怪物之間的廝殺，只見背景中的倉庫正在以飛快的速度變小。

血吼怒吼著用粗壯的手臂反手一抓，把女王蜂從背上扯下，硬生生撕下一大片翼膜，紫黑色的體液如雨般噴灑，把柏油路面腐蝕得嘶嘶作響。

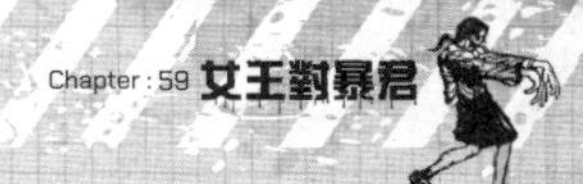

女王蜂的尾針狠狠刺入血吼的腹部，毒液瘋狂注入，腐蝕得肌肉組織嘶嘶作響，轉眼間就在那赤紅的軀體上熔出一個觸目驚心的大洞，連內臟都清晰可見。

血吼發出痛苦的嚎叫並在劇痛中暴怒反擊，它張開血盆大口，猛地咬住女王蜂的頭顱——

「喀嚓！」

令人毛骨悚然的骨裂聲中，那顆半人半蟲的腦袋被硬生生咬掉三分之一，黏稠的腦漿混合著紫黑色體液噴濺而出。女王蜂殘存的複眼瘋狂閃爍，腕根的刺針如暴風雨般不斷刺向巨人的胸膛，但動作卻越來越慢、越來越弱……

最終，刺針無力地垂下，徹底沒了動靜。

血吼喘著粗氣將女王蜂的屍體隨手甩開，朝著吉普車離去的方向仰天長嘯，震耳欲聾的怒吼形成肉眼可見的聲浪，連遠處吉普車的車窗都被震得嗡嗡作響。

「許——淵——源——！！！」

車廂內一片死寂。

所有人的臉色都蒼白如紙，連呼吸都變得小心翼翼，生怕動靜大一點都會被那怪物給盯上。

最終是阿龍乾笑著打破沉默：「係呢，師父……你頭先畀隻嘢捉走咗之後，到底係點樣死裡逃生？」

師父臉色慘白地癱坐在座位上，雙手死死抓著安全帶，嘴唇還在不停哆嗦，顯然還沒從十幾米高空跳下的驚嚇中緩過神來。

「師……師父？」阿龍試探性地叫了一聲。

師父渾身一顫，這才如夢初醒般回過神來，額頭上掛著冷汗故作鎮定道：「我參考緊天機，有留意你講咩。」

阿龍只好再問一次：「我問你頭先到底係點樣甩難？」

就在他說完的瞬間，這個剛才還嚇得魂不附體的老頭突然像變了個人似的——

只見他眼神一凜，腰板瞬間挺直，右手不自覺地摩挲起下巴上那撮稀疏的鬍渣，擺出一副高深莫測的表情。

那變臉速度之快，讓許淵源差點以為自己眼花了。

「哼……」師父從鼻腔裡發出一聲意味深長的輕哼，眼神飄向遠方，彷彿在回憶什麼驚天動地的往事。

許淵源和阿龍交換了一個無奈的眼神，這傢伙剛才明明還嚇得腿軟，現在居然開始裝起世外高人來了。

「講起呢單嘢……」他故意拖長音調，手指有節奏地輕敲膝蓋：「貧道醒返之後孤身一人被困繭中，身邊仲有十幾隻螳螂兵守住，情況相當危急。」

「而我當時手上就得呢把……」師父突然停住，神秘兮兮地掏出一把小刀然後壓低聲音說：「得少少鋸齒嘅水果刀。」

他猛地比劃了一個劈砍的動作：「作為一名刀客，我就靠住呢把刀成功喺肉繭度掙脫出嚟，然後落地之後我一刀一隻！左劈右斬！班螳螂兵即刻死嘅死，傷嘅傷，斷手斷腳一地都係！」

許淵源在聽到掙脫出來後就沒再用心聽下去，因為那明顯都是師父瞎編出來的，這種鬼話傻子都不信。

最離譜的是，原本最鐵血理智的羅俐此刻竟然雙眼放光，滿臉崇拜地追問：「咁大師你一共殺咗幾多隻？」

「大、大師！？」許淵源和阿龍異口同聲，差點被口水嗆到，不敢置信地望向羅俐。

「哈哈哈！」師父摸著鬍渣笑道：「貧道粗略估計，十幾二十隻左右啦。」

「難怪第二層冇其他工蜂！」羅俐恍然大悟地拍腿：「原來都係畀大師你殺晒！」

「呢啲都唔算得係乜。」師父故作謙虛地擺擺手：「我曾經殺到去女王蜂面前，點知佢可能怕咗貧道身上嘅先天罡氣，居然嚇到破繭而逃。」

「經過一路追殺，最終呢隻妖孽都係敗喺貧道嘅靈犀一指手上。」

大家都聽完後都當是笑話笑了，唯獨羅俐認真地照單全收，然後紅著臉崇拜道：「好犀利啊……」

車廂再度陷入沉默，阿龍悄悄湊到許淵源耳邊小聲說：「阿源，我好似終於明咩叫『受騙的那個比騙徒更混帳』。」

許淵源望著窗外飛逝的風景，突然很想知道——到底是被寄生後變異的怪物可怕，還是這個能瞬間變臉吹牛的老頭更可怕？

CHAPTER 60 生生不息

吉普車揚起的煙塵逐漸消散後，赤紅巨人拖著受傷的身軀搖搖晃晃地離開了戰場，只留下女王蜂殘破的屍體靜靜躺在地上。

突然，屍體被咬掉三分之一的頭顱微微抽搐起來，紫黑色的黏液從傷口處汩汩流出，緊接著一條形似蜈蚣、渾身佈滿黏液的王蟲緩緩從中探出頭來，環節狀身軀在陽光下閃著詭異的紫光，數十對尖足不安地擺動著。

「嘶……嘶嘶……」王蟲發出高頻的鳴叫聲，這是在召喚低階工蜂的特殊頻率。

沒多久後，一隻低級工蜂果真受到召喚從林木間出現，搖搖晃晃地走了過來。

王蟲興奮地扭動身軀，準備寄生到新身體上，然而就在牠即將撲向低級工蜂的瞬間——

對方突然從身後抽出一隻玻璃瓶，手法嫻熟地將王蟲扣入其中！

「砰！」瓶塞緊緊封上。

王蟲驚慌失措地在玻璃瓶內橫衝直撞，尖足接觸瓶壁時會發出叮叮噹噹的聲響。

這時低級工蜂緩緩撕開自己外層的喪屍皮，露出底下完好健康的皮膚——原來他根本不是女王蜂的工蜂，而是再生教會的半屍！

陰森的教堂內，金碧輝煌的祭壇上點滿了蠟燭，戴著黃金面具的聖主從半屍手中接過玻璃瓶，面具下的雙眼閃爍著狂熱的光芒。

「做得好。」聖主的聲音因興奮而微微顫抖。

他將玻璃瓶高舉過頭，燭光透過瓶身，在王蟲身上投下詭異的光影。

王蟲似乎感知到什麼，突然安靜下來，數十對複眼齊齊對準聖主。兩者之間彷彿建立了某種無形的連結，空氣中瀰漫著令人不安的氣氛。

「呢樣比起希望之光嘅武器仲要更加好一百萬倍！哈哈哈哈哈——」聖主突然大笑起來，笑聲在教堂內迴盪：「只要有咗佢，無論係人抑或感染者都會唯我所控！」

祭壇下，十多名信徒齊刷刷跪倒在地，嘴裡發出含糊不清的讚美詞同時瘋狂地磕頭，額頭撞擊地板發出沉悶的「咚咚」聲。

聖主將玻璃瓶緩緩收回胸前，像對待聖物般小心翼翼地撫摸瓶身。

「我會利用你……」他低聲呢喃，黃金面具反射著跳動的燭火：「創造一個更加美好嘅世界！」

瓶中的王蟲興奮地不斷扭動紫黑的身軀，聖主用力地抱緊瓶子，轉身走向祭壇深處的陰影中。

重生後，我建立了一間
末日避難所 02

TO BE CONTINUED...